광인狂人의 콘서트

광인狂人의 콘서트

채수영

새미

광인(狂人)이 날개를 달고

미친다는 것은 알 수 없는 에너지의 조력을 받을 때, 나타난 이름일 수도 있을 것이다. 나는 무당이 작둣날위에서 맨발로 춤을 춘다는 것에 그럴 수도 있을 것으로 느낄 뿐이었다. 그러나 인간은 결코 과학이라는 잣대로는 그 신비의 문에 들어갈 수 없는 체험의 깊이에 인간의 무한 능력을 믿어야 한다고 역설한다. 시 쓰는 일은 무당의 신비 체험과 유사하다는 생각이었으니, 무아경(Ecstasy)에 들어가야 비로소 칼날 위에 설 수 있을 것이기 때문이다.

정확히 1년('15/7.20~'16/7.19)만에 608편의 작품을 썼다. 일기 쓰듯 매일매일 신명(神明)의 줄을 잡고 하루하루를 시와 대면하면서 살아왔다. 그 사이 수필집을 상재했고 또 비평을 쓰면서 하루 종일 글쓰기—은퇴이후 할 일은 오로지 글쓰기였다.

미국의 여류 시인 에밀리 딕킨슨은 평생 1775수의 시를 썼다. 그녀는 죽기 4년 전에 단시(短詩) 366편을 1년 만에 썼다는 기록을 보고, 나 또한 할 수 있을 것이라는 믿음으로 제22시집 『내 그리움은 아직도』의 343편 역시 1년간의 소득이 자신감을 부추겼다. 이제 백낙천이나 소동파가 평생 3000여수의 시를 썼다는데 도전하려 한다. 지금까지 2930여 수의 시가 모였으니 가능의 문 앞에 다가왔음을 안도한다.

　놀랄 사람은 놀라고, 웃을 사람은 웃더라도 나는 나의 시에 신념의 깃발을 계속 휘날릴 것이다. 시를 쓴 날짜순으로 편집했으며, 맨 끝에 4편은 손녀와의 약속으로 작년에 쓴 동시이다.

2016년 7월 25일 맹하(孟夏)에
文士苑에서
오골성(傲骨城) 삼가

목차 ✳

책머리에−광인(狂人)이 날개를 달고

*제4부
희망 별곡

*제5부
내 슬픔 저물녘에는

*제8부
상상의 길

*제9부
윤회

*제10부
바람의 행로

*제11부
동행

***제12부
적막과 바람**

*제15부
달빛 걷기

*제16부
기억 서설

*제17부
고독 연습

*제18부
그리움의 강물

*제19부
노자를 위하여

*제22부
망상곡

*제25부
달빛 콘서트

제1부
기다림을 세워놓고

잡초

오뉴월 비 지나 초, 중복 칠월
키를 세워 일어서는 함성
도무지 어쩔 방법이 없어 그냥
바라만 볼 뿐이라 햇살 쨍쨍
무람없는 바람 그래도 얼씨구
오후면 무지무지 잡초밭
바라보기로 했다 이길 수 없는
싸움에 피 흘리는 것 보다 두고 보면
언젠가 제풀에 스러질 때까지
끈질긴 조용함을 앉히고 힘 잃어
단숨에 이길 수 있을
그때까지만

'15/7.20.

우리 바라보는 눈으로는

우리 언제나 바라보는 일로
하루를 편히 눕히고
두 눈으로 다가든 그대
세월의 등성이에 비바람
혹은 찬바람 슬픈 날도
작은 미소 한 자락에 추위를 가린
남루(襤褸)로 흩날리던 아픔들 이젠
깃발처럼 먼 작별의
푸른 바다가 밀려오는 숲에서
추억을 쌓아놓고 길을 묻는
노래 한 소절을 가르치는
바람에게 잘 부르라 부탁하는
살아있어 지금은 행복 중

'15/7.24.

칠월 상념

글이나 쓰고 책을 읽다보니
벌써 한 해가 반을 넘겼고
다가오는 속도에 놀라 달아나는
기차 같기도 하고
허겁지겁 날아가는 모양이
비행기 같기도 한데 이렇게
바라보고 사는 것이 옳은 것인지
풀들만 무성한 칠월 태양은
신나서 불을 뿜는 놀이가
꼭 내 손자들의 심술 같아
얄밉다가도 어느 결에
눈 내릴 추위를 대비해 창고에
모아두고 싶은 어리석음도
소솔솔 빗소리에는 그만
잠이 들고 말았다

'15/7.25.

사과나무

우리 집 사과나무 한 그루
꽃이 피는 날은 푸른 기다림이었고
열매로 몸을 익히는 날은 이름으로
변하는 색깔에 마음을 쏟는
햇살아래 넉넉한 다시 기다림
침샘을 달구는 또다시 기다림 어느 날
휘어진 가지에 다가오는
두려운 바람의 훼방을 막고 싶은
내 마음 풍경화에
초조가 울렁이는 여름은
마침내 가을 문턱에서
인사도 없이 가버리네요

'15/7.27.

바라보는 거리만큼

- 상사화 1

서로 바라보면서
말없음표를 세워놓은 문 앞에
절대로 들어올 수 없는 지조
돌아돌아 동그라미 하나만을
그리면서 사라지는 어느 날
그리움을 그리기 시작한 손 끝에
아득하기 멀리 있어 다만
꽃으로 소식을 전합니다

서로 그리워하면서도
가까이 갈수록 멀어지는
푸른 이유를 위한 넋에
바람 오면 꽃잎 떨어질까
노심초사 깊은 날이면
벼랑에 몸을 날리는
꽃잎들의 하소를 듣고
돌아오소서
꿈으로라도 오소서

'15/8.1.

이름을 부르면 나타날까

— 상사화 2

이름을 모른들 어떠랴 이미
망각의 깊이에 빠진 걸 모르고
허우적이는 흔적을 찾아 돌아온
나그네의 수심(愁心) 아래
어찌하면 그대 앞에 전할 소식
방도가 없어 하얀 빨래를 널어
빛나는 햇살에 몸을 맡기는 길은
멀리 있는데 바람이란 놈이
가운데서 훼살을 짓는 골목을 지나면
휑댕그런 추억이 몸을 사리면서
동설이 오는 안내판에 마구마구
색칠한 그림 한 장이 물기에 젖어
눈을 끔뻑거리고 있는
아침 꽃

'15/8.1.

외로우면 꽃이 될까

    - 상사화 3

외로우면 꽃이 될까
세상을 떠도는 고독에도
웃음같은 만남이 있을라치면
곧게 뻗은 길위로 향기 번지는
오면 가고 가면 다시 오는데
어긋난 이유를 몰라 평생
묻고 사는 걸음에 기다림을
가슴에 심은 외로움
꽃이 되는 이름입니다

.

'15/8.7.

기다림을 세워놓고
– 상사화 4

아직도 할 일이 있어
문 앞에 세워 놓은
기다림입니다 수런거리다
사라지는 바람의 뒷자락에 실린
마지막 그리움에게 전하라는 말이
꼬리를 달고 펄렁이는 즈음
꽃들은 모두 황혼을 따라가느라
발길 분주함도 소리가 없는데
눈에 담기는 이야기를 그냥
가슴에 담아놓기로 작정한 마음
아직도 할 일이 있어
문앞에 세워 놓은 푸른
기다림입니다

'15/8.8.

돌아보니
 – 상사화 5

아무 것도 없는 줄 알면서도
지나온 흔적에 애착이 가는
돌아보는 길에서는 애절이 쌓여
두고 볼 수만은 없어 곁에 가
속삭이듯 말을 걸을라 때면
혼비백산 사라지는 이유를
전혀 알지 못하는 무지의 세월
덮어둘 수도 없어 하냥 바라만 보는
내가 살고 있는 이유 중에
절름발이가 된 소식이 늦게 나타나
염려마라 염려마라
세상사 그렇다 위로가
고작입니다

'15/8.8.

메시지

입추 지나 소나기 한 자락에
꼬리 내리고 뒤태 보이는
노염(老炎)의 초라가 가소롭다
'물러가라 독재여' 에
기세 등등의 위엄이 문을 닫고
달아나 듯 자취 감추려는
어느 새 바쁜 이유 앞에
민주의 하늘은 이미 알기나 한 듯
어제와 사뭇 다른 푸른 모양이라
우리 집 대문 앞에 서있는
한 그루 나무에 전하는
바람의 메시지가
고맙다

'15/8.10.

사노라면

갑다다 말도 없이
사라지는 아쉬움은
작정 없이 살 것처럼 굴던 시련
그 파도가 언제 떠나는가를
헤아릴 때만해도 벗어날 길
그 길을 찾느라 땀 흘렸어도
어느 순간 사라지는 뒤태
떠나니 안타까움으로 남는 그조차
인연으로 알고 살았던
낯선 나그네의 운명 앞에
심어진 세월도 끝내는
갑다다 말도 없이 그냥
갑다다

'15/8.13.

일본

만나면 '하이' '하이'의 인사나
고개 숙이는 끝없는 미소이거나
마지막 자취가 사라질 때까지
손 흔드는 정말 친절이 고맙지만
두 얼굴로 남는 여운이 선한 얼굴에
감춰진 이유를 모르겠다
섬 때문이라느니 혹은
오랜 삶의 방안이라느니 또는
국민과 지도자가 다른지
어느 것을 믿어야 좋을지 모르지만
악마의 발톱을 휘두르다
원자폭탄을 맞는 나라 일본 이제
그조차 변명하고 싶은 속내에는
비극의 강물이 흐르고 있다
변명이 다시 변명이 되면 초라한데
믿음을 저버리면 선한 이웃 항목에서
지워지는 이름에 무슨 깃발이 나부낄지
욕망을 감추고 계속 웃고 있는 입안에
무슨 칼이 숨겨있는지 모를 일이다 정말로

백성의 친절이나 미소와 지도자의 생각은
다른 나라일까

'15.8.14.

우주로 가고 싶다

생각으로 계산이 어려운
조에 경에 더 먼 숫자의 아득
사는 일평생을 가도 어림없는 거리
죽어서도 끝이 없어 그 길로 가는 나그네
그렇게 가고 싶다. 우주에 더 먼 여행
누구는 하늘을 팔고 누구는 어디를
말로 설명하지만 나는 무지를 뒤집어 쓴
어림없는 내 지혜로는 갈 곳이 없어
우주로 가는 길을 홀로 가고 싶다
모두가 떼 몰려가는 길은 내 길이 아니라
아득하기 계산이 없는 그리로 가는
죽어 나그네의 운명이 내 것인
우주를 지나 또 다른 우주, 우주로
태양이 몇 개 있는 그곳으로
언젠가는 떠나갈 것 같다

'15/8.14.

자화상에는

내 얼굴을 거울로 보노라니 그간
살아온 흔적의 강이 보인다. 그러나
무식이 하도 깊어 끝이 보이질 않는
그런 줄도 모르고 깝치길
참새 꽁무니처럼 천방지축이
넘실거린다. 부끄러워 숨고 싶지만
너무 많은 말을 했고, 어긋난 글을
자랑하듯 무던히 어지럽히고도
어깨 으쓱인 초라가 감출 길이 없어
어찌 할꼬? 어찌해야 하는가?
얇은 지식으로 날름거린 속죄
갈 길이 없는 무한대공에
오체투지로도 이를 길 없는
형벌의 조목을 짊어지고
높디높은 산으로 향하는 마음조차
떠벌린 조잘거림에 시름이
따라오면서 꾸짖는 소리
그 소리나 들어야 할까

'15/8. 14.

고독

내가 입고있는 옷 외로움은
길을 가다 잘못 들어간 길인지
자꾸만 낯선 방향으로 흔들리고
돌아나오려 발길을 돌리면 다시
그 길이 그 길로 이어진
운명이라 여기어 가노라니
어느새 외로움도 정이 들어
떠나면 서운한 마음이라
정해진 작심이 흔들리는데

사노라 그럴 것이라 체념을
곁에 두고 다시 문을 두드리면
분명히 안에 있으리라 여긴 신념이
허공을 떠도는 메아리가 되어
돌아오는 들림이 이상한 소리
여름은 한창 매미소리를 키우는
발자국도 없는 소란이 싫어
다시 외로움을 불러들이는

어쩔 길 없는 선택이 이미 곁에
다가와 있을 뿐이다

'15/8.14.

우리는 이기리라

희망의 깃발을 앞세우고
어둠의 긴 길을 걸어
힘겨운 나날의 책을 덮을 때가
되었네 언젠가는 모두
웃는 얼굴이 그림이 되는
그런 책을 만들게 되리니
우리 끝내 이기리라 마침내
당도할 자랑도 거기 있을

우리 마침내 이기리라 누가
어둠에서 빛을 보았다고 소리치는
그 작은 소리의 향방을 따라 모두
힘겨운 땀을 모아 모아서 드디어
거대한 물살로 일어서는 우리 세상은
눈을 모아 찬양하리니 이제 빛을 모아
네 앞에 전해 줄 영광의 전율을 보러
세상은 함께 일어나 노래 부르리라
우리 일어나 더불어 춤을 추리라

우리 끝내 이기리라 안개 걷힌 산하
욕심 없는 푸른 희망을 새기노라면
서로가 믿음이 되는 싹을 나누어 줄
꿈이 있어 전설이 되는 사람들의 가슴에
모두를 일어나게 만드는 소식 따라
마침내 영광은 우리의 이름으로
펄럭일 것이리니 우리 기어
이겼다고 비석에 새기리라

'15/8.15.

지팡이

나이 드니 무릎 관절이 떠떡 떡
마치는 소리 일어나는 한숨
의사는 걸어라 걷는 게 좋다 날마다
걸어 걷노라 들길이나 논둑길
뱀 쫓으러 지팡막대 휘저으며 날마다인데
금강산 갔다 사온 이웃 3천 원 정가
명아주 지팡이를 준다. 아까워
세워둔 우리 집 현관 지킴이
나명 들명 바라보는 절룩거림
어쩌다 그 모습이 보기 싫었는지
원주 사는 지인이 정성으로 보내 준
정말 지팡이가 당도한 날
스핑크스의 질문에 대답한 운명이
금시 당도한 것처럼
테에베로 들어가는 세 발의 오디프스는
환호할 수가 없다.

'15/8.16.

들판을 바라보면

어느 새 한계절이 가고 다시
오는 기색 역력하여
눈을 감고 생각하노라니
빠르기는 산천이 먼저 아는 것 같아
두리번거리는 아직도
맺히는 땀을 훔치느라 한낮은
악착한 뙤약볕이 성난 얼굴인데
먼 데 소나기 우레따라
한 줄금 기다림이 목마른 즈음
처서(處暑)가 낼 모레
들판이 먼저 알고 불그레
고개 숙이는 데는
할 말이 없다

'15/8.16.

김치

삭삭 아삭 아사삭
소리가 있다 김치에는
가슴에 담겨진 소리이기에
없는 날은 허무가 젓가락을 휜다
이저것 마지막 끝끝에
잊지 못하는 고향같은
깊이가 숨겨있다

아사삭 아사삭
발자국으로 다가오는
소리를 알 때 잊지 못해
어디에서나 그걸
찾고 찾아도 다시 찾는
그 줄거리를 알 때면
너와 나 우리가 되는
그런 이유를 굳이
밥상에 놓고 이름을 안 불러도
앞에 앉아 있는 동무
아사삭 아사삭

'15/8.16.

관습의 혁명을 위해

동서남북 북남서동은 같은가
어느 걸 순서로 알아야 하는가
채수영은 왜 이름 호명의
앞자리는 안되는지
관습에 혁명을 부르짖는다
먼지를 뒤집어 쓴 모순의
호명에 비가 내린다
우산을 펴고 길을 걷는 이제
할 말을 비에 보내면서 굳이
작별의 말을 생략하기로 하려니
자꾸만 억울한 생각이 든다
억울하다 고쳐야 할
세상사 중 하나라

'15/8.16.

울고 싶은 날엔

울고 싶은 날은
땅을 본다. 어둠 내린 길이
어긋나 이것 저길 몰라
서성이는 바람길
들리는 소리 점차 사라지는
헤매는 골목 끝 어디쯤에
깃발 흔드는 자유조차 몸져누운
그 높이를 헤아리는 지금은
잊어진 사랑을 위해
빈 술잔이 출렁이는
어디쯤이면 위로가
슬픔을 잊게하는 노래가 될까
울고싶은 날은 어둠이라
슬픔도 숨어 좋다

'15/8.16.

고요

고요가 얌전히 기다리고 있다
달아난 졸음을 맞으려는 시간은
눈자위쯤에서 껌벅이는 시늉으로
방문객을 기다리는 바람에게
누군가 문을 두드리면
"빨리 오세요"를 보여줘라
문앞에 적어놓은 부탁에는
관심도 없이 가버리는
불면의 충계에서
하늘을 날아가는 새들에게
내 고요의 번지를 알려도 누구도
알겠다는 대답 없이
건성바람으로 지나는데도 기어
환한 길이 열리는 아침은 꼭
희망같을 뿐이다

'15/8.19.

선풍기 운명

죽어라 돌기만 할 때는
세상만사 모두 잊었고
언덕을 넘어 다시 넘어
산 넘어만 바라면서 돌고돌아
희망의 깃발을 꽂으려는 오로지
마음 하나만을 위해
땀흘리고 다시 땀흘리다
한 방울 비 지나니
어느 순간 다가온
은퇴였다

'15/8.21.

얼굴 찾기

어떤 날은 근사한 모양으로 보이다
또 어떤 날은 보기조차 싫은
이런 변화가 무슨 일인지 알 수 없어
사전을 들추다가 끝내 몰라
차라리 파묻어 버리고 돌아설까
이도 저도 아닌 것 같아
걷기로 작정하고 큰 길로 나아가니
얼굴들 예쁘기 모두 한 얼굴들에
낯선 이유 헷갈리는 암담
체념을 풀어 조연으로 자처하고
다시 거울을 보니 그때사
비로소 정신이 들어
집으로 들어가는
발걸음이 가볍다

'15/8.23.

거미와 잠자리

가을 창공은 푸르지만
막다른 길목을 지킨다 거미는
누구든 걸려들기를 기다리는
시간의 줄기에 멍이 들더라도
소득을 독점하는 과욕주의
기다리는 시간의 검은
욕망이 있다

가을의 그림은 그리는 창공은
익어가는 들판으로 이어진 비상
거드는 바람의 손짓으로 채색하는
붓끝에서 익어가는 것들의 호흡
생명의 소리가 밖으로 퍼지는
잠자리 날개의 여유에는 가을에의
의무가 있다

둘이 만나면 하나는 먹이가 된다
음흉한 의중을 갖는 자에 의해
골목을 가로막는 오랏줄이 너무

일방적이라 두렵다 그러나 높이
더 높이에서는 방법이 없는 데
공존으로는 결코 살 수 없는
이 일에는
통일이 꼭 필요하다

'15/8.28.

제2부

꿈을 꾸는 길에는

지나가네

모든 것은 지나가네 그저
소리도 없이 그냥 허물며
작별을 재촉한들 거기
들어있는 상자에는 빈 허무
연기 모락거리는 뒷길을 찾아
길을 떠난들 그또한 지나온
감감한 소식들만 떠도는 손짓
잡을 길이 없어 가슴 저미네

모든 것들 지나가네 젊은 날
윤기 흐르던 얼굴에 주름강이
자글거리는 파도를 만들면서
소리가 없으니 이별도 없는
장면은 수시로 바뀌고 다시
낯선 곳 떠도는 서성 그림자
묻지 않는 길이 다가와
재촉처럼 저무는 하루는 갔네

바라 볼 수도 없어 할 말이 없는
오로지 가는 뒷자락에 묻은
긴 이야기들이 켜켜 쌓이는 기억들
잘 가거라는 말이 고작일 때
지나온 길에는 바람길이 희미한
깃발처럼 나부끼는 이력이
살아 온 내 표정의 징표가 되어
터벅이는 자취에 의미가 되네

지나가는 소리를 듣기위해
오로지 마음 모아 오늘만을
기리는 탑을 쌓고 있네

'15/8.29.

바람으로 지나간다

지나간다 바람으로
저홀로 가노라 소리없는,
아득하여 보이지 않는 길
멀리 그렇게 바라보는 일도
결국은 모두 지나가는 것 뿐
만날 것이 없는 노래 한 소절
열매를 익히는 가을 속셈은 이제
그대가 해결할 숙제
남겨진 것들 사이에서 홀로
그림자를 남기는 일이야
누군들 모를까만 떠난 자리에
남아있는 것들의 쓸쓸함
흔들리는 바람따라
이별을 셈하는 노래가 길다

'15/8.31.

구름 위에서 춤추기

– 김정은에게

정은아, 네 할애비와 애비의 악독한 유산을 물려받아 선량하고 착한 백성이 무슨 죄가 있어 꽃제비와 팔려가는 운명에 굶주린 유산을 숙명으로 알고 사는 사람들에게 무슨 자격이 있어 위대라 분탕칠하면서 동토의 감옥을 만들어 탈출과 탈출에 죄목을 씌워 숙청을 무기로 혹독을 휘두르냐 네 할애비의 음흉과 애비의 교활이 결합하여 심장으로 흐르는 악랄을 걷고 30대 아름다운 젊은이로 돌아가라. 너 지금 구름 위에서 춤을 추고 있을 뿐이다

네가 무슨 지도자라고 고모부를 기관총으로 난사하여 뼈도 없는 비극을 만들었고 유배의 땅에서 부하를 부르니 질겁하여 심장마비를 일으켜 죽은 잔혹함이나 산림녹화지시에 불만을 토했다는 이유로 총살하는 그 원성은 너로 향하는 비수(匕首)의 피 흘림이 얼마 남지 않았음을 알아야 한다. 역사에 영원은 없다. 영생을 꿈 꾼 진시왕도 기껏 50 살에 죽었다.

총한 번 쏘아본 적이 없는 네가 무슨 원수이고 별을 떼었다 붙였다 맘대로 골목길 장난이 너무 심하다 그만 멈춰라 어찌 구상유취의 입이 초법(超法)이 되는가 말이다

어진 백성의 나라 어찌하여 유배의 그물을 펼치고 쇠사슬로 묶어 70여년을 굶주림과 처형과 자유 없는 백성으로 살아야 하는가를 대답하라. 철없는 스키장,승마장, 골프장, 수영장, 으리으리 백화점, 50층 아파트 등은 피골이 상접한 백성의 것이 아닌데, 이밥에 고깃국은 네 일당이 호의호식으로 먹었을 뿐이니 비극의 사슬은 결국 너의 할아비로부터 내려온 못된 유산이어니 성난 쓰나미가 너를 덮치기 전에 멀리 떠나거라. 언제까지 사람들을 의심하여 살육과 초조로 아방궁속에서 영원히 살 수는 없을 것이니 말이다. 네 할애비와 애비의 동상(銅像)이 쓰러지는 날 너는 어디로 가서 숨을 곳이 있다고 믿느냐?

이제 모든 걸 거두고 꽃다운 30대의 젊은이로 돌아가거라. 정은아! 배운 것 없는 호로자식처럼 손에 담배를 꼬나물고 히히덕거리는 몰골이거나 천진하고 귀여운 유치원 아이들 방에 신발신고 들어가는 무례의 극치 앞에 무식이 강물로 흐른다. 네 자식의 방에도 그럴 것이냐?

찬바람 한 줄기면 소리 없이 날아갈 것이고, 네가 울 날은 백성이 웃을 날이니 착한 백성들의 신음을 위로하고 그만 내려가거라 오순도순 가족과 어울리는 따스한 풍경이

얼마든지 가능할 것이고 너 없는 세상이 오로지 평화와
사랑의 땅을 이룩할 것이니 너는 염려 말고 사라지거라.
북녘 2500만 동포 중에 가장 무식, 무지한 정은아!

'15/9.6.

눈을 감습니다. 그대

눈을 감습니다 그대 만나려
이 방법 밖에 달리 길이 없어
더듬이를 앞세워 한참 가고 있습니다
하오나 갈 곳은 점점
멀어지는 묵묵 깊이
바람의 전갈이 안타까워 눈을 떠도
무거운 짊이 다가와 가슴에
산 하나로 자리 잡은 어둠 지나
햇살의 조력을 받아 다시
밤 세워 그린 그림 한 장을 들고
어제처럼 무작정 떠나는 길
행여 그대 먼 어느 곳에서 보실까
날마다 애타는 가슴에는 이미
큰 강이 소리 내어 울고 있습니다
보고 싶다 소리치는 파문들
어디선가 들어주신다면 행여
작은 미소 한 다발을
받고 싶습니다. 그대, 지금
저는 외롭습니다

'15/9.11.

숙제 앞에서

강을 건널 수가 없습니다 그대 만나는
방법 아득해서 더욱 애타는 이유
점차 멀어지는 거리에 다가든 파도
그림자로 길어지는 아수라를 헤쳐
건너 건너면 만날 수 있을 터인데
건네 준 지팡이로는 힘겨운 육신
발길 옮기는 방법이 너무 무겁습니다
구름 위를 걷듯 가노라면
구름 위를 걷듯 가노라면
따스해서 깊은 곳 거기 이르는
사랑밖엔 아무 것도 없는
그런 이유를 위해
강을 건너는 길을 찾아 다시
숙제를 하겠습니다 꼭
숙제를 마치겠습니다

'15/9.11.

그리움 상자

매물입니다 사가십시오, 아직은
싱싱 내용 살아있고 때묻지 않는
정신으로 사는 세상사 밝힐
등불 켤 줄 아오며 언제고
부르면 황급히 달려갈 준비 된
이름이오니, 손을 드십시오
드리오리다 모두 드리오리다

후회는 없으실 겁니다. 사가면
인연의 실타래에 엉켜있어 더는
아픔 견딜 수 없는 이유라서 그만
외면하고 싶은 사연일 뿐
생김 멀쩡하고 멋진 풍모 그런
물목이오니, 제발 손을 드십시오
드리오리다 정말 드리오리다

너 왜 그러냐 느닷없이 혹여
대답 못 할 사연을 물으시면
웃음밖엔 길이 없어 다만

그리움 상자라 쓸 뿐이오니
그리 아시라 하면 마음 가볍게
드리오리다 기어 드리오리다

'15/9.11.

추억 사전

까득하여 먼 기억의 푸른 숲
미처 찾아오지 못한 어린시절의
놀이가 먼지를 뒤집어 쓴채
길을 묻고 있네 낯선 시간은
저홀로 그렇게 가버리고
터벅이는 길 위에 닿고마는 아픔
살아 있음은 모든 걸 풀어
해답으로 간주하는 사전의 부피
살아있어 그대는 결국
승리자입니다

붙잡고 매달리는 일이 삶이라 칭하고
떨어지는 순간 눈물 마르는 아픔은
전부 누명을 쓰고 마느니
억울해도 또다시 무덤에 묻히는
시간을 꺼낼 방도가 없는 승리란
사전이 낳은 사생아일 뿐인데

의미란 없다 다만 특별한 에피소드가
부풀리는 결과물의 의상일 뿐
너른 세상을 향해 웃고 보면 모두가
같은 키에 그림자를 이끌고 있으니 무게가
모두 같다는 공식속에 살고 있음을 알 때도
그림자의 차이가 있는 이유를 해설하는
말들이 너무 분분하다 이런
세상을 보고, 살고 가는
아웃사이더

'14/9.12.

생의 부피

－ 아웃사이더 1

나는 확실히 아웃사이더
중심이 지저분하여 밖으로 나간
이유를 묻지말라 하기사
묻는 사람도 없으니 싸울 일도 없다
자유를 저당 잡히고 사느니
아웃사이더로 사는 자유의
상쾌함에는 맛이 있다 제멋에 사는
나의 사전은 죽으면 부피가 점차
늘어날 것이 확실하다

'15/9. 12.

중심 기피증

― 아웃사이더 2

내가 열심히 시를 쓰는 이유가
아웃사이더 때문이다 누구는
어렵다 하지만 나는 쉽고
명쾌하고 정직하다 이래서
아웃사이더의 운명이 열린다
구불거리기보다는 곧게 가고
낮은 자리를 찾아 몸을 숨기는
이름 석 자는 항상 주눅이 든 거 같은
존경을 걷어차고 겸손을 받아들이는
오만의 성주이기에 내 오골성(傲骨城)은
높아 때로 서럽기도 하다 중심으로
들어가려해도 들어갈 수없어 막히는
아웃사이더라 해서 중심으로는
결코 안가는 그런....

'15/9.12.

가을 낮잠

하늘이 높아지는 이유로 햇살은
아침 길에 어둠을 걷어 말리는
산천은 조용하기 두 눈
어디로 가야 할 이유가
여울소리로 빛나는 한낮
누굴 찾아 왔다는 전갈도 없는 무료가
찾아드는 길이 반가워
머리를 낮춰 불면을 가져가라 부탁 하니
잠시 쉬었다 가는 길이라며
머리 긁적이는 모양이라도 고마운데
아주 잠깐 방문한 어딘가 개운한
세상이 환한 풍경 내일도
오겠다는 말에는 묵묵부답이
바람결에 청명한 것도
살다보니 만나는
푸른 소식이네

'15/9.13.

사람 만나기
― 사람 1

젊어서는 호기로 만났지만
갈수록 알 길 없는 무수한 갈래
도저히 감지할 수가 없다
체온이 익숙할 때면
어김없이 돌아서는 발소리
만나지나 말 것을

기다림만 커지는 해질녘
바람 아우성이는 변명
들어야 그 소리 재탕인 것
감추고 돌아서는 모습에는
만나지 말았어야 할 것을

보이는 것 보다 멀리 있는
소식들의 멀미 따라
파도는 다시 오고 다시
돌아가는 바닷가에서
그러려니 체념의 상자를 닫고

앞을 바라보는 일로
웃음의 깃발을 내 걸 뿐이다.

'15/9.22.

떠난 사람들에게

 — 사람 2

깊이를 알 수 없어 항상
길이를 셈하지만 무한으로
깊어지는 셈 앞에
어리둥절이 따라오면서
그것도 모르느냐는 비아냥에
사는 일 이렇게 지난다

허정거리는 생각 때론 무지에
아픈 마음 부풀어 그만 멀리
떠나는 구름에 말릴 수 없는
아쉬움이나 빈 하늘만이
내 것이 되는 이유를
따지고 따져도 사전의 부피에 숨는
재빠른 바람결을 바라만 보는

어느, 어느 먼 날 언덕을 넘어 기어
외나무다리에서 만나는 신념으로
들메끈 고쳐 아침을 예약하는
내 초라는 이미 고지에 올라

건너편 세상을 바라보는 눈에
떠난 사람들이 그리워지는 것도
가슴에 남은 명상의 파랑새일까

'15/9.23.

한가위와 할아버지

명절 길 붐빈다 아우성인데
아이들 소란 싣고 오는 자식들
하마 어디 오나 기다림 눈엔
가슴 넘치는 웃음 그래
먼지를 털고 물걸레 청소에
대문 열어 바람 통하는 골목
마음길 하릴없이 분주해도
기다림만 정정한 나무가 되네

달이사 휘영청 제 멋인데
세상을 한참 멀리 비켜난 이제
너른 추억들이 오솔길 따라
물어물어 찾아오는 그리움
화려한 날도 있었다 돌아보는
책갈피 어딘가에 잠들어
재미없는 이야기같아 덮어두고
무엇을 보여줄까 연극무대의
깜놀이 재료를 찾느라 기다림도
그만 잊고 말았네

'15/9.24.

쓸쓸함과 마주하는

푸른 이유로 들판이 넉넉한 것도
한참 지나면 돌아서는 쓸쓸함
달리 설명이 보이지 않아
그림자 바스락거리는 소리
하늘 높은 때에 찾아온 무게에
새들이 날아가는 풍경은
어디로 갈까 막연한 그림
나이 깊어진 수심(愁心)인가
저절로 찾아오는 길을 무조건
받아들이기로 작정하니 하루는
확실히 짧아 기다림이 많은 것도
쓸쓸함에는 이유가 있는가보다

'15/9.24.

꿈을 꾸는 길에는

구름이 가는 곳을 모르 듯
사는 일 어둠이라 더듬더듬
아침은 어김없이 다가오는데
조찬을 생략할 수 없는 새들
분주함에 사는 일 어디쯤
망연(茫然)으로 심은 나무 끝에
기다림의 꽃은 필터인데
책갈피에 넣어 둔 꽃잎에
향기 살아나 듯 길이 열리네

눈물도 때로 가슴을 열어 주 듯
슬픔이라 건너는 강물
오근조근 살아가는 텃무리
어디갔다 왔는가 물으면
꿈길 구불구불 머얼리 어디쯤
되짚어 돌아오는 마음
안도가 물이 올라 웃을 때면
환한 세상 꽃천지 눈을 감네

'15/9.26.

쓸쓸함을 위한 위로

다 그런거라고 치면 할 말이 없지만
눈으로 들어온 것들 유심히 보면
근심이 짙거나 아닌 것 둘이
서로 주고받는 언쟁이 보인다

어차피 부딪치고 다시 돌아서고
그렇게 살다보면 시간은 저홀로
좁은 길이든 넓은 길이든
근심걱정도 없이 가기만 하는데
그 길에 선 내몫의 할당량은
점차 사라지는 연기의 자락
하늘을 바라보는 허무의 주인
주인을 찾는 놀이가 어느새
곁을 지난 저녁놀의 만찬
쓸쓸함도 때로는 풍경화가 된다

'15/9.28.

반란

시골에 살면서
색깔의 미묘함을 알아
그림을 그리고 싶어 붓을 들면
헝클어진 물감의 반란을 나는
결코 막을 도리가 없어
무작정 바라만 보기로 했다
멈춤 없이 응시의 초점에 맺히는
멀리 아득함의 아지랑이
바라보는 되풀이에
간이역이 없는 쓸쓸한 하늘
빠져도 나올 수 없는 깊이
파문이 두려워 바람을 막는
정밀(靜謐)의 숨소리 내
철학개론의 하루

'15/9.29

소리 줍기

한가위에 아이들이 놓고 간 소란을 줍는다 하나를 주워 자세히 바라보니 "빨개졌어요, 빨개졌어요. 길가에 핀 코스모스 얼굴" 유치원 손녀가 튀어 나온다 다른 놈을 골라 귀에 대어보니 중학교 손자의 영어 단어가 중얼중얼의 가락과 종이접어 하늘로 날린 비행기가 속력을 더하면서 창공을 휘젓기도 하고 미로 앞에 서성이는 말판놀이 골목따라 아장이는 세 살 손자의 투정에는 쟁쟁한 햇살이 구르고 있다.

이것들 하나하나를 주워 모자이크 하 듯 종이에 포장하여 벽에 걸어두려니 와르르 쏟아지는 풍비박산이 아까워 종내 잠을 이루지 못하는 야밤 깊이 큰 달이 따라오라는 시늉으로 서쪽으로 가는데 작은 풀벌레들이 아우성하는 것도 한낮에 남기고 간 내 손자들의 소란이 섞이지 않았는가 귀 열어 밤을 새워 듣고 있다.

'15/9.29.

혁명

내 혁명은 서럽다. 한 번도 성공을 못한 실패의 간판이 커지는 날이면 달리 할 일이 없어 또다시 음모를 키우며 로또 복권을 사듯 기다림을 계산하는 일로 하루가 다시 하루에 이어지는 생각을 계산하고 다시 계획을 세우는 이유는 딱 한 번만 성공하는 날이면 만사형통의 문이 열린다는 신념이다. 그러나 어느날 찾아온 낯선 사람이 이미 혁명의 시대는 지났다는 말을 듣고 깜짝놀라 주변 사람에게 물으니 웃기만하는 모양이 비웃음같아 집에 돌아와 내 혁명의 당위성이 초라함을 알고 모조리 쓰레기 통에 쑤셔 넣으니 달이 먼저 알고 환히 비추는 조도(照度)에 놀라 내 거사는 밤에는 어렵다는 결론을 내리고 검은 안경을 구입하여 한낮에 음모의 지도를 그리는 길을 찾기로했다. 그러나 감시의 눈이 많은 낮엔 숨을 곳이 없다는 사정 때문에 그림자를 불러 길 들이기로 했을 때 꼬리가 길면 잡힌다는 교훈이 두려움을 더하면서 내 혁명의 길은 점차 지난(至難)에 직면한 절체절명의 처지가 역력하여 어찌할까 망설임 때문에 파출소앞조차 오금이 저리면서 지나고 있다 꼭 세상을 접수하여 혁명의 깃발을 날리고 의기양양 살고 싶은데.....내 혁명은 서럽다

'15/9.29.

강 건너 만날 사람

건너야 만날 강이라기에
가오려 마음 잡아 한발
조심을 앞세운 발자국
소리죽여 다가가려니
물살이 오지말라 파도가 되네

하릴없이 물 바라 파문 셈하는
하나이다 둘이 되는 다시 그렇게
어쩌면 오라하는 손짓도 같아
조심 챙겨 사분사분 소리도 죽여
마음 먹고 눈감아 건너는 길

문앞에서 어찌할까 주저주저엔
세월 깊어 어쩌면 몰라 볼 수도
두려움 흔들리는 바람 탓인 걸
용기 앞세워 다가서니 가슴엔
더 큰 파도가 이미 당도했네

'15/10.4

강을 건너서

그대 만나려 강을 바라보니
바람 불어 근심 부풀어 오르네
세상 푸른 이름 아름다운 날
살아있어 놀람을 주는 것들이
지난 시절의 그림자를 모아 문앞
초병으로 세워두면 놀란 허수아비들이
바람을 막아주느라 웃고 있는데

하늘로 가는 구름 길 여기저기
강은 무작정 앞으로 가는 습관이지만
뒤로는 갈 수 없어 망연한
바람의 손짓이 나뭇잎에 이르러서야
실눈을 뜬다 마음 서둘러 걸음을 옮기니
세상 모두가 함께 길을 가자고 따라오는데
강물은 그때도 말없이 앞으로
하늘만 바라 갈 뿐이라

'15/10.5.

단풍

저것들이 어떻게 소식을 알았을까 누구도
알려준 적이 없는데도 제몸을 바꾸는
변신의 언덕 가까이 다다랐다 느낄 때엔
호들갑에 길 떠날 차비가 요란할 터인데
아무 말도 없이 묵묵으로 받아들이는
순종이 차라리 아름답다

어찌 알았을까 몸 하나 움직임도 없는
제자리 그 자리에서 비바람 눈보라
슬픔과 웃음이 교차하는 시간의 숲
묵언의 수도승처럼 이웃과
한마디 말도 없는 떼무리에도
바꿔 입을 옷이 마련된 것을
참말로 어찌 알았을까

꾸미고, 고치는 수다의 광고판에
날마다 아우성치는 스마트 폰의 소식이
순식간에 한 가지로 물살을 일구는 것들
초라로 돌아가는 길이 보이는데 멀리로부터

가까이 일제히 들고 일어나는 환호의
소식을 어떻게 알고 박수를 치는
아름다운 혁명의 세상이 되는가

'15/10.7.

지하철

어쩌다 서울길에 무임승차 노인석에서
좌우를 바라보면 죄다 열심히 고개를 숙이고
두 눈에 어른거리는 손짓을 따라가느라
이웃이 없다. 체온은 식었고 풍경이 죽었고
고독의 성주가 된 사람들이 이룬 통일된
대한민국 풍경

어리둥절 시골노인의 눈에는 친근한 추억들
창밖을 볼 때마다 덜컹거리는 철길 따라
압구정 지나 한강, 옥수, 약수, 충무로가 그대로 인데
일곱 명 자리 여저기 모두 한가지로 무엇을 저리
열심히 찾아 길을 떠나는 걸까

이방인이 된 노인석에서 책을 펼친
고독으로 움츠린 삭막 어색
풍경이 없는 낯선 통일이
참으로 어리둥절하다

'15/10.7.

미인

사랑은 갖는 것이 아니라
바라 보는 것만으로도 충분한
설사 멀리 있다해도 거기
있음으로 가득해지는 이름
오히려 안도감이 자리한다

가슴 뛰는 것만이 사랑이랴
미소로 다가들어 스미듯 넘치는
운명처럼 맑은 거기 설사
내 얼굴이 없다해도 뒷자리 어디쯤
하늘 깊이에서 커져오는
그런 사람이 깊이에 있느니

깨달아 깊이에 빠진 푸름이라 하자
언제나이기 때문에 이별이라 해도
결국 다시 이어지는 길에서 항상
만남이 따스해지는 얼굴에
영원이 숨 쉬고 마침내는 가슴에 박혀
떠나지 못해 안달이 난 자랑으로

미인을 날마다 만난다. 우리 집엔
그런 미인이 살고 계신다

'15/10.7.

낙타

세월 탓이다. 곧고 뻣뻣한 단봉이
그렇게 된 것은 연골에 기름이 빠져.
어느 먼 사막을 허위로 건너온
시간의 등줄기에서 서러운 바람이
지나갔음이 분명하다. 이제 햇살 따스하고
마음 가벼운 날이래도 굽어진 길에는 이미
돌아갈 리 없는 추억들이 줄지어 서있는데
바라보는 것으로도 마음길이 서럽다

시간 탓이다. 고되게 지나온 사막을 되돌아
바라 볼 수밖에 달리 방도가 없다
발자국에 고이는 눈보라 아니면
고개를 넘노라 흔들리는 비바람 아우성
고요를 앓히고 사근거리는 말소리에
옛이야기가 스멀거리는 골목이 붐비는데
휘어진 등줄기로 흔들리는 바람의 표정
그 깊이에는 붙잡을 수없는 서러움이
비틀거리면서 가고 있다 지나고 있다

내 탓이다.추억이라는 화려한 이름의
풍경화를 한데 모으면 대답은 간단하다
작은 비석을 세우고 굽이굽이에 엮어진
강물들을 모아 비로소 바다에 이른
사막의 전설에 불이 켜지고 멀리
노을에 젖은 이야기가 목마른 기념을
내세운 발자국에 낙타는 끝내 돌아가는
길을 잃어버린 오늘과 지나간 추억들이
겨울이 오는 밖에서 서성이는 그런
망연(茫然)함일 뿐이다

'15/10.9.

제3부
마음의 풍경화

발가락 (동시)

현서발과 할아버지발
발가락을 대어봅니다
큰배와
작은배 나란히
꼬무락 꼼지락
누가 큰가 비교하면
물살이 출렁
큰배와 작은
배가 떠납니다

'15/10.10.

가을 들녘 (동시)

고개 숙인 가을들엔
햇살이 설득을 합니다
억지로 고개 숙이지 말고
오래 오래
단단 굳게 사노라면
따스한 사람들
불빛 밝은 저녁식사
맛이 들어가는 길이 있다고
햇살은 마냥 즐겁게 말합니다
따슨 옷 두껍게 입어라
겨울이 걸어온다
금시 추워진다

'15/10.20.

가훈

읽어라 그리고
써라
생각하고
써라 그리고
읽어라

'15/10.11.

무제

젊은 날 20대 때는 연애가 하고 싶었고
그 시절이 저물 무렵 신혼예식장
2층인가 3층인가에서 결혼했다 허기진
30대를 넘어 굴곡으로 구불거리는 때
어느 새 40줄에 큰 강을 만나 휩쓸리는
초라한 운명 공부하느라 어린 교수들께
고개 숙이는(제일 어려웠다) 학문
만학의 아픔이 익은 50줄에사
내 의자에 앉아 창문을 바라보니
허전한 하늘에 구름이 제멋으로 지나고
날마다 제자들 앞에서 말하고 듣고
아침에서 저녁까지 오가고 가오는
동부간선로를 마지막으로 지나올 때까지
그런 길이었다. 풍광 좋은 시골에서
둘 만이 남았다. 살수록 이해 불가의
말이 저마다 홀로 구르고 야채를 심고
나무를 바라보고 오로지 혼자임을
예전엔 미처 몰랐었다 검은 머리가
파뿌리처럼 살아라는 주례사가

지난한 숙제라는 것을 망팔(望八)지난 고개
너무 힘겨운 문제라는 걸 이제사
앙다물어 독백하고 있다

'15/10.11.

노을

노을 길에
눈빛 젖으며 가는
길이 멀어 쉬는 영(嶺)
그림 한 장 남기고
말없이 떠나는 일 어차피
뒤따라오는 별들에게
여운자락 밤길이면
달빛 익은 마을이사
우윳빛 세상에 맡기고
바람 스치는 옷자락
귀가길 서두르는
여인 같아라

'15/10.11.

가을역

어느새 가을역에 도착했습니다 모든 물상의 손님을 데리고 참으로 무사히 도착했습니다

지난여름은 흥건한 땀 그리고 바람이 그리도 아쉬었는데 이제 모습을 감춘 푸른 이름의 전달식으로 가을역은 바쁩니다. 사람들은 잊었던 기억을 앞세워 멀리 있는 이들에게 쓸쓸함이 적혀있는 편지 구절 마지막에는 여름을 배회했던 향기가 안으로 스며들어 열매로 익히는 시간 따라 전달식을 마친 바람이 호수로 가는 조용한 길을 묻습니다. 세상은 다시 한 번 추스르는 몸짓으로 멀리서 가까이로 색칠을 마구 흩뿌리는 장난에 신들은 지금 신명이 났습니다

시인은 영감을 불러 앉히고 돌아오는 길을 재촉하는 서투른 필치의 시(詩)구절이 바람에 뒹굴면 못 다한 숙제를 마치려는 햇살처럼 바장입니다.

가을역은 짧은 이별에 조급증이 물들어 애달픈 변화와 초조로 엮어지는 처녀의 순결처럼 아픔입니다. 곧이어 다가올 허망의 소식들이 문 앞에서 어른거리는 재촉이 소리를 크게 부풀리는 즈음 익어가는 것들의 마음속에 간직된 단맛들도 분주합니다.

점차 고독이 깊어지는 강으로 낙엽 두 엇 쟁쟁(錚錚)이는 하늘로 흐르고 눈에는 푸름이 젖어 물이 듭니다. 쓸쓸한 것도 병이 되는 페이지마다 추억들이 손짓하는 날은 더욱 애달파지는데 기다림은 여전히 문밖에서 서성이는 바람을 피하려는 모양으로 호소하는 짧은 날이 기웁니다.

겨우살이 준비로 마지막 날갯짓에 되풀이 창공을 가르는 날새나 벌레들의 헤맴이 안쓰러운 것도 얇은 햇살이 밀려나는 아우성 따라 여백이 점차 넓어지는 길이 먼 산을 넘어가는 자취가 어둑할 때면 이제 가을역은 임무를 마치고 다음 역을 찾아 기적을 울릴 것입니다.

따스함을 그리워하는 사람들은 제 식구들과 함께 문을 닫아 도란거리는 저녁 식탁의 불을 켜고 이내 꿈을 만드는 여행을 떠날 것입니다. 하면 세상은 참으로 조용한 책을 읽기 시작할 준비를 마칠 것입니다. 가을역의 기차는 다시 힘을 내라는 소리를 하늘에 고하고 두 발을 구를 때면, 모든 것들은 항상 떠나야 합니다. 평화로움이 깊어질 때면, 이별이 허전한 의상을 걸치고 물이 드는 천지사방에 흩뿌린 색깔은 더욱 깊은 호소가 될 뿐입니다.

길은 그렇게 진행되고 있습니다.

'15.10.13.

가을 바다 앞에서

말을 알아 듣지를 못한다 바다는 육지에서 온 사람의 놀람에 더 놀란 반응으로 대답을 하지만 도통 이해할 수가 없다 바다의 말은 다른가보다.

멀리 수평선이 까마득하여 한 줄로 늘어선 용맹한 군인들의 오와 열처럼 일직선이 위엄을 싣고 오는 소리로 마음을 덮어버리고 가까이선 아무런 표정도 없이 아까의 몸짓으로 돌아가는 행위가 무심한 것 같아도 다시 돌아오기를 수 없이 반복하는 데는 무슨 의미가 있는 것 같아 멀컨이 바라보는 눈에는 호기심이 발동한다.사는 일도 이런가

짙은 청남색의 물에 빠지면 나는 무슨 물이 들어 어떤 색깔일가를 생각하노라니 "아서라, 안된다"는 신호로 출렁이는 모양이 하늘에서도 같은 색으로 저들끼리 서로 반향(反響)하는 가을 산에서는 단풍이 "나도 낀다"는 시기심으로 세상을 색칠하는 일로 분주하기는 가을도 꼭 봄날 같았다.

'15/10.14.

안개숲

어딘가 멀리 떠나라는 신호처럼
안개 커텐을 걷는 시월 아침
허우적이는 가을 길 아침
불빛 삼킨 산천은 오리무중
손을 휘저으며 가는 고요에
벽에 걸린 그림에는 보일 듯
보이지 않아 눈을 크게 떠도
기다림만 깊어진 사념
치맛 바람 이리저리
흔들리는 모양만 눈에
어른어른
아무 것도 없느니

'15/10.17.

고독

고독은 혼자가 아니라
많은 사람 사이
작은 틈새로 찾아오는
그림자 아우성이 들끓는
장바닥에서 혼자
어슬렁거리는 다시 그림자
오히려 혼자 있을 때는
온갖 상상이 넘쳐
아우성의 줄서기가 붐비는 일
그러나 숲속의 나무는
결코 고독을 말하지 않고
어울림의 연주만 있다

'15/10.20.

푸른 이야기
　– 신호동의 이영이 부부를 만나면

부산 끝자락 강서구 신호동
부영아파트에 가면 파도가
'사랑으로' 사는 사람들을 찾아와
늘상 속삭임을 남겨놓고 떠나간다
그러나 그리움의 향내는
여전히 남아있어
솔바람에 걸려 말을 할 때마다
가덕섬으로 건너간 해무(海霧)가
그리움을 포장하느라 여념이 없다

가슴이 맑은 친구를 찾아
이곳에 올 때마다 떠나는 시간을 놓치고
허겁지겁 돌아가는 길이 아쉬워
파도 한 자락에게
잘 있으라 부탁하는 무거운 음성에는
애달픔이 안개 숲으로 숨어든다

구비돌아 멈추는 낙동강이
바다에 이르러

그리움의 페이지가 두꺼워지는
이유를 결코 설명할 수가 없어
돌아보아 아득함이 깊어
서러운 이별조차 따스함에는
푸른 이유가 있다

'15/10.23.

뻥튀기

햇살이 살찌느라 가을은
무게로 속살을 채우는 오후
커다란 창문 곁으로 마른 바람이
낙엽들을 데리고 골목을
지나가느라 여념이 없을 때, 어언
산정 흰 구름 두 엇도 한가에 겨워
꿈길로 가는 길을 묻는 이야기에 섞여
시간의 등을 타고 어딘가 아득한
동화나라에 도착하여
화려한 드레스를 입고 왕비가 되려는
대관식의 팡파르가 바람 소리에
멈추는 순간
'뻥이요!'
아아, 아까워라

'15/10.27.

낚시

오는 것들은 가는 것
가을비가 추적이는 날엔
가슴에 젖어진 물기가
흐를 곳을 찾아 헤매는
비가 오고 그리고 햇살이 나는
오는 하루는 또 가는데
날마다 되풀이 낚시질
허전의 그림자를 건지고 다시
허공에 뿌리는 포물선
오늘도 그렇게 갔다

'15/10.27.

마음의 풍경화

봄이 오자 땅에서 솟아나오는
푸른 싹처럼 여리디 여린 바람에
눈을 뜨는 아침이었는데
긴 여름의 햇살이 키운
온갖 꽃들이 색색 큰 열쇠로
살아 요염에 이른 파도 같은 물살
가을이 오자 색깔이 변하는
내 마음엔 하늘 푸른 이유가
담기면서 넓어지는 세상
사유가 길을 묻는 내
일흔 다섯의 황혼은 여전
아름다운데 문을 닫아야 하리
겨울은 소식을 가져오기에
가버린 사람들의 소식이
여전 그리운 이유뿐인데

'15.10.31.

시월이 가고나니

시월이 가고나니
들판은 비어있어
누군가를 하염없이 기다리는
바람은 그 길을 가로질러
멀리 가는 길이 보이는데
시름을 접어 따스한 불을 지피는
마음 깊이에 온기 아침
연기가 안개와 동행하려는
흐린 풍경화 속으로 태양은
이제야 늦잠껜 걸음을 시작하는
무사해서 안녕한 늦가을 초하루
한참 물이 드는 저 낙엽들의
시낭고낭이 내 육신의
신음 같아 안쓰러운데 날마다
토장국 맛으로 입안을 행구는
염치가 부끄럽다.

'15.11.1.

이어령과 조영남

거침없이 오가며 넘나드는
입담에서는 둘이 같다
재치의 현란함에서는-사상이 아닌-
이어령이 앞서지만
가락이나 예술성의 해석에서는
조영남이 훨 났다 그러나
둘이 다른 길에서 살기에
서로 뛰어난 기량이 보이지만
마지막에 당도하고 싶은 소망이
시(詩), 시(詩)일 것이다. 어령은 이미
시집*을 출간했지만 영남은 여전
그림과 문학,** 음악에 취해 놀고 있어도
어느 날 시집을 낼 것이다 그때 나는
소살(笑殺)스런 표정으로
바라볼 것이다

* 이어령 시집 ≪어느 무신론자의 기도≫(2008. 8)
** 조영남 평론집 ≪李箱은 이상 이상이었다≫(2007. 7)

'15/11.1.

마음 비우기

거짓말이다 도대체 마음이
어디 있길레 비운다는 말이
내세우는 뜻이 될까 그러나
채울 것도 없고 비울 것도 없는
푸른 궁창(穹蒼)이거나 공중을 떠도는
공기처럼 있음이 확실한데
만질 수도 없고 볼 수도 없다는 이유가
헷갈리는 오답(誤答)처럼
머리를 싸매는 오늘도 마음을 찾으려
길을 떠나는 옷자락에 매달린 것이
점차 무거워지는 뜻을 모르고
찾으러 나선 길이 끝내
허무 같을 뿐. 어디 있는지 아는 분
찾아가는 길 좀 알려주십시오

'15/11.5.

거짓말

거짓말도 윤나게 닦으면
진실처럼 변한다 참말보다
고소하고 달콤한 포장이
가슴으로 박히는 속도에는
설명없이 다가와
유능한 학자들도 끝내
밝혀낼 수 없는
어지러운 안개일지라도
또렷한 진실이 여전히
공기 중에 떠돌고 있어
눈을 뜨고 정신 차려서
골라내는 눈이 떠야하는데
거짓과 진실이 반반씩 섞여
골라내는 것마다 절망이
더 많다

'15/11.5.

신라의 통일은?

– 통일 1

나는 신라가 삼국을 통일했다는 말에 손을 들지는 않는다. 드넓은 발해 – 만주벌판을 잃었고 당나라를 끌어들인 일에 대해서는 부정적이지만 하나로의 길을 만든 일은 사실이다. 이른바 통일의 바탕은 사회구조의 통합과 미래를 보는 지도자의 안목-화랑이나 인구 다산정책으로 원효스님조차 결혼했으니 이는 결국 국방정책이었고 미래의 길을 지도층이 이해했다는 뜻이다. <처용가>의 처용이나 <헌화가> <해가사>의 수로부인이나 김유신 여동생의 방뇨의 꿈 등을 읽으면 확실히 인구증가의 목표가 좁은 영토을 확장하는 방법이었으니 백제의 <정읍사>나 <지리산가> <도미설화> 고구려의 <명주가>와는 다른 신라의 노래 등은 목표를 정한 소통과 합일의 결과물이었다. 그러나 뼈아프게 끌어들인 당(唐)군으로 인해 흘린 피 – 10일 동안의 백제인들 도륙(屠戮)이나, 피의 강물을 피해 왜(倭)땅으로 도망간 원한은 무언가 참회가 있어야 했다. 더불어 삼천궁녀는 결코 낙화암 바위에 올라 설 수 없는 망국의 부인들이 선택한 자살바위의 꽃이었다. 참된 승리자는 깃발을 날리는 것이 아니라 사랑의 가슴을 열 때, 비로소 통합의 온도가 뜨거워지기 때문이다.

때문에 통일은 눈물이 아닌 사랑으로 이루어야 할 숙제
는 오늘에도 먼 이야기일까.

'15/11.6.

둘이 하나 되기는
- 통일 2

　기운이 없으면 정신이 헷갈리고 판단이 궤도를 벗어난다. 나라의 형편도 그렇거니 몰락 왕조의 처지는 오늘의 남과 북의 원인을 만들었으니 이는 우리의 업보이거늘 두쪽이 하나로 합하는 명제는 숙제로 남겨진 슬픈 유산일지라도 다시 쪼개진 이 노릇을 어찌하여야 하는가 정의와 사랑을 섞어 하나가 되는 일은 아주 간단한데 야욕과 욕망의 왕국을 세워 굶주림을 딛고 독재의 서슬을 이어가는 긴 줄기를 끊어야 하는데 갈수록 질긴 사슬이 조여오는 암담한 어둠을 걷고 빛나는 소통이 있어야 하는데 왜 이리도 지난(至難)한 산맥이 가로막아 슬픔의 강물이 깊어만 지는가 우리 모두의 지혜없음을 탄식할 뿐이니 돌아보아 교훈을 삼고 앞으로 길을 내는 현명이 모아져야 할 일이지만 이념의 줄기에 매달린 사람들의 입술에는 항상 격랑이 압도된다. 먼 훗날 돌아보면 입을 닫아 변신을 꾀해도 그 파도는 우리 모두의 아픈 유산의 간판이 되거늘 역사책은 항상 무거운 입을 닫고 강조점에 밑줄을 치는 때는 이미 길을 잃은 방황이어니 깨어날지어다.일어날 지어다 우리 같은 줄기에서 솟아오르는 이 땅의 주인이거늘, 이 땅의 영혼이어니, 둘이 하나되기는 참으로 어렵다해도….

'15/11.7.

이데올로기
 - 통일 3

깔아 뭉게자 그놈의 이름을, 말의 벽을, 무너뜨리어 헐어버리고 너와 나 우리로 살아나는 제 3의 지대라 명명하고 그땅 하얀 이름위에 굳건한 성을 짓고 오순도순 오래고 오랜 역사의 탑을 자랑으로 삼아 깃발을 바람에 맡기고 산다면...

깔아 없애도 아까울 것 없는, 쓰레기통에 버린다한들 아까울 것 없는, 그걸 붙잡고 얼굴을 붉히고 죽자 살자 서로의 강물을 만들어 살고 있는 굳은 표정이 얼마나 초라한 것인가를 아는 길을 몰라서가 아니다. 오장 육부 안에 들어있는 이기의 발로가 만든 욕망을 버린다면 가벼운 육신으로 세상의 평화는 얼마나 화려할 것인가를 생각하면 버려도 전혀 아까울 것이 없는 땅을 만들 수는 없을까? 묻고 묻노니 그런 공간으로 갈 수는 없느냐 이데올로기야

'15/11.7.

꿈

그것이 필요하다. 살아가는 일이 꿈을 꾸고 만드는 일이라는 설명에는 어떤 것도 섞여야 할 이유가 없다. 절망의 산과 깊은 강물의 포효에도 희망이 불을 켜는 것처럼 풍선을 하늘로 날리는 아이처럼 부풀어 오르는 무지개를 보라 가슴에 한가득 차오르는 이유를 설명할 말은 없어도 된다.의지의 푯대를 세우고 어둠을 가로지르는 힘을 주는 이유가 손짓을 하려니 따라가라 그리고 홀로 서라

꿈은 작아도 좋고 또는 커도 좋고 오로지 있음에서 살아나는 저 깊은 샘물의 소리를 들은 적이 있는 사람은 마침내 일어나는 방법을 알고 내일로 다리를 놓아 무리들을 인도하는 사명을 위해 흘리는 땀은 있어야만 한다. 비록 수척한 두 눈에 아픔이 가로 막을지라도 내일을 믿는 불이 켜질 때, 꿈은 굳이 이름을 밝히길 원하지 않는 겸손조차 아름다울지니 아수라의 세상에 불을 켜는 일이 아니면 무엇이 소중하랴. 그대 지금 그 이유를 설명하는 페이지 앞에 홀로 서라!

'15/11.7.

내 마음에 길

내 마음 속에 스님 한 분이 계신다
화엄의 길을 따라
한 걸음에 바람이 일렁이고
갈 곳이 없다는 끝을 찾아
시작은 고요를 앉히고
지금은 설법중

떠남에서 기다림을 세워둔 장승
두눈을 부릅뜨고 지키는 하늘
돌아올 곳이 없음을 알고
어둠에 눈물을 흘리는 무한 처처(處處)
지금은 참회중

귀를 열고 마침내 마음을 열고
다음 순서를 기다리는
끝자락에 다가온 속삭임
경을 읊을수록 경은 멀어지고
하얀 여백에 그려지는 파문
풍경화에 담기는 무한록
지금은 집필중

내 마음 속 누군가 한사람
웃고만 있는 천 년 그 자리
묵언의 바위로 떨어지는 빗방울
잊었던 사랑이 문앞에서 서성성
그림자를 푸른 벽에 새기는
지금은 작업중

'15/11.8.

내, 사랑을 그린다면

사랑을 그리기 위해
하얀 종이와 연필을 놓고
눈을 감아 한참 길을 헤맵니다
발끝에서부터 머릿칼 날리는 그리고
눈으로 가는 길에 안개가 어슷거리는
얼마를 지나 동그라미에 다가든 손이
마구 떨립니다 두 눈에 고인 물이 맑아
아득한 거리 내 얼굴과 겹치는 깊이에 그만
영혼이 빠져 허우적이는 창문 앞에서
놓치고 마는 그대 얼굴, 이 노릇 아파아파
주저 앉아 탄식하는 소리가 퍼져
하늘로 가득해지는 이유라서 끝내
내 사랑은 포기각서를 쓰고
그리움의 물감만 마구 풀어버렸습니다

'15/11.8.

종소리 울릴 때면

시간을 재촉하는 종소리 울릴 때
여백에 채워지는 눈동자에
슬픔의 눈물이 고여있는
돌아보니 살아온 길이 보이네
다시 돌아가려 눈을 뜨고
지난 길 한참 바라보노라니
어리어리 겹치는 그림 속
낯익은 골목은 비어있어도
푸른 영혼들이 웃음으로 마중나온
바라보아 가득해지는 추억
그 길 지금은 안개 걷힌 산이
내 앞으로 성큼 걸어옵니다

'11/11.8.

방황

불면의 터널 속에서
어정이는데 그대 지금
꿈을 꾸시나 그 꿈에
함께 할 수 있다면
문을 열어 주소서
헤매는 발길 어디쯤
그대 미소따라 오늘은
단잠이 차려진 식탁
사랑도 따스해서 좋은 거긴
이르고 싶은 소망의
종점이온데

'15/11.8.

제4부
희망 별곡

가슴으로 흐르는 강

강이 흐르네 소리없이
어디서 왔는지 스미듯
가슴으로 찾아든 소리
물젖어 다시 무게가 되는
서글픔이사 이유없어도
고독은 차라리 사치라
그대 만날수만 있다면
이제 터벅임의 끝
방황의 운명조차도 행복이거늘
문을 열어주소서 그대
강으로 가는 바람따라 지금은
오로지 그길을 가오려는
마음뿐이오니

'15/11.8.

십자가

높은 첨탑 붉은 불빛이 어둠에서
더욱 선명하다 믿음은
언제나 굳건한 성이 되어
가슴을 데우는 이름이었지만
첨탑에 매달려 오히려 신음하는
사람이 있다면 혹은
목탁에 스러지는 수많은
언어들이 산속에 갇힌
선한 눈망울들도 걱정이다
가슴으로 사는 사람은
목탁이나 십자가나 모두
하얀 여백에 진실만을 쓰라고
숙제를 내주는 선생님 그
선생님을 믿고 따르면 결국
곧은 길이 되기 때문인데

'15/11.9.

제 3의 지대

살아 가노라면
어차피 선택이라
이것이냐 저것이냐 중
이저도 아닌 공간을 만들어
거기서 바라보면 공평이 보일까
젊은날은 그런 놀이에
시간을 보냈다

마음의 푯대를 세우는
이곳과 저곳을 바라보는
중심 잡기라면
경계에서 살아가는 길은
엄정한 눈치를 보아야하는
이 또한 괴롭다 나이들어
서성거림이 사라지고
머뭇거림의 발자국만
내 것 같아

'15/11.9.

준다 해도

공부하는 사람들과
문학상에 대해 말했다
'주면 누구나 좋아하고 또
받고 싶어 마음 향한다'고 그러나
그 상을 버리면 더 큰 마음이 다가오는
소리가 들릴 때 오랜 기다림은
외로운 고독과 신음
내 상상의 산물에
무슨 의상(衣裳)이 필요할까
생각에 이끼가 끼지않도록
흐르는 물에 맡긴
운명의 투명성, 나는
그런 종교아래 사는
오로지 글쟁이

'15/11.10.

유통기한

내 삶은 유통기한이 한참 지난
황혼의 의상이 어둠 앞에서
마지막 미소를 보내는
가을 지나 초겨울 을씨년이
차갑습니다 무언가를 찾아
땀 흘리는 시작을 궁리해도 도무지
이것저것들이 피해 달아나는
속도 앞에 망연한데 그래도
정신 세워 흐린 눈을 비비며
세상 화려한 색깔 앞에
넋을 놓아 이별을 노래하는
내 아직은 소용이 있나본데
유통기한을 늘이려 안간힘으로 버티는
이 노릇이 얼마쯤일지 지금은
계산 중입니다

'15/11.11.

희망별곡.1

바람 없어도 꽃들은 피고
어둠이 깊으면
별들이 살아나네. 찬란함이사
누군들 갖고 싶어 하지만
나누어 줄 순서는 길고 긴
목마른 갈증에
시선을 돌릴 무렵엔
어김없이 찾아와 곁에 서네

어둠이 깊을수록 눈을 뜨고
한 발짝 앞으로 옮기는 노력
세상은 길을 만들어 지나가는
사람에게 인사하지만 미처
절망이라 변명하는 가사에는
희망도 할 수 없어 머뭇거릴 뿐
고개를 드시라 그대 지금

'15/11.12.

희망별곡.2

고통이 심장을 지나온 후에는
강을 건너려 한다 슬픔이나
아픔의 골짜기를 건너 넘어
가야할 이름이 머무는 거기
강물은 묻지도 않고 앞으로
길을 만들면서 가노니

칼끝을 겨누는 적들과의
싸움은 절망에서 이기는
길이 나온다는 뜻을 세우고
흐르는 물살 앞에 설 때 절망은
이름 바꿀 준비로 바지런을 떨어
거기 길이 열리리라

햇살과 물과 나무와 바람이
어울리는 들판에 서면 우리들
고운 사람이 되는 표정에서
가난이 슬픔의 이유가 될 수 없고
순수로 옷을 입은 희망은

나래를 펼치면서 향기로
가득한 세상 우리는
주인이 되려네

'15/11.12.

반 고흐에게

가난이야 헐벗은 이름이지만 거기서
빛나는 씨앗이 움트는 길이 보이네
물을 주고 햇빛을 받아 세상의
아름다움이사 푸른 의상일지라도
의미로 일어서는 사람에게 다가온
박수의 메아리가 당신 것이기 위해
눈물이 깊은 강물이 될 때
일어나는 한 사람의 그림자가 있네
바라보는 것으로도 슬픈 이유는
묻지 않기로 했다 벗어놓은
구두 한 켤레에 담긴 농부는
빈센트 반 고흐만의 전유물이 아니 듯
시방도 전설을 만드는 삶이
어딘가에서 싹트고 있다는 것을
믿는 일이 전부인 고흐는
어디에나 있다.

'15/11.14.

향기

고통에서 나오고
길이 없는 곳을
제맘으로 간다 참으며
가는 길은 멀리 보여도
느닷없이 다가온 순간에
눈물같은 기쁨이 용해하여
세상 향기로워지는
자랑을 앞세우지 않고
말없음이 말이 되는
환호인 것을

'15/11.15.

필요한 사람

맞춤이 아니라도 소용이 되는
마치 작은 못 한 개가
들보를 떠받치는 그런
필요가 잘 맞는 이름이면
풍요롭지 않아 남루일지라도
알찬 사람으로 보일 것을

화장끼에 누가 누군지를
분간하기 어려운 미인들이
오뚝이 걸음으로 진행하는
세상은 화장품에 통일된
그 얼굴, 얼굴

샘물에 비친 소박한 미소가
그리워지는 표정을 찾습니다

'15/11.15.

데모를 바라보면

피흘리는 절규에 붉은
머리띠와 주먹 휘두르는
진실이 슬퍼보인다
민주 간판을 앞세워 민주가 없는
질서가 조롱거리로 변하는
같은 말에 제각각의 해석엔
통역이 필요하다니
건너편에 있다는 진리를 찾아
고달픈 걸음에 실리는 진실이
외로워서 날마다 울고 있는
고독의 옷깃에 바람이
숭숭 울고 지나간다

'15/11.16.월

전의경(戰義警)

무슨 죄가 있는가 삼복 염천에도
중무장은 자기보호의 땀방울이라지만
민주주의는 거기서 신음하고 있다
붉은 머리띠에 주먹 쥐고 고함치는
또 다른 사람의 갈증은 왜 그럴까
막아 선 방패에 나라의 울타리가
아픔을 참아야 한다는 명제에는
통역이 있어야 알 수 있는 강물
너와 나의 거리에 비가 내리고
내일 큰 활자로 가르는 물살은
누구의 가슴앓이기에 내 아들들에
쇠파이프로 내려치는 걸까
타인이 없고 나만 있는 이 무모한
일탈에 누구 말려 줄 사람 없는가
가슴으로 다가온 아픔과 통증은
누구의 것이기에

'15/11.16.

파뿌리 되기

가슴이 아프다 너와 나
강물이 흐르는 길
흐르다 어디쯤 너와 나
우리로 사는 길에 이를까
너는 느리고 나는 빠르고
나는 이것이고 너는 저것이고
기다리고 다시 또 기다리고
그렇게 살아온 길이언만
합하는 레일이 아닌
따로 걷는 두 발로
검은 머리 파뿌리는
그림처럼 아득하다.

'15/11.16.

낙엽별곡

가을 끝자락에 매달린
큰 나무 꼭대기 푸른 여름
한 세상 멀리 보는 즐거움이
바람따라 가버리고 남아 마지막
쓸쓸함이사 사는 일에 답안일지라도
홀로 살아 위태로움이 아프다

들판을 이미 비어있고
머잖아 눈 내리고 바람 몰아치면
새들이 배고픔을 나래에 싣고
가야할 먼 곳은 보이지 않는데
바라보는 초조가 아프다

먼저 간 것들은 시나브로
비에 젖어 마지막 땅으로 스며들
온기 사라진 대지는 문 닫을 준비를 마친
영혼의 길이 넓게 열려진 멀리
가로놓인 안개는 말을 감추고도

무언가 할 말이 있는 것처럼
풍경 속에 마지막 편지같이 외롭다

'15/11.16.

가을 빗소리 그리고 마음

빗소리 울리기에 귀 기우리면
길 몰라도 기어 찾아와
갈대숲에 숨어 흔들림을
감추느라 외롭습니다

젖어도 무게가 없어
구름 속에 내 마음을 숨기고
꽃나무 뿌리에 주저앉아 마침내
오뉴월 바람인 듯 이리저리
향기 높은 지조를 피우려는

그 길 외롭다기에
유행가 한 소절을 부르면서
뒤따라 머뭇머뭇 가노라니
어느 결 모두 사라지고
허공에 남아 있는 여운이
어딘가로 가버렸습니다

'15/11.17.

물결에 떠나고 있네

머물러 있으려 해도
물살은 거리를 두고
조금씩 다시 그렇게
그대의 곁을 떠나네
흔들림이야 내 뜻이 아닌
사는 죄라 치더라도
내 무슨 죄업의 더미 때문에
떠나야하는지 몰라도
물결에 실리는 운명이라
거역할 방도가 없네

내가 탄 작은 배는
자꾸만 어딘가로 밀리는
그것이 바람의 이유인지
물살의 이유인지는 몰라도
네 곁을 떠나는 거리에
알 길 없는 흔들림 마침내
어디서 꿈꾸는 밤이 있을지
지금은 죄 없는 속죄를

불러내느라 안타까운데
어떤 방도도 없네

떠나는지도 모르는 나는
조금씩 또 조금씩
물결에 밀리고 있네
내 마음 거기 있는데

'15/11.18.

그대, 나를 기억하는 날엔

그대가 나를 기억하는 날은
햇살이 밝았으면 좋겠네
너른 들판을 가로지르는
바람의 뒷자락도 보이고
하늘을 나르다 쉬는
큰 나무 위에 안식처럼 편안한
새 몇 마리 앉아 쉬는
풍경이 되는 먼 산들은
제 홀로 안개 숲을 불러들여
꿈을 꾸는데 그대
나를 기억하는 날은
지울 것이 모두 지워져도
웃음으로 찾아들어 화안한
등불 빛나는 저녁 식탁
도란거리는 옆자리
함께 앉아 이야기를 나누는
그런 풍경이면 좋겠네

'15/11.18.

자화상

얼굴을 그리자니
눈자위에 얼룩진 세월이
흐린 안개로 덮였고
굽은 허리에 머무는 신음
어정이는 다리에 실리는 무게가
휘청이는 바람결에
게걸음이 되는 길로 나서면
시름 시들어가는 서리산국
나를 그리는 물감은
무엇부터 먼저 칠할까
흰색 물감밖에 없어 지금은
주저주저로 손이 떨립니다

'15/11.23.

바람 무늬

바람 무늬를 그립니다
휘어지고 다시 곧게 가는
길이 없어 낄낄거리면서
이 사람 저 사람의 옆구리를
유행가 가락으로 엮어놓고
합창으로 떠나는 고향
여전히 가야할 푸른 숲은
가다 서다 다시 멀리 보이는
강물만 반짝이는 햇살 위에
한창 놀이에 빠진 파문
조바심이 모두인
바람 무늬입니다.

'15/11.23.

허무 잔고

봄에 떠난 여행이
여름을 지나 가을
겨울의 입구에 이르니
춥다. 긴 여정은 어디로
간다는 말도 없지만 항상
길을 재촉하는 침묵 그 앞에서
발을 멈추고 싶어도
떠나는 일에 이끌리는 오늘
오로지 오늘 뿐인
내 예금 잔고는 비어있음 같아
허전이 쌓이는 일이
마음에는 가득해진다

'15/11.25.

친구에게

외로운 날은 친구여
눈을 감고 지나온 길
복사꽃이거나 진달래 숲
향기에 묻혔던 그 길에
햇살 떨어지는 꿈을 꾸오면
향기 따라 그리움이 오네
굳이 감추려 말고 그냥 오는대로
흔들리는 마음 길 그 사이 사이
고독조차 물이 들어 꽃이 되는
그대와 나는 이미 향기로 만나는
돌아보아 흰 머리칼이 이제
파도로 출렁이는 일조차
가을꽃처럼 나풀거리는 바람결에
천천히 언뜻언뜻 보이는
풍경을 바라보면서 지나온
길에 묻어둔 추억을 꺼내
마음 헹구는 일조차 부질없는
사는 일 그러해라

'15/11.25.

눈 내린 날의 감상법

눈 오는 날엔 누군가
나를 불러준다면
돌아보는 시선에 사랑을 담아
먼 길이래도 밤을 걸어
가오다 갈 수 없을 땐
하늘의 별이나 달빛의 등을 타고
찾아들어 놀람을 주고
함께 웃을 수만 있다면
눈 내린 날의 환희가 행복하리

여백 여저기 물감으로 칠해 질
기다림이 넓게 펼친 하늘이사
마냥 한가로워도 가끔 찾아와
심통을 부리는 구름 몇 조각이사
달래놓고 보면 쓸쓸함이 사라진
하늘에서 흰 소식이 오는 기쁨은
모조리 당신이 감싸는 따스함일지니
기다림이 길더라도 그림 속

세상은 오로지 평화롭게
잠이 들 수 있는 풍경화랍니다

'15/11.25.

겨울

찬바람이 배회하는 들판은
쓸쓸함으로 차가운데 이름들을
모두 잃어버린 체 숨죽이는
계절은 지나가는 길에 머문
겨울길이 매서운데 하늘을
날아가는 새들의 나래에 묻은
바람은 유영을 슬프게 한다

이젠 바람 들어 오는 문을 닫아
기다림을 묻어 놓고 마주앉은
이야기엔 추억도 따라와 이불깃
숨어드는 따스함이 깊을사록
유리창 너머 보이는 물상들
슬픈 의상이 펄럭이는 잎새
이곳과 저곳이 단절된 체온
미안함에 고개 숙여
눈을 감노니

'15/11.26.

겨울 길에서는

정지 화면으로 멈춰선 계절은
숨죽이는 이름으로 멀리
자취 감춘 노래 다시 불러
막춤으로 땀을 부르고 싶네
흥겨움이야 저 홀로 찾아오는
발걸음에 담기는 사연이지만
추위는 점차 깊어지고
눈 내린 산하에 아침 햇살
빛나는 것은 가슴으로 오고
스며드는 그리움도
따스함에는 잠이 드는 설명이
무선 통신으로 찾아오는
그런 이유만 안타까워라

'15/11.26.

소설(小雪)에는

춥다. 이유를 적어 허공에 날리고
안도감으로 하늘을 바라보니
눈발이 희끗거리는 머리에
백발은 또 다시 길을 재촉하듯
골목을 지나 큰 길
질주하는 자동차들의 소란에
따라갈 수가 없어 허겁지겁 흩어지는
아, 어쩔 수가 없는 노릇에는
동공에 들어온 하늘조차
춥다는 시늉으로 투명이 된다

'15/11.26.

제5부
내 슬픔 저물녘에는

다시 불면과 마주 앉으면

적막을 만나는 밤이면
말이 하고 싶어진다
어디서 왔는가 그리고 정말
갈 곳이 없는 나그넨가
묵묵부답이 안타까워
두꺼운 어둠을 송곳으로 뚫고
샘물이 솟아나오 듯 작은 소식들이
연신 방긋거리면서 놀자는 청에 못 이겨
날마다 연습에도 길이 들어
오래된 친구와 대화를 나누는 일이
한참 지나면 잊지 못해
그리울 것 같아
더욱 잠을 이룰 수가 없다

'15/11.27.

정치

없느니보다 있어야 할 것을 믿고
체념으로 살아가는 방법과
투쟁으로 피 흘리는 일 중에
하나를 선택할 수는 없다
서로 화합의 이름이 되는 때로
맞고 때로 틀린 답안이지만
있어도 좋고 없어도 좋은 그
이름에 행동은 침묵을 리드하고
침묵은 때로 행동을 길들이는 다만
노래를 만들어야 할 광장(廣場)만은
지켜야하는 소명의 이름

'15/11.27.

마침표

나는 글을 마칠 때 마다 여기가 끝인가 하여 마침표를 찍어야 하는가 아니면 여백의 긴 호흡으로 남겨야 하는가를 근심한다 끝없이 이어질 길로 무작정 다가오는 악착한 행로에서는 마침표의 유혹이 앞장선다 때문에 참고 넘어가는 연습은 끝이 없지만 이어진 길로 보이는 작고 보잘 것 없는 물목들에 매듭을 묶어야하는가에 이르면 아직도 길은 먼 것 같아 마침표를 뒤로 물리고 작은 쉼표를 찍어 위안을 삼고 싶다 그러나 누군가 왜 마침표가 없는가를 묻는다면 나는 할 말이 없어진다 문법에 어긋난 이방인의 슬픔이 따라오기 때문이다 어울려 사는 질서 앞에 나의 어리석음은 노상 고독을 불러오는 오골병의 주저가 물살을 흐리는 아픔으로 여겨질 때 나의 마침표는 키를 낮춰 언젠가 역할이 있을 것이란 위로를 보내면서 그냥 따라오라 설득하는 내 음성에는 다시 고독이 따라와 길을 비키라 소리친다

'15/11.27.

문을 여는 노래

　찬바람이 들어온다 문을 열면 새로운 것에 대한 두려움이 물러가고 밀고 들어오는 낯섦에 깊은 상처가 다가올지라도 맞아들이는 것엔 앞선 노래가 위로가 될 것이기에 작은 상처는 지나가면 낫게 되는 이치도 있어 문은 열어야 한다 질식의 시간은 아주 천천히 검은 물이 휘감아 마침내 사라지는 캔버스에 어떤 물감을 풀어도 새까만 장면에 모든 게 사라져야하는 숨 막힌 인내보다는 창문을 열고 맞서는 칼날에 여명을 불러오는 때 비로소 누리에 풍경화는 벽에 걸리리라 때문에 비난의 화살이 빗발로 무성할지라도 앞에 선 사람은 문을 열어야 한다 누리에 어둠을 걷는 아침이 마침내 당도할 때는 빛나는 금맥이 어둠 깊은 땅 속 어딘가에 있기에 최초로 찍어내는 용기만이 승리자의 이름이 헌정된다는 이치 앞에 고개를 숙이는 사람-그를 만나는 일이야 말로 창조의 협력자가 아닐 수 없다 찬바람이 무서워 고개를 숙이는 일은 아침을 잃어버린 눈먼 자가 될 것이기에 두려움 없이 문을 열어 맞서야 한다

'15/11. 27.

새들은 자유가 있는가

나는 새들에게 자유가 있는가 물으면 다시 날아갈 것이다 이미 거기엔 자유가 없다 그러나 없다는 것에서 싹트는 소식을 기다리는 일은 피 흘리는 고난의 연속을 지나온 후에 맞게 될 해답일지 모른다. 새들은 하늘을 나는 게 아니라 하늘을 배회하면서 앉아야 할 곳을 찾는 일이 목적이다. 왜냐하면 새들에게는 오로지 땅만 바라보는 시선에서 배고픔은 자유조차 슬픈 이름이기에 방랑을 지속하는 숙명에 매달린 허기- 하늘은 지붕이고 땅에 기둥을 박고 살아야하는 일로 땅으로 내려오는 이유만 있다. 새들의 사전에는 자유라는 용어가 없고 오로지 날아야하는 길이 있을 뿐인데 자유를 부르짖고 떠드는 인간과는 어떻게 차이가 있을지 숙고 중

'15/11.28.

시의 신과 노는 노인

미친 듯한 사람이 있다 50 지나 60 그리고 7순 넘어 80
이 가까워 올 때 비로소 시의 신과 만나 유영하는 사람의
무아지경이다 한 때는 글 공장장이었고 지나지나 세월의
켜가 높아지는 즈음 시 삼매(三昧)에 빠진 노인이 날마다
만나는 일이라도 항상 새로운 이름 앞에 고개 숙이는 겸
손조차 무르익어 깊어진 의미가 꽃으로 벙그는 이유를
알 수는 없지만 깊은 땅에서 솟구치는 시원한 물맛 같은
줄기가 하루하루 이어지는 날엔 곳간을 채우는 농부의
웃음이라 생각할 때도 고독은 물살로 찾아오지만 적막조
차 즐거움일 뿐이다. 미친 사람에게 시의 신은 손끝을 내
밀어 안타까움을 주지만 마침내 완성으로 치닫는 한 채
의 집 앞에서 정원을 꾸미는 아름다움이 되는 날마다 오
로지 즐거운 잔치에 빠진 백발노인에게 시는 날마다 그
렇게 찾아온다.

'15/11.28.

창조에는

당신의 문 앞에서 날마다 기도처럼 서있습니다 하오니 문을 열어 주소서 반가움이사 내 온몸에 전율처럼 다가 든 환희이오니 나무처럼 꼿꼿하게 마음을 모아 바라옵니 다 내 온갖 정성을 모아 제사(祭事)처럼 두 손 모으고 다 시 귀를 세워 발자국 소리만 들린다면 달려 나가서라도 그대 손잡고 영원처럼 살고 싶은 소망의 울림 따라 내 영 혼을 바쳐 영접하오려니 신기루로 오시는 당신의 문 앞 에서 동서남북이나 북남서동이나를 가리지 않고 향불 사 르면서 대지의 영혼을 불러내는 이름 앞에 고요히 서 있 사오니 그대 시기와 질투를 앞세운 나의 우둔조차 이름 이 되어 지상의 찬연한 미소로 사는 그대 오신다면 천년 와불(臥佛)이 일어나 공손의 예를 올리듯 날마다 그대 월 사창(月紗窓) 앞에서 암연(黯然)의 길을 바라 눈물 흘리 옵나니

'15/11.29.

내 슬픔 저물녘에는

고독이 오는 골목길로 황혼이 오면
마음 물들어 그림이 되는 풍경
저물어 어둠은 바쁜 걸음으로
가오다 다시 오는 하루의 끝자락
이별이 가슴에 숨어 자취 없어도
등불들은 저마다 살아서 오네

내 설음 저물녘에 어둠 내리어
마음 깊이에 부르지 못해 쌓아둔
추억이 눈이 멀어 두리번에도
하나 둘 소식처럼 떠오는 빛들
흔적만 바라보는 아득타 멀리
반가워라 말을 감춘 바라봄이네

'15/11.29.

사랑할 때는 눈을 감고

우리 사랑할 때는 눈을 감고
바라볼수록 아까운 마음 깊이
헤매는 방황의 애설움 길어도
쉬어가는 머온 길에 남겨진 음성
하늘 길 바라노라 부풀어 가득
노래 한가락으로 터져오르네

잊지 말자 그림으로 그려둔 얼굴에
파도가 놀러와도 숨겨둔 이야기
펴오려 두근거리는 이유 몰라서
접어 아득해라 고개 넘는 추억 길
사라져 그리움이 되새김하는 소식
사랑이 흔들리는 이율 모르겠네

'15/11.29.

섣달에

저만치 멀리서는
분주하고 성급하고
발자국소리 저벅거림
저잣거리 악머구리
웃음 사이사이
낯선 목청들 사람들이
보이네

어른거리는 것들 저만치
지나가느라 바쁜 계절조차
숨죽이는 산천
실개울소리만 울고 있어
오고 가는 분주가 어느 결
낯선 풍경을 전달하고
총총 떠나가는 그림자만
길어라

'15/11.30.

보름달

두꺼운 고요를 입고
서성이는 달빛
냉기 돌아 깊이에 빠진
적막조차 외롭다 누군가
찾아오기를 기다리는 멀리
희미한 자취어린 추억이
투정이는 차라리 바람이나 불어
흐린 물살로 휘젓는다면
내가 입고 있는 오솔엔
눈물이나 없을 것을
어쩌다 소리 없는 적요
심연에 들었는가

'15/12.1.

합창

너와 나는 하나가 된다
하나가 되어야 한다
여울물에서 폭포 그리고 우레
더불어 나풀거리는 바람결에
길이 만들어지는 햇살이
졸음에 겨워 떼를 쓰는 것을
바라보는 어머니 표정
골목길 지나 큰길로 나오는
마침내 지휘자는 고개 숙여
미소를 날리고
커튼 뒤로 숨어들 때엔
박수가 파도를 일구고 있었다

'15/12.1.

집 한 채를 위해

그대와 나
우리 아름다움이면
영혼의 불꽃아래 타오르는
상징으로 승화하리
푸른 기억은 늘이고 거기
적막으로 숨어 우리가
살아야 할 언덕 아래
실개천 흐르는 남향이면
작은 텃밭 푸른 싹을 키우듯
사랑은 가난해도 그렇게
이름을 달라고 손짓하는
집 한 채를 지어야 하리
나머지 넘치는 햇살은
이웃에 나눠주기로...

'15/12.1.

책

너를 만나면 미지의 그림자가
앞으로 온다 낯선 표정이다가
한참을 바라보면 어렴풋한
그림자로 와서 가슴에
콕 박히어 중심으로 서는
그 헤맴만큼 키를 세우는
선명한 목소리

아득함에서 들리는 옛날
낭랑하기 노래 같은 가락이
구불구불 찾아올 때
어머니의 흥겨운 콧노래가
뒤 따르느라 덩실 춤이었거니
눈으로 들어와 마음 깊이에서
향기로 익어 세상을
밝게 맑게 환하게 따스하게
그렇게...

'15/12.1.

눈보라

눈보라 내리는 눈을 보라
좌우 앞뒤 혹은 뒤앞 우좌로
어지럼이 온통 산발머리에
잠시 멈춘 틈을 타서
하늘을 날고 있는 새들
앉을 곳을 셈하는 방황
남의 슬픔이 내 즐거움이 되는
시선의 엇갈림 눈 내린 날은
눈의 호사나 환호가 먹잇감을 찾는
새들의 슬픔일 줄이야
내 기쁨이나 즐거움이
남의 슬픔이 될 줄이야

'15/12.3.

풍경화가 되는 풍경

흰색만으로 칠한 풍경화 한 점
낙관이 없어 누구건지도 모르지만
주인 없는 소유가 진지하다
발자국을 남기고 사라지는 여백은
또 다시 흰 물감이 덮어버리고
드디어 남아있는 캔버스 추운
계절은 성업 중이다 누가 먼저
소유권을 인정할 것인가 분주로
떠들썩한 침묵 앞에
경매를 서두르는 즈음에는
어둠이 검은색으로 포장하느라
결코 주인을 찾을 수 없는
궁금한 풍경화의 행방에 눈이
무작정 내릴 뿐이다

'15/12.3.

그대 앞에 서면

머뭇거리다 기어
그대 앞에 서면
마음 어디로 갔고
초조만 앞장 서는 노릇이
바람이나 불어야 겨우
고개를 드는 노릇도
사뭇 흔들립니다
살아 갈수록 높아만 지는
여전 더 멀리 있는 높이에
찾아 가오려는 마음 한 자락
물에 빠져 허우적이는 노래
건져 나뭇가지에 걸어 놓으면
그때사 정신을 차리는 즈음에는
어둠이 가로 막는 이 일은
더는 할 말이 없어 침묵으로
바라보는 여전 내 시는
그리움뿐입니다

'15.12.4.

살아보기

어마나 깜빡했네
나 어쩌면 좋아
구름 위에서 살고 있나봐
살아 있는 게 아니고
죽음 목숨이나 마찬가지야
일어날 때마다 우두둑
팔다리 사지가 소리치는
살아있어 황혼이면
하소가 날마다 들린다

부모 산소에 절을 올리는
횟수가 잦아지고
저승길이 가깝다고
늘상 하소하면서도
약을 무더기로 쌓아놓고
망각의 조력을 받아 다시
어쩌면 좋아의 탄식이
날마다 두꺼워지는 이유가
이미 사전의 부피를 초과한

내 아내를 바라보면
애소(哀訴)의 강물 따라
작은 바람에도 흔들리는
머리칼이 손짓 같다

'15/12.5.

낙조와 키 재기

지는 해를 바라보면
내일이 떠오른다 살아오면서
으레 그럴 것이라는 예상은 항상
도돌이표로 다가와
숙제를 풀었느니 어쩌느니로
말 많은 줄거리로 접어지는
젊은 날은 갔고
기다림이 없어도 언덕으로 다시
해는 떠오를 것이 확실하다
작은 나무를 심었어도 어느 결
큰나무로 서 있는 정원에는
날마다 되풀이 되는
문제와 해답 사이에 가로 놓인
징검다리를 건너면서 추억조차
가버린 뒷자락 이젠
내가 어디로 갈 것인가를
묻지 않기로 했으니 이 또한
정해진 길이 있을 것을
저무는 해처럼 믿기 때문이다

'15/12.5.

다시 풍경 속으로

너는 내 풍경이고
나는 너의 풍경이 된다
그 사이 지나는 것들이
마구 말을 하지만
무슨 말인지는 모르겠다 정작
정답은 모르는 것일 뿐
아는 척의 산맥이 가로막아
슬픔을 만드는 이유일 것

나는 너의 풍경이고
너는 나의 풍경이 될 때
우리가 만드는 그림 한 점이
숨소리를 감추고 노려보고 있지만
지혜로운 사람은 입을 다물고
하늘을 바라보면서 어디로
갈 것인가를 헤아리는
풍경 속으로 걸어가는 사람의
발자국소리가 들릴 뿐

'15/12.5.

거울

내 얼굴을 찾으러
거울 속으로 갔다
끝모를 어딘가 깊이에
갈래 길 알 수 없어
지나는 사람에게 물어도
눈짓만 보낼 뿐 미로에
미궁의 깊이를 깨달아
포기각서를 쓰고 되돌아
왔던 길 이도 어둠이라
암담의 무게를 끌고
당도한 집근처에서
생각 줄을 놓쳤다

내 얼굴을 만나기 위해 어둠 지나
마음 강을 한참 건너갈 때
갈대숲에서 들리는 함성 따라
어딘가 당도한 낯선 마을
마중 길에 불빛이 길을 안내하는
친절이 눈물겨운데

놓치고 사는 일도 사는 일이라
체념의 물살이 밀려오는 길목에서
독립운동은 힘겨운 시름에 지쳐
찾아야 할 마음따라 내 얼굴도
거울 속에서 고생을 견디느라
땀이 흐른다

'15/12.6.

부엉이

삼동(三冬) 깊이 한 밤을
찾아온 부엉이
산 아래 여울은 얼어
차운 기운 소슬한데
집 떠난 슬픔을 새기는
쉰 목소리일까 불면에
눈 떠 별 시린 하늘은
적요에 기운을 잃어
마음 아픈데, 당도한 어둠을
건너는 소리에는 메아리도
잠이 들었나 보다

'15/12.6

깨달음

삼동 중심에서 홀로 서있는
나무들은 깨달음을 알까
오골(傲骨) 병병(乒乓)이 맞서
시련의 바람은 찬데
견디는 마음에 찾아온
소름 돋는 시반(屍斑)
돌아갈 길이 막힌
얼음장 속내를 몰라
길을 찾아 나선 어둠에
유성 한 줄기가
다리를 놓고 있다

'15/12.6.

노동

노동은 황금이다 없음에서
어느 날 다가온 열매들
월척은 아닐지라도
잔챙이라도 퍼덕거리는 기쁨은
땀이 싹을 틔운 소식이라
햇빛이 먼저 알고 다가들 때
노동은 정말 황금이다

이치를 숨기고도 땅은 결코
말을 앞세우지 않는 침묵이
한 알의 씨앗에서 우주를 배우고
다가온 배고픔을 위로하는 일이
기다림과 땀 그리고 하늘의
도움을 받아 답안을 줄 때도
땅은 끝내 말이 없을 뿐이다

'15/12.6.

햇살을 받고

아침마다 햇살을 보면
안도감이 든다 저 찬란한 무대에
날마다 설 수 있다는 것만으로도
오늘은 이미 내 삶의 가치가
빛나기 때문에 고개를 내밀고
혹은 온몸을 맡기노라면
눈을 감고 여정의 배를 타고
놀이에 빠진 아이 같다

날마다 다가온 손님처럼 조심스러워도
이런 일상이 항상 느꺼운 것은 누가
말해준 것이 없을지라도
안으로 느끼는 희열의 물줄기
고요해도 저마다의 세상을 위해
아침부터 산을 넘어갈 때 까지
안도감은 마음을 따습게 한다

살아있어 햇살을 받고
죽어서도 양지바른 곳에서

초록을 키우듯이
이 땅에 살아있어 마음조차
가득해지는 이유는 충분하다
아침부터 햇살을 마주하면
기쁨도 그렇게 다가오기 때문이다

'15/12.8.

제6부
갈증학교

어찌어찌

법당에 부처님이 없고
절에 스님이 없는 시대
깨달음은 허공에서 메아리로
조롱조롱 새들이 나른다

문학 판에도 문학인이 없고
문학 장사꾼만 많은 이름들
아름다움이 사라진 세상의
공허공허를 탄식하는 소리들

진실은 배가 고프고
탐욕과 거짓과 위선이
도로로 질주하는 파도
오물오물이 끝이 없다

이럭저럭 살아가기엔
가슴 막히고 답답증이 커지는
이 병을 치료할 방법이 없어

어찌어찌 살아야하는가를
모르겠네 정말 모르겠다

'15/12.9.

사라지는 것들

젊은 날은 가고 서서히
늙어가는 것도 천천히
지나가는 길에 오로지
남아 존재는 어설프다
너도 가고 또 나도 가야지의
노랫가락만으로도
침묵의 행진은 모두를
사라지게 만드는
작동의 시간처럼
정말 천천히 그리고
서서히 옭아매는 진행형
애설어 말아라 모든 것들이
지나가는 것뿐인 것을

'15/12.10.

불면 소득

깊은 밤이 홀로 가느라
잰걸음 속에서 잠 못 드는 사람
눈을 감아도 보고 다시 두리번
사방은 적요(寂寥)로 무거움
단정함을 뉘고 싶지만
소식이 없는 낚시처럼
기다림만 길고 길다 그러나
지나가는 것 결국 모두
지나가는 그 길에서 하룻밤
잠 못 드는 일이사
외려 살아있어 의미인 것이라
생각을 고치니
시가 동무하자면서
불쑥 얼굴을 내민다

'15/12.10

갈증학교

사는 일 갈증인 것을
날마다 마시는 물처럼
가슴이 타들어가는 일이
켜켜 무덤을 이루는 뒷산
그 사이에 눈물 젖어
가슴을 적시는 임무에는
다가오는 무리가 방해를 한다

숙업을 이끌고 하루의 산을 넘으면
다시 다가드는 산의 행렬 앞에
고개 숙이거나 고개를 들고
앞으로 가는도리만 암송하는
공부는 졸업식이 없어
선후배조차 없는 이 학교의
간판에는 갈증학교라는
이름을 전달하고 싶다

'15/12.10.

해물탕을 먹으며

흐린 겨울 날 점심에
친구와 해물탕을 먹고 나니
비가 스멀스멀 땅을
적실까말까 물기 하늘
발자국소리 없는 오후
추억이 앞장 서는
이름 잊은 기억들이
성급히 다가오는
섣달이 무겁다

마지막에 이른 종착역
어디로 갈까를 모르는 이별이
흐린 날의 에피소드가 되어
소주 한 잔에 목넘이 젖어
파도가 밀려오는 소리 따라
종점을 헤아리는 허둥지둥
해물탕 속에 발 뻗은 낙지와
조개들이 어울려 끓어오르는
아. 식욕은 어딘가 끝을 모르겠네

희생으로 맛을 더하는 아름다운
주검 앞에 어느 뉘가 토를 달아
평가서에 이름을 적을 수 있나
숟가락 오락가락 속에 다만
친구의 이야기가 뜨거운
해물탕 속에 끓어오르고 있는
그런 날이다

'15/12.10.

주저증

내 살면서 떨치지 못하는 일이 있어
마음 항상 무겁다 만나는 사람마다
나누어주고 싶은 뜻 하나를
전달하지 못한 주저증 자꾸
어눌병에 빠진 머뭇거림이
무엇으로 세상을 바라보았던가
가져갈 수 없는 욕심만을 위한
후회의 목록이 긴데 혼자만
욕망의 레일에 올라탄 바람소리
내내 살아오면서 서글픈 일은
그렇게 시작되었다

'15/12.11.

고래 뱃속에서 놀기

― 비행기 1

먼 길을 떠나기로 했다 어둠 속에서
눈앞에 그리는 풍경을 찾아
오로지 그런 자유를 즐기기 위해
고래가 누비는 어둠의 깊이에 들었다
소화되는 시간을 기다리면
이방의 눈부신 찬탄을 받아들이기 위해
고래의 내장이 되는 주어(主語)
선택이 내어준 기쁨일지라도 정작 고래는
그런 일도 모르고 무작정 너른 바다
깊디깊은 공간을 유영하면서 목적지를 향해
맹렬한 야수처럼 어둠을 달린다

'15/12.12

고래 뱃속에서 살아 나오기

— 비행기 2

기다림의 팻말을 걸어놓고 모두들
호기심의 여행을 떠난다
별무리 숲으로 한 마리 큰 고래가
유영을 한다 두려움을 재우고
앞으로 전개될 무한 골목
신비를 주장하고 마음은 이를
따르느라 변명할 이유가 없어
떠나고 다시 돌아오는 약속을 믿는 것은
어디든 유영할 신조로 삼을 수 있는
고래가 있어 길을 떠나는
이름이 꼭 있다

'15/12.12

고래 뱃속에서의 통신

― 비행기 3

보여 주세요 당신의 그리움을
물 깊어 보이지 않을지라도
내 사념의 줄기에는
휘돌아 골목 어린 날은
아우성과 소란 흙먼지에 쓸려
전쟁의 포화처럼 멀어졌어도
길을 잃지 않는 오로지 그리움
흔들리는 외로움도
도착할 이유를 들고 기다립니다

보여 주세요, 멀어졌던 사연이
겨울 견딘 풋보리 싱싱함처럼
동결된 땅을 열고 일어나 듯
봄날의 유혹은 꽃들의 향기만
갖는 게 아닌 오늘은 당신의 소식을
물맛처럼 적시는 가슴
이유 높은 땅에 자라는 지금은
오로지 그대의 소식뿐입니다

'15/12.12

고래의 삶터

— 비행기 4

고래는 바다나 하늘이나 노는 것이 같다
큰 몸집에 세상 모두를 싣고 어딘가
가까운 곳에서 먼 곳으로 길이
이어지는 종점에서 다시 시작을 위해
축배를 들고 오가는 이별을 주워서
다음 사람들에게 의미를 심는다

운해의 높이에서 땅을 내려다보는 것이나
바다 깊이에서 하늘을 담는 것이나
같은 임무가 주어지는 일터에
늘상 변함이 없는 믿음의 계단에서
풍경을 만들면서도 내가 만든 것이라는
자랑이 없는 일은 사랑이 깊은
파도로 흐르는 이유다

살과 뼈 그리고 가진 것 모두를
제공하고도 말없는 희생의 물살이
유유하게 전달되는 일은
으뜸 중에서도 사랑이 아니면

불순물이 섞여 버려야 할 이름이지만
지조를 지키듯 고래는
자기를 희생하여
인간을 품어 돌본다

'15/12.13.

바다가 보이는 풍경

멀리 andaman 해안선엔 파도의 끝자락에
섬 몇이 점점으로 그림을 그리고
미련을 버리지 못한 파도는 기억을 따라
되새김질에 여념이 없는데
시선이 미치지 못하여 두고 온
그리움이 따라오지 못해 안달처럼
구름에 하소하는 남방의 햇살
옷을 벗고 물에 뛰어든 사람들
구름과 함께 물이 젖은 유영(遊泳)
가까운 파도가 다가와 이야기를 건네는데
알아들을 수 없는 이방의 말에
깔깔거리는 파도의 몸짓이
통역처럼 들린다

'15/12.13.

바다에 물으면

게거품으로 웃거나 그냥 가거나
둘 중에 하나는 틀림없다
다시 물으면 또 다시 어제의 말을
되풀이하는 바다의 언어는
천년을 지나오면서 아니
앞으로 그렇게 천년이거나
확실한 것은 말을 하지만
알아듣지 못하는 말을 두고
이리저리 해석하는 인간의
마음에 자리한 대답에는 여전히
파도라는 명칭만 유효하다

어디서 왔고 어디로 가는가를
물으면 오고가는 빈번한 되풀이에
어제와는 다른 것처럼
신기한 옷을 입혀 자주 찾아가는
사람들의 이야기 속에는
편애가 자리 잡고 있지만
결코 중심을 잃지 않아 때로

매정하다는 이야기로 정리하는
사람들에게 정답을 안 가르쳐 주는
바다의 행위에 점차 책의 부피가
늘어나는 일로 바다는
늘상 분주할 뿐이다

'15/12.13.

수평선을 바라보면

멀리 바랄수록 희미해서
찾아가고 싶어 마음이 떠나는
수평선 안개 장막 드리워진 무대에는
무슨 공연이 나올 것인지
궁금증의 기다림이 크다
멀리선 조용한데 가까울수록
두려운 키가 커지는 소란
호기심 따르는 손짓에 끌려
망연히 바라보는 사색의 파도가
이름을 달라고 보챌 때
속수무책의 시선으로
푸름에 감춘 긴 실타래
끝없이 한 줄로 이어졌을 뿐
말은 끝내 없었다

'15/12.14.

바다의 언어.1

바다는 한국 사람의 말이나
미국 유럽 등 전 세계의 말을
모두 알아듣는 능력을 가졌나보다
아무리 어려운 말을 해도 척척 알아듣는
조건 없이 평등의 자락으로 받아들이는
그 태도를 본받고 싶다
이기와 질투 그리고 어긋난 언어로
싸움과 갈림을 일삼는 인간의 태도에 항상
편견을 버리고 받아들이라는
조언을 설파하지만 저마다
다른 언어로 갈림길을 만드는
불화의 그늘이 아픔일 때도 바다는
그러면 안 된다는 듯 아이들에게는
환호의 즐거움을 어른에게는 부드럽게
어울려 살아야하는 교훈을 끊임없이 말하지만
이내 땅으로 나가면 망각을 뒤집어 쓴
사람의 언어가 초라하다. 오늘 나는
바다에 와서 통역 없이 통하는
언어의 공통성을 배우고 돌아간다.

'15/12.15.

바다의 언어.2

물이 물을 만나면 물이 되는데
사람은 서로 갈라져 너와 나
칸막이를 치는 일이 다반사
네 땅과 내 땅이 없는 물에서는
오로지 물이 되는 쉬운 일을
사람들은 가르고 갈라서
통일을 말하지만 인간의 일상에는
오로지 말들의 부피가 늘어나
알아들을 수 없는 암호처럼
사전을 뒤적이는 일로
대부분의 시간을 허비하는 도로(徒勞)에
물은 항상 파도로
박수를 치고만 있을 뿐이다

'15/12.15.

혼자 식사

넓은 식당 코너에 늙은 여자가
혼자 식사를 한다 와자한
중국 사람들 소음에 묻혀
포크와 스푼을 교대하면서
식욕을 달랜다 아침 해는 이미
어딘가로 가겠다고 종종걸음이
그림자로 보이는데
정말 혼자 왔을까 아니면
긴 밤에 다툼이 있어 쓸쓸한
식욕을 홀로 달래는 걸까 어차피
마지막에 돌아갈 어느 길도
혼자임을 미리 연습하는 것으로 치면
낯선 이방을 위로하는 여행인 것을
손 놀리는 그림자 쓸쓸한 모습이
어느 날 다가 올
손님 같은 생각이 든다

'15/12.16.

카메라 앞에서

앞에서는 모두 웃는다. 흰 이를 드러내어
아름다움을 연출하는 모양이 동서양
사람 어디나 같다. 즐거움은 오로지
내 것이라는 듯 이를 드러내어 웃지만
셔터가 닫히고 나면 엄숙한
모양으로 돌아가는 표정에는 지나온
여정이 담겨진다. 고달픈 삶의 긴 신작로
햇살 밝아 실눈으로 멀리 보려는
지나온 인생은 아득한데
셔터가 열려진 순간이라도
흰 이 드러내고 웃는 일은
행복을 오래토록 간직하려는
마음 그림그리기에
마지막 낙관(落款)

'15/12.17.

바다에서

어디서 왔느냐고 물으니
그 말이 무슨 뜻이냐고 묻는
바다는 세상 막힘없이 오로지
하나로 이어진 길이 있을 뿐
어디서가 없고 어디로 흐를 것인가는
앞 따라 가노라면 세상 여기저기
추운 설경의 태고와 열사 작열(灼熱)하는
어딘가로 가고 오는 것을 모르니
물음에 대답이 없을 뿐이라
이상한 사람의 질문에 낯설다고
투덜이는 모양이 화가 난 듯도 하다
굳이 네 땅 내 땅에 줄을 치고
소유권을 주장하는 사람들은
참말로 이상하단다

'15/12.18.

이별조로

지금 서울은 흰 눈이 내리고
섣달의 발걸음이 빨라질 무렵일 터인데
남방 푸껫의 한여름 물놀이에 지쳐
돌아가기로 작정하고 가방을 꾸리니
떠나면 다시 돌아오고 싶은 사념이
추억으로 색칠될 것 같아
야자수 잎에 걸린 바람을
가방에 포장하여 서울로 데려가
한겨울 추위에 풀어놓으려니
춥다고 가방 속에서 나오지 않을
오들이 안타까워 그냥 놓고 가기로
마음을 작정하니 아쉽다

'15/12.19.

바다의 묘망(淼茫)에서

일주일동안쯤 파도와 놀다
그만 집으로 돌아가는 길에
함께 가자는 청에
처음엔 그러마하더니
몇 걸음 지나니 마음이 변하여
다시 바다로 돌아간다는 말에
섭섭하여 놓아주니
깔깔 거리면서 손을 흔드는 작별은
너무 아쉬운 것 같아 한참을 바라노라니
다시 만날 날을 통보해달라는 부탁이
그나마 위안이라면 안도감이지만
내 생애 다시 만날 수 있다는
약속을 몰라 입을 다물고
뒷모습을 보이고 말았다.

'15/12.19. 푸껫에서

여행이후

떠나고 싶어 안달이다가는
낯선 곳 익히는 거리이름이나
입맛을 알 때쯤이면 다시
돌아가기를 바장이는 비행기는
내리기에 앞서 마음 바지런이라
땅에 끙음으로 부딪히는 순간
서둘러 짐을 챙기고
분주를 걸음에 신어 어서가자
집으로 그렇게 조급증이
반갑게 대문에 들어서면
내 집이 제일 좋다는 일성에
돌아보는 아스라한 필름 더불어
풍물들이 따라와 어느 결에
발 뻗은 이불 속으로 들어와
곤한 잠으로 다시 길을
떠나는 속편 여행

'15/12.23

푸르른 날들을 말하지 않으리

푸르른 날들을 말하지 않으리
강물이 지나면서 반짝임으로 이미
말했던 기록이 남아있어 오로지
앞을 바라 내 늙음을 채우는 여전히
충만한 미래가 불빛으로 다가오느니
무얼 근심으로 오늘을 살아야 할까
내 삶의 들판은 이제 너르게 보이는
비록 흐린 눈에 안개를 걷느라
날마다 수고로움이 있긴 하지만
이 또한 재미로 볼 수 있는 풍경화가
열리는 햇살로 찾아오고 있어
두려움을 파묻고 일어나는 아침이면
우리는 늙어서 차분한 이름 앞에
불안의 부피를 늘이는 그런 일이 아니라
새롭고 신선함을 맛으로 기록하는 이젠
푸르다는 과거를 결코 말하지 않으리
늙어 깊이와 지혜의 샘물이 더욱
시원스레 가슴 적시는 줄기를 알아
두루 전해 줄 페이지를 써내려가는

날마다 창조의 종소리 세상을 울리는
그 길을 따라 두꺼운 안경을 끼고라도
바라볼 수 있어 좋은 나날 앞에
잘 살았다 말하고 이별할 때까지 결코
과거에 매달리는 일은 없으리
이렇게 늙음 또한 축복일지니

'15/12.25.

마음 서늘해라

눈 내린 아침의 놀람이
햇살로 사라지는 서운함
낙숫물로 내리는 정오쯤
오마던 소식은 문을 닫았는가
자우룩 안개 오락가락
다시 가버리는 뒷자락
허무는 두꺼운 돋보기로
이름을 감추는 흐리마리
속마음 감추고 또 찾는
시선 둘 곳 없어 하오니
유리창을 닦으며 한나절
마음만 서늘해라

'15/12.26.

오늘에사

자고 일어난 아침이면
두 눈에 빛이 보이고
마음길 오가는 여기와 저기
다가온 햇살 아래
세상 풍경을 바라보는
바람 따라 흔들리는 풀잎들
하나 둘 이름을 부르면
흔들어 매달린 깔깔거림
넉넉함도 행복인데 가득해도
흐린 안개 천지사방
어둠이라 고개 돌린 예전엔
슬픔 같았던 강물조차
빛나는 손짓임을 오늘에사
알아차린 우둔함도 돌아보니
슬픔만이 아니었네

'15/12.28.

되풀이 이렇네

만나는 것보다 헤어지기 더 어려운
석 삼년쯤이면 슬슬 일어나는 이별기운
그 기운을 다스리는 이성의 기둥
중심을 잡으면 다시
석 삼년의 길이 열리지만
엮어 나가야 하는 숙제 앞에
망연의 그림자가 길고
사는 일 되풀이 이렇네

헤어지는 이별이야 눈물 몇 방울
가슴으로 적시면 그만이지만
뒷바람이 연신 따라오면서
지척지척을 되뇌이는 여진(餘震)
돌아갈 수 없어 흔들리는 바람
사는 일 되풀이 이렇네

뒤쪽보다 앞으로 보이는
산등성이 오르고 다시
생각의 물살을 헤아리면

만나지 말아야 할 페이지인데
지울 수 없어 애타는 날만 앞에서
흐느적흐느적 길을 막는
사는 일 되풀이 이렇네

'15/12.31.

제7부
그림자 길들이기

지금 내 슬픔 속엔

내 슬픔 속에는 그대가 있네
보일 듯 가끔은 앞에 보일 듯
찾아왔다 다시 가는 길이라
그 길 예전엔 환했지만
굽이굽이 이어진 멀리
보려해도 다시 보려해도 이젠
눈물길이 되었네

남기고 갈 것이 없어
홀가분히 떠나 간다길 레
그 말을 믿고 잠이 드러니
환스레 다가온 하늘
달은 가는 길을
잘도 알아 지나가는데
가슴에서 살아 나오는
깊은 이유를 설명할 줄 몰라
서럼 길이 되었는데

모든 게 파도로 실려 가는 뒷자락
흔들림이 기억을 두드리는
누구는 추억이라
한 줄의 시를 쓸 수 있다지만
깊이에 고인 기억들이 마구마구
쏟아져 오는 좁은 골목은 끝내
막힘 앞에 울고 있는 음성이
갈 곳 몰라 어둠의 옷을 입고
추위에 서성이는 겨울의 긴 자락 마침내
별들을 불러 모아 회의를 열면서
슬픔도 빛나는 이유를 설명하는 일기장에
잠들어 잊어야 한데요 지금
내 슬픔은 그래요

'15/12.31.

새해

개울 하나를 건너뛰니
새로운 마을
이름이 달라지면서
사람들은 즐거움에
웃음을 웃는데 더러는
강을 건너온 이유를
무게로 셈 하면서
사다리를 올라가는 걸음마다
명칭이 새로워진다

여울 하나를 건너 뛸 때마다
다른 문패를 걸어놓고
점차 깊은 삼림에 들어가는
종소리 울리는 소리가
무거운 표정도 있고
젊은이들의 맑은 얼굴 등 두루
미지의 날들 앞에 누구든
자동문이 시간을 알리는 법칙 앞에는
피할 길 없는 강을 모두 건너야만 한다

'16/1.1.

불 켜진 마을

어둠이 두꺼워지면
불 하나씩 열리느라 마을은
과일 열매 달린 나무가 된다
하루 종일 햇살로 익힌
멀리서 볼수록 입맛 돋우는
동화 속 작은 이야기에서
점차 커지는 이야기로 길을 내는
그림이 완성될 무렵이면
별같은 반짝임이 주변을 감싸 안아
마을은 비로소 따스한 옷을 입고
단맛이 스민 이야기
도란거리며 걸어오는
소리가 들리는 것 같다.

'16/1.1.

오해

날마다 숫자를 세고 산다
1.2.3.4까지는 굴곡이 없지만
5를 잘못 읽으면
해석의 함정에 빠진다
6이 되는 기막힌 변명
7이나 8에 이어지면
너무 멀어진 강물
5와는 멀어질 때
세상사 캄캄해지는
너와 나의 갈림
신중하게 5를 읽고 바르게
해석하는 길이 사는 일

'16/1.2.

인연의 줄기

언젠가 그대 내가
보이지 않는다면 그냥
침묵으로 지나가게나
사라지는 모든 이름들과 어차피
사라지는 것들에 섞였어도
애달픈 마음이사 마침내
그대의 슬픔에 섞이지 못하는
이유가 된다한들
말하지 말게나 이제 작별이
두꺼워지는 페이지 어딘가에서
방황으로 지난 이름뿐인 것을 그대
내 자취 사라져도 다시 묻지 말게나
슬픔은 이유가 없이도 찾아오는
막으려 해도 길을 알아 어느새
그대 앞에 서 있을 때
고개 숙여 인사를 건넬 때면
이별은 항상 흔들림의 뒷자락에
따라올 뿐이어니

'16/1.2.

문사원

집을 짓는다. 언어 한 조각으로
벽돌처럼 쌓고 다시 쌓아 이내
한쪽 벽이 완성되면
또 다른 쪽 벽을 세우느라
길이로 재고 높이로 맞추고
이리 저리 균형을 갖추면
1층 2층 혹은 3층의
상상의 설계도에
햇살이 재촉하는 날이면
신명을 불러내는
땀이 흐르며 작은 것
우람한 들보 모두 섬세한 다듬질
마침내 형상에 옷을 입히고
떨어져 바라보면 역시 고쳐야 할
손질들로 마지막 이름을 지으면
비로소 문사원 내 집이 완성된다
내 글이 그렇습니다

'16/1.3.

내 기다림은

문밖에 세워 두었습니다
내 기다림을
오시나 행여 반가운 걸음
바람으로 두드리다
인기척 없어 돌아갈까
문을 열어 기다립니다

흔들리는 바람자락
오기 전에 뛰어 나갈
온다기 소식 아득해도
내 믿음 꼿꼿병 나무처럼
불을 켜고 기다립니다 그대
오시는 날만을

얼음장 뚫고 온 길이
세상에 알리는 푸른 소식
싹을 키우며 지나온 굴곡 따라
새벽 소식없이 찾아와
길을 내는 기다림이 지각이래도

이름들을 불러 따스한 양지녘
길고 긴 편지라도 쓰겠습니다
어서 오라고

'16/1.4.

저녁놀

어둠길을 가는데
웬 놈의 화장은 저리도 짙은가
핀잔을 주어도 무시하는
늙은 마누라의 고집 같은
산은 물이 들어 어둑해도

골목마다 부지런으로
하나 둘 불빛에
눈을 뜨는 마을은
고즈넉 고요로 깊어지는
살아 있어 아름다운
캔버스에는

기다림 옆에서 소란 떠는
아이들의 자욱한 방 안개
"아버지 오신다" 한마디에
불빛조차 숨죽이는
요란 입은
저녁놀

'16/1.5.

산

산을 바라보고 있노라면
나 또한 산이 된다
어떤 날은 가까이 왔다가
더러는 멀리에 서 있는
산은 마음이 있는지
내 기분을 맞추는 시늉으로
되풀이 날마다 그렇게
산은 그 자리이지만
세월을 짊어지고 있는 것 같은
무게가 내게로 올 때는
내 삶의 무게는 오히려
가벼워지는 이상한 경험이
자꾸 헷갈린다

'16/1.7.

명상 찾기

내가 명상을 찾아가면
명상은 멀리 달아나고
그 자리에 허무만 가득해지는
빈 공간을 짊어지고 나오려
애를 쓰는 모양이 초라하다

내가 명상의 숲길로 찾아가면
온갖 풀들이 내 발자국 소리를 듣느라
풀잎에 기댄 소리가 들리고
바람은 몰라라 골목을 빠져나가는
뒷자락이 가물거린다

보이는 것만을 따라가는
내 두 눈에는 이미 시력이 쇠한
풍경들이 그림이 되어 벽에 걸리고
자꾸 추억을 불러내는 내 아내의
긴 사설에 물든 황혼을 지우려
지금 나는 땀을 흘리고 있다

답을 몰라서 답을 못 쓰는 것이 아니다
답이 저마다 길을 주장하는 이치가
숲속에서 고집을 부리는 노릇에
나도 할 수없이 포기각서를 제출하고
홀로 길을 찾는데도 길이 자꾸
둘이다가는 하나로 모아지는
기어 밤이 오고 있을 뿐이다

'16/1.7.

바람찾기

바람을 바라보려 눈을
두리번거리지만 바람을
발견하지 못하고 먼 산을 바라
시름을 내려놓으려는 순간
우리 집 처마 모서리에 풍탁이
"바람 왔어요" 요란을 떤다
아무래도 나는 당달봉산가 보다

'16/1.7.

그림자 길들이기

누군가는 안 간다 용을 써도
나는 갈 것이다. 고개가 있는지
아니면 평탄한지는 몰라도
누구나 간다기 뒤따라 나도
어느 날인가는 갈 것이다
체념을 접어 주머니에 넣고
세상 가져 갈 것이 없는
홀가분한 모양으로 떠나려 할 때
뒤따라오는 그림자가
얼마나 앙탈을 부릴지 지금부터
연습을 시킬 요량으로
꼬리 자르기 실습을 하지만
날마다 비웃음만 키우는 일이
내 저문 나이의 푸념이다

'16/1.7.

상상놀이

로미오와 줄리엣의 사랑을 안고
설렘 가슴 가득해서 물로도
식힐 수 없던 요동소리 따라
젊은 날엔 풍선으로 날아갔는데
돌아가 좁은 골목 뿌연
먼지 속에서 콧물 훔치던 친구들을 만나
줄팽이 돌리기의 왕자가 다시 되고 싶다
전쟁의 뒤끝 남쪽의 허름한 중학교
점심시간이면 공연히 수돗가를 맴돌던 친구
겨울에도 내복 입지 못해 떨었던 양지쪽
피난 온 그의 목소리가 듣고 싶다
고아원이 집이었던 내 친구는
이러저러 굴곡을 지나
미국 가서 산다더니 소식 감감한 멀리
소금 찍어 점심 함께 먹었던 초라한 식탁
추억길이 멀어 안개 속인데
돌아 돌아 예 이른 이제는
만들 것이 없는 추억이 나른한
보폭에 실리느라 가물거리는데

돌아갈 수 없는 줄 알면서도
돌아가고 싶은 변명을
낚시질하고 있다

'16/1.8.

다시 사랑을 한다면

이제 사랑을 할 수 있다면
불 속에 던져진 솔가지처럼
하얀 절망으로 남고 싶다 아니면
폭포로 내리는 물살에 망가지고 휩쓸려
어딘가 멀리 무인도 모래사장에
단 둘이 남아 먹이를 찾는
짐승이 되고 싶다 또는 악머구리
장마당 장돌뱅이 소리소리 지르듯
넋을 잃어 혼절하는 깊은 잠
꿈조차 실종된 어둠에 갇혀
둘이 하나로만 될 수 있다면
전쟁의 포화 속에 폭탄을 맞아
산화하는 연기에 남을 것이 없는
허무로 남고 싶다 다시
사랑을 만날 수만 있다면

'16/1.8.

헤어지기 연습

언젠가는 떠난다 모두
그 길에서 서성이는 놀이
황혼이 오기 전에 바쁜 걸음을
재촉하는 말들이
오해의 곡선이라 말하고
마침내 엉거주춤 가버린다
오는 것과 가는 것 사이
강물은 또 다시 흐르면 되지만
돌아올 길 없는 여백에는
눈물 강도 깊어진다

언젠가는 갈 것이다 모두
이별은 언제나 그림자 없이 다가와
말을 남기고 가는 길에 회오리
불 켜질 리 없는 망연(茫然)을
멀 컨이 바라보는 일이사
받아들일 수밖에 없는 운명이라 해도
남아 있는 말들이 추위에

오들오들 떨고 있는 이유가
길바닥에 뒹굴고 있다

'16/1.8.

걷기

겨울 자락에 앉아 메마른
하늘을 본다 구름 몇 장이
운명처럼 떠가고 빈 공간에
추위가 오들거리는 파란색
나무는 우두커니 그림자를 드리우고
지난 길을 반추하듯 사색도
깊은 헤아림을 쓰고 있지만
지나가는 자동차의 뒷자락은
속력에 실린 한적한 시골
들판을 헤집는 폭력 같아
말리고 싶지만 방법이 없어
그냥 걷기만 했다

'16/1.10.

정치판

뭐가 그리 좋은지 몰라도
때만 되면 우르르 몰려가는 물살
단맛이 넘치는 곳인가 보다
애국에 물이든 사람들 그들의
말을 들어보면 나라의 미래가
금시 낙원이 될 것 같은 청사진이
펄럭이지만 믿음은 이내 된바람에
찢어지는 소리가 아우성이다 이런
되풀이는 너무 많이 들어서
개그판에서 웃기는 깃발이지만 믿음이
발바닥에 떨어져 밟히는 신음 소리가
정치판에는 안 들리는 이상한
가역반응을 알 수가 없다 없어도 좋은
이름이라지만 그래도 할 수없이
속고 속아 넘어가는 애국노래
일정한 주기에 듣는 유행가에도
진실만 감동을 줄 뿐인데 국민은
너무 목이 마르다.

'16/1.11.

시인 김시철

강원도 용평면 재산마을 언덕
높이에 이르면 그의 집은
아래로 세상 지나가는 길이
보인다. 어쩌다 그와 통화하니
"죽기 전에 한 번 보자"는 말이
목구멍에 걸려 찾아갔더니
깔끔 정정 90*길의 노인이길 레
안심하고 집으로 돌아왔어도
홀로 사는 그림자가
슬픔처럼 따라왔다

소한 지난 추위가 매서워
선생님 "추위에 어떠세요"에
쟁쟁 목소리가 달려와
"우리 곱게 늙읍시다"란 말뜻에 따라온
여운이 가슴 깊이에 박힌다

어지럽고 흔들리는 세상에서
떨어져 바라보는 시선에는

맑고 깨끗한 물이 흐르는 소리로
가슴으로 찾아온 "곱게"에는
푸른 하늘 한쪽이 웃고 있는
겨울 하루 그날은
따스했다

* 1930년생 호는 河書

'16/1.11.

풍경 무료

성호호수 길* 돌아 나오는 길목으로
청둥오리 떼를 지어
얼음장 위에 앉아 뭐라
알아들을 수 없는 그들끼리의
겨울이야기에는 작은 파문이
따라 오느라 연신 조잘거리는
소리가 다가올수록 작아지는
내 가까이에서는 햇살이 멈춰
반짝임만 남는다. 겨울은
마침내 작심한 듯
방한복을 차려입고
올 테면 오라는 듯
기세등등한 소한
호수에는 드디어
굳은 약속을 이행하는
얼음장이 카펫을 깐 듯
반짝인다

*이천 설성면에 소재한 호수

'16/1.11.

이별은

가장 민주적으로 누구에게나
공평한 분배를 위해 이별은
느닷없이 다가온 당혹일지라도
곰곰 생각을 뒤적이게 하네
어차피 예고된 순서 앞에
졸음처럼 키운 나날인데
떠남에는 길이 없음을 알고
그때사 돌아보는 멀리 이미
뒷자락이 펄럭이는데
누구에게나 그리고 언제나
다가올 길을 만들어 놓고도
모르는 듯 지나갈 때
붙잡고 싶은 아쉬움이
조용한 길을 지나고 있네

'16/1.12

언젠가는 모두 지나가는

언젠가는 모두 지나가고
언젠가는 우리 그 길에서
남겼던 말들을 주워 모아
안타까움으로 추억을 말할 것을

바람의 탓이라 말하랴
훼방처럼 지나가는 줄기가
선연히 보이는 등성이 아득한데
어차피 지나는 길에 남기는 말들이
낯설어 채색된 그림이 되어

돌아갈 길은 없을지라도
돌아갈 방법은 막혔을지라도
지나는 바람에게 고운 기억을
지나는 바람에게 전달하라 부탁하고
돌아서는 마음만 허공에 남아
자욱한 안개숲 멀리
떠도는 마음이 보이네

가지말라 해도 결국은 가는 것을
그럴 수밖에 없는 인연의 줄 따라
햇살은 잘도 알아 날마다 오지만
돌아가는 곳이 어딘가는 모르는
허우적이는 몸짓만 남아
사는 일 이러해도 모두
지나가는 일 뿐이네

'16/1.12.

어이하랴, 내 슬픔을

내 그대를 만나고 헤어지는 날은
이해 불가의 물살을 알지 못해
더듬거리는 행동을 이해하라 이해하라해도
끝내 몰라 어긋난 이별을 어이하랴
사는 일은 마침내 그런 것을
해명할 수 없어 묵언으로 지나려해도
들키고마는 이유는 설명할 수가 없어
문을 닫기로 작심하니
잠깐만 기다리는 새에 스며든
바람 한 줄기를 막으려 드니
어느 결 지나버린 내 비밀은
풍선이 되어 멀리 날아가는
하늘 끝 찾을 길 없네
어쩔 수가 없네

'16/1.13.

꿈

하루를 무사히 살아 안도감을 접어
다시 하루를 지나는 날이면
두려움도 따라오면서
그림자를 끌길레
"오지 말고 가거라" 소리치니
주춤에 멈칫거리더니 이내
못들은 척 따라오는 또 하루에

무사를 기원하면서
또 하루를 맞아들이면
반복을 알아 궤도 이탈을 모르는
365에 밤과 낮 사이에
무사와 두려움의 집이 따로 있다

산발 눈보라 어지러움도 있고
봄바람 싹 오르는 향기에 묻힌
소식도 있는 어느 날이면
늙어가는 육신에 삐걱거리는 신음이
얼마나 닳았는가를 알려주는 세월에도

오로지 꿈만이 내 육신을 떠올리는
지금도 그 신기루를 믿으며
찾아가는 중

'16/1.13.

꿈 명명식

내겐 척추가 있어
곧게 설 수 있고
앞으로도 나갈 수 있는
허공에서 찾는 이름

누구나 갖고 있지만
바람에 날아가는 속도가
날개 몇 개처럼 가벼워
허무 앞에 당혹스런 이름

붙잡으려면 붙잡히지만
어느 결 날아가는
바람 속에서도 염원을
외우면 다가와
집을 짓는 이름

없다 있다 없다 있다
잡는 사람과 놓치는 사람
그 사이에서

찾는 사람에게 다가가는
확실한 이름
꿈

'16/1.13.

눈 내린 아침엔

눈 내린 아침엔
어머니가 오신다 멀리
구불거리는 신작로
햇살 바른 길로 아득한
기억은 문을 두드리고
포근하기 좋아 기다림이었는데
오늘 아침 '눈이 하얀 쌀밥'이었으면
소원을 기원하던 어린 시절
꿈이 다가와 소곤거리는 소리에
후다닥 일어나 창문을 여는
세상 변한 즐거움은
나이 늙어도 변함이 없네
눈 내린 아침엔 어김없이
어머니 손길이 자락을 펴오네

'16/1.14.

제8부
상상의 길

밥 짓듯 날마다

밥 짓듯 날마다
시를 부른다 그때마다
다가온 속삭임에 귀를 기우리는
나는 분명 노예이다
하라는 대로 적어 바치면
비뚤어진 눈. 코. 입일지라도
유치원 손녀의 그림처럼
때로는 아름답다

밥 먹듯 날마다
시를 만난다 이럴 때면
깊이에 빠져 물젖은 내 신명은
여전히 목마른 이유를 적어
하소장 올리듯 바치면
네 알아서 하라는 숙제가 항상
무거운 시늉으로 통과되는
이런 기쁨도 행복이다

'16/1.14.

상상의 길

날마다 그를 붙잡고 묻는다
그리고 무작정 고개 들이 밀고
"어쩔래, 내 뜻을 받아주어야만 한다"는
주장이 어느새 지도에 그려지는
내 정원을 바라본다
책은 읽되 책을 따라가지 않고
뜻을 세우되 물러서지 않고
무작정 가다보면 기필코 넘어지는
실패를 빨리 하면 빨리 일어나는
내 주장은 정원 여기 저기
표정들이 보이지만
기쁨은 감추어야하고
슬픔도 버려야하고 오로지
상상의 숲 깊이에 있는 용기
그 줄기만 꺼내기로 했다

'16/1.14.

용기

쓰면 쓸수록 닳을 것 같아도
오히려 새로워지는 윤기라
믿음으로 뜻을 보내고
줄기를 잘라 깃발로 세우면
다시 다가오는 은근한 미소
주저앉아 신음하느니 차라리
변명을 심어 용기로 바꾸어라
넘어지는 핏자국위에는
선연히 피어나는 마술의 숲
그대가 바라는 나라는
거기 있을 것이기에 쓰면 쓸수록
없어지는 것이 아니라 솟아나는
샘물 속에 그대 얼굴이 보이는
영혼의 집이 근사하리라

'16/1.14.

안개 숲

눈이 내린 아침에
안개 숲이 깔린 조화
저 길 들어가면 내 모습
뿌우연 여백으로 남아
보이지 않는다해도
길을 떠나는 상상이
나무 끝에 매달린 겨울은
예약된 약속이 있어 빨리
아침을 지나야 한다고
몰아가려는 명령이 더욱 짙은
흐린 숲엔 음모가 서서히
두텁게 자락을 펼치는 무렵
조바심에 호기심을 앞세워
그림으로 완성된 끝 모서리에
낙관을 찍어 벽에 걸어두고 싶은
눈 내린 겨울 아침

'16/1.15.

생일

무엇을 남기고 떠날까 가끔
생각하다 멈춘다 이름 석 자
남길 것이 없다는 허무 앞에
무료가 다가와 놀자는 시늉
이렇게 살아 다시 살아
언덕 몇 개를 지나온 여정은
돌아보아 아슬한데 해마다
생일이면 케익 앞에 둘러선
손녀들이 불을 켰다 다시 반복하며
서로 싸우는 시기도 하루면 끝
기다림이 미루어지는 멀리
내 행보는 신음을 데리고
무시로 바라보는 머언 산
하얀 가루 뿌려진 안개
그 자취가 분주하게
바람을 탈 때면 이별은
눈물 몇 방울과 작별이
고작인 것을 알고도 모른 척
하루를 넘긴다

'16/1.15.

길

배가 떠나면 다시 이어지는
물길로 사람이 간다. 길이
이어진 산길로 사람이 간다
모두 가고 오는 사이에
길은 때로 무료한 지움을
그림 한 장으로 남기고
벽에 걸린다 누구나
머물러 집을 짓지만 이내
어딘가 몰라 헤아리는 일이
고작 의미의 문패로 삼아
햇살을 받지만 석양을
물려받을 때쯤엔 한결같이
두리번거리는 표정에 담긴
똑 같은 길 하나가 앞으로
카펫을 펼친다

'16/1.16.

숲 소요

내 숲엔 새들이 마구 찾아와
나무 꼭대기 높이에서 주인처럼
으스대는 날이 날마다 바라보는
내 두 눈에 어느새 친구가 되었다
혹여 눈이 내린 아침엔 먹이가 없어
내 소요(逍遙)의 길이 막힐까 걱정스러워
안타까움을 위로하는 비상(飛上)이 여전
어제와 다름이 없을 때 차라리
주인 자리를 너희가 가져라
소리치고 싶지만 알아들을까라는
염려조차 거침없이 날고 날아
재촉하는 숲의 노래가 되는
내 귀에는 무슨 연주에 심취한
악보가 떠올라 기어 적어가는 길이
분주한 것도 비상(飛翔)이 주는
음표들의 행진이다

'16/1.16.

별

별 중에도 깨끗한 별들이
내 집 마당으로 쏟아지는 밤은
세상 불빛이 고요를 지키는
문지기가 될 때 조요(照耀)한 의상을 입고
사폴거리는 발자욱으로 소리 없이
문을 두드립니다 이때는
불면도 행복을 주는 눈이 떠지고
입맛이 개운해지는 샘물처럼
정신이 밝아지는 어둠에
불을 켜지 않고 그대를
곁에 앉힙니다 그러나
할 말이 없어 침묵이 조바로운
뒤척임으로 안달일 때
무리진 하늘에는 염탐꾼들이
두 눈을 뜨고 마구 창문을 뚫는
첫날밤 소란조차
정갈한 물소리같이 별이
쏟아지는 폭포소리가
안 들리는 것도 발을 뻗는

고요 위한 반짝임이라 내내
눈을 뜨고 지키고 있습니다

'16/1.16.

오늘은 그렇다 해도

오늘은 그렇다해도
맞습니다 오늘은 그렇다해도
내일입니다 오늘과 같다고
답안을 제출하시겠습니까 거긴
이미 웃음으로 맞아들이는
표정들을 볼 수 있으니 모두 같은
대답을 기다리는데서 의미를 지불하는
계산서에는 슬픈 동류항이
앞에서 기다립니다 그때 그대는
고개를 저어야 미래가 있을지라도
힘겨운 오늘 앞에 머무는
표정을 바라보는 시선을
외로워하지 마십시오 우리는 모두
같은 길어선 나그네의 체온 일 뿐
하여 내일을 말하는 사유를
감추는 이유가 끝내 있습니다
다음 장을 위하여

'16/1.16.

하루 계산법

젊을 때 하루는 너무 길었고
나이 들어 이제 하루가 너무 짧다
어쩔 수 없는 계산법을 앞에 놓고
이리 갈까 저리 갈까를 헤아리는
이 일도 점차 햇살에 맡기면 모두
같다는 저울 눈금에서 나는
이상한 생각이 들지만 자칫
이상한 사람으로 몰릴까
그냥 가자 가자를 재촉하는
이 촉급한 노릇 앞에 눈치만 본다

생각은 점차 줄어들고 푸르른
상상 여행은 다시 말라가는 수원지
그 가장자리에서 바라만 보는
눈에 들어온 젊은 사람들 펄떡이는
호흡을 주체할 수 없는 그들의
여행이 마냥 부럽다 하여 함께 갈 수 없는
내 보폭의 쓸쓸함을 알고
가장 자리에 자리를 펴고

낚시도구를 꺼내 마음을 미끼로 꿰어
물에 던진다. 그렇게 산다.

'16/1.17.

봄 기다리는 일

바람 매서운 중심을 벗어나
언 땅이 녹으면 겨울, 지난
숨소리를 들어야겠네
깊이에서 오는 소리 따라
당도하는 푸른 소식까지
그 앞에서 마음 두리번

두꺼운 추위 숨소리 포장하여
고요를 키우는 바람으로
속달로 전달하는 발자국엔 빨리
문을 열어야하리 하면
봄이야 제발로 오겠지
재촉이 없다해도
산천의 꽃들은 그때사
저마다 짐보따리를 풀기 위해
분주할 때면 종소리는 잠시
기다림 뒤에 숨기고
얼굴 환한 표정

그것만을 연습하는 지금은
오로지 기다림입니다

미인 공화국

우리나라 티브이에는 다른 나라에서
결코 볼 수 없는 미인들이 등장한다
어쩌면 저렇게 아름다운 여인들을
삼신할머니는 우리나라에만 점지하셨을까

우리나라 비행기에 승무원들은
다른 나라에서 볼 수 없는 미인들이
하늘을 나른다 그 뿐이랴
어느 곳을 가나 싱싱하기
넘치는 윤기에 살갗에 스치는
바람조차 향기를 머금고
온 누리에 호사스런 기쁨을 주는
화려 중에 가장 어여쁨으로

세계 어디를 가도 우리나라 여인들은
미인공화국의 백성으로 화려한데
정말로 아름다움이 안에 들어있을까
현미경으로 들여다보아
마음과 얼굴이 어떻게 같은지

확인해보고 싶은 호기심 그러다
다르면 어쩌나 망설이다 눈감은
여신들이 사는 확실한 나라

우리 삼신할머니 만세!

'16/1.18.

겨울 빨래

빛나는 햇살 속에는
무엇이 들어 있어 저토록
영롱한 구슬이 되어 땅으로 오는가
깨달음을 깨우는 바람이라도 불면
세상 가득하게 퍼지는 윤무(輪舞)
춤이라도 출까 손을 내밀면
어디서 달려온 음계들이 줄지어
오선지 위에 가득해지는
전설은 아름답다

누천년의 계단을 지나 드디어
당도한 싱싱함도 펄떡이는 꿈들이
저마다 빛나는 이름을 달고
줄지어 선 봄날의 입학식은
아직도 멀었는데 미리 와서
길 닦아 소식을 알리는
저 햇살 속에는
누구도 말릴 수 없는 따스함이
빨랫줄에 펄럭이는 뜻을

헤아리는 일이 오늘의
숙제 같다

·

'16/1.18.

숙제

　날마다 그 앞에 선다 지금은 선생님이 없이 독학하는 너른 길 따라 날이 날마다 다가오는 숙제를 맞아 땀을 흘리면서 지난다 내가 점검하고 내가 결정하는 일이 어려움 중에도 가장 어렵다는 사실을 터득하고 나니 그나마 위안의 목록이 따라오면서 그럭저럭 지날지라도 수.우.미.양.가의 동그라미가 그리운 것은 사실이다

　돌아보아 갈 수도 없고 길을 찾을 수 없어 다시 돌아앉아 끙끙거리면서 지나보내는 것들에 불평불만이 많을 때, 난감하고 부끄럽지만 달래 보내는 하루의 끝자락에는 불안의 그림자가 따라오면서 '염려마라, 염려 말아라. 모두 다 그런 거란다'의 위안에는 눈물이 난다. 그래도 불안의 옷을 벗을 길 없어 다리 오므리고 잠이 드는 일상은 불침번을 세워 둔 병영의 찬바람 같아 '내가, 왜?' 불쑥 질문을 던지면 돌아오는 길도 없는 허공에는 별들만 흐드러지게 웃고 있다.

'16/1.19.

졸업

'빛나는 졸업장을 타신 언니께 꽃다발을 한 아름'을 부르면서 졸업을 하고 싶다 문학공부 어디서 졸업장을 주는 곳이 있으면 가고 싶다 가도 가도 그 길에 미혹과 암담과 슬픔 혹은 어쩌다 다가온 즐거움이나 있을라치면 그 때문에 끝 모를 길로 끌려가는 노예의 길이라도 그 길도 반가움이기에 나 홀로 길을 가는 나그네가 고작이다 아니다 슬픔은 아니다 어쩌다 전해준 기쁨 한 자락에 취하는 바보가 당연하지만 나는 한 번도 졸업을 꿈꾸지 않았다

'앞에서 끌어주고 뒤에서 밀면' 어디 못 갈 곳이 없으련만 선생님은 어차피 졸업을 해야 한다고 했지만 나는 그 말을 믿지 않기로 생각한 불량학생이 지금도 영원한 까까머리에 교복을 입어 끝 모를 길에 학생일 뿐, 초라를 입고 얼음에 박 밀 듯 슬픔조차 위안으로 삼고 내 영혼의 숨길을 찾아 터벅이는 숙명의 학생인 것을......

세상은 그런 것이다

소크라테스는 델포이 신전에 걸린 <너 자신을 알라(크노티 세아우톤)>가 하는 말의 전부였다 이 표어 한마디로 인류의 스승이 되었으니 기가 막힌다 그쯤이야 장마당 리어카* 아줌마가 알려주는 어느 날의 에피소트같은 데도 스승님으로 떠받드는 노릇이야 알 길이 없다.

나는 소크라테스보다 더 좋은 말을 많이 만들었고 글을 더 쓰고, 시 또한 2500수를 넘어 썼으면 유명도 하련만 유명 근처에도 못 미치는 노릇에 신(神)을 찾아갔다. 그러나 가슴 절절하게 쫄라도 한 말씀도 없이 앉아만 있는 모양이 하도 기가 막혀 돌아 나오려는 데 억울하여 다시 돌아보니 "세상은 그런 것이다"라는 듯 미소 짓고 있는 부처님의 얼굴에서 그만 합장하는 손에서 내 억울은 모조리 날아가버렸다 역시 세상은 그런 것이다인 듯

* 2016년 1월 18일 어느 T.V에서 불구 42살의 딸을 키우면서 리어카 장사로 하루 5만원을 버는 아줌마가 외우는 명언 암송이 기가 막혔다.

'16/1.19.

서서 글쓰기

의자에 앉아 평생 글을 썼다. 점차 척추가 굽어 아픔으로 신음이라 할 수 없이 책상을 높여 서서 글을 쓴다. 높이만큼 두 다리가 지탱하는 얼마쯤 나는 이럴 것이다. 뭣 때문에 이 고생을 이어가는가 갑자기 의아 생각에 세상 별나게 산다는 생각이 미치니 내 글이 비웃고 있는 것 같다. 감동 없는 글을 이어가는 일도 고역이지만 사람은 앉아서 사는 일이나 서서 사는 일이나 다름이 없을 지라도 갑자기 서서 글을 쓰노라니 글들이 놀라 호들갑을 떠는 것 같은 우왕좌왕 갈피를 헤아릴 때 '기다려라, 곧 편안해진다' 위로를 보내는 것 같아 마음이 편하다. 사람 사는 일이나 세상 돌아가는 일은 모두 이렇다 기다려라, 곧 습관이 된다

'16/1.20.

기다림

누군가는 보아주리라 그리고 누군가는 열어 주리라 지금은 닫혀 있어 답답하고 괴로울지라도 언젠간 다가올 믿음을 보초로 세우고 이 길 갈 수밖에 없는 운명인 것을 신념으로 읽어 나가는 오늘은 오로지 용기가 필요하리니 문은 기필코 열리리라

깃발 흔드는 사람들 화려한 표정을 자랑으로 기록하는 문서에 순서가 거꾸로 될 때까지 땀과 눈물을 저장하면서 운명을 결정하는 법판에 누군가는 보아 깨움을 알리리라 그 믿음을 싹으로 파묻고 오늘을 사는 이유도 함께 일어나는 길은 서둘러 손짓을 보낼 날이 올 것이리라

이리하여 다만 내가 서 있는 여기 긍정의 일기장에 살아 온 날들의 흔적을 낱낱이 써 나가는 이유가 뒷날의 등불로 환하게 길을 밝히리라

'16/1.20.

일본 보기

자꾸 작아지려는 속성으로 키를 낮추는 그들에겐 바람으로 막아주는 바다가 영혼의 깊이에 담겨있어 수호신으로 자처한다. 그러나 풍랑 앞에서 더욱 작아지는 것 때문에 작은 섬이라도 자기 것으로 만들어 거기 머물 곳을 고집하는 것은 그들의 미소-참으로 친절한 미소 뒤에는 계산이 영악하다. 그 미소를 믿는 것은 뒷날 짐이 된다는 것을 알면 한 발에서 두 발이 들어오는 수모를 당하는 것을 읽어야 한다.

잘못이 없고 오로지 잘한 것만 있다는 페이지를 화려로 장식하는 속셈에는 깃발 그 뒤에 보이는 어둠이 기다리고 있어 믿음의 증서를 결코 주어서는 안된다. 설혹 이웃이라 담장 건너의 친절이 보인 다해도 안방에서는 계산서가 다르게 기록되는 일은 바로 그들이 살아온 작은 겸손으로 숨겨진 이유를 끝내 보여주지 않는 우정의 속성을 알아야 이웃으로 살 수가 있다.

'16/1.21.

중국

크다고 좋은 것이 아니다. 부풀리는 복어의 배는 실상 거짓이기에 속으면 안 된다고 한다. 우리에게는 숙명이고 그들에게는 요리감처럼 살아온 길이 아플지라도 멀어지기 보다는 조상의 숨결이 스며진 고향일 수도 있어 더불어 살아야 하는 이유가 절실한데, 그럴수록 집터를 늘리려는 욕심에 중화(中華)의 거만은 항상 경계(警戒)의 의복을 헐렁하게 입고 있을 뿐이다.

큰 몸짓보다는 작은 날렵이 싸움에서는 이긴다는 진리는 궤도를 벗어나는 가설이 아니다 오만과 부풀림이 어느 순간 매복의 칼끝에서는 아픔의 신음이 된다는 것을 알면 너그러운 향기를 가지고 세상을 바라보는 일도 알아야 할 일이지만 깨달음은 결코 쉬운 숙제가 아니다.

'16/1.21.

능소(凌宵) 이어령

　백화점 쇼윈도 앞에서 많은 가짓수에 놀란다 그리고 살 것이 정작 없다는 실망에 다시 놀란다 또다시 첨부된 고백의 시집*에 더 놀란다

　장돌뱅이 우상(偶像)**을 뒤집어쓰고 붓깡패***의 행패가 온 장바닥을 휘젓고 다니면 대책이 없다해도 기진한 행동에 마지막 계산서를 정리하면 허무가 우산을 뒤집어 쓰고 있는 것 같다. 정작 요란한 행동은 아무 것도 없다는 결론을 위장하는 일이기에 그는 도피처로 신의 이름을 불러 위안을 가장하지만 실은 불안과 허무가 질편하다. 위엄의 장군도 아니고 촐랑거리는 신념이 그의 성에 깃발로 펄럭이는 뒤엔 백성이 없기 때문이다. 장강(長江)의 물줄기나 태산(太山)의 근엄이 없는 말에는 오로지 사전속에 들어있는 신음이 쌓여 있는 것을 착각으로 바라보는 시선에 위안이 된다면 그것 또한 뒷날엔 후회의 목록이 될 것이다. 배산임수의 집터에 초가집의 안온한 체온이 그리운 사상의 깊이에 목마른 그는- 오일장이 파하면 비로소 형해(形骸)의 먼지가 어딘가에도 보이지 않을 것 같을 때……다.

* 2010.시집 『어느 무신론자의 고백』
** 1956년 한국일보 <우상의 파괴>로 등단
*** 선배들은 붓깡패라 불렀다.
**** 양주동을 떠올린다. 그는 대학생으로 당시의 문단 거
목 이광수를 공격해서 문명을 얻었고, 향가연구의 일
본 중진학자 소창진평을 공격하여 학자로서의 명성을
단숨에 얻었던 전철을 꼭 닮았다.

'16/1.21.

나

나를 버려야 한다고 날마다 작심을 하지만 무엇부터 버릴 것인지 선택도 못하고 어둠을 맞는 노릇이 부끄럽다 이미 긴 해를 지나 짧아지는 즈음도 후회의 성안에서 어정거리는 계산법에는 아픔이 따라온다. 모두 헛것의 자취를 따라 얼마나 치근거리는 행보였던가 몰라도 멀리 보느라 가까이를 놓치고 가까이 보느라 멀리도 못 보는 이도저도 아닌 다만 살아있다는 이유로 변명을 늘어놓은 당당도 이젠 초라가 보인다. 후회의 이력서를 들고 어딜 갈 것인가를 헤아려도 캄캄한 어둠만이 내 것이라는 깃발을 날리며 조력을 받고 싶은 음성도 기진한 이제 내가 열고 온 문은 곧 닫힐 것 같다 지금 내 삶은 속죄만을 남길 것 같은.... 선고의 시간이 다가올수록 점차 비겁을 버리고 당당에 맞서는 죽음을 기다리고 싶어 참회록을 공손히 바치려 한다.

'16/1.21.

지식인 혹은…

경멸한다 지식의 탑이 높다고 행동이나 가름의 문을 닫고 침묵을 진행하는 그런 모습에 나는 경멸한다 고급 지식은 고급 판단이 아니고 더구나 행동이 아니라는 점에서 다시 경멸한다. 사리가 죽으면 판단이 죽고 판단이 죽으면 가치가 소멸하는데도 여전히 지식의 졸업장을 휘두르는 친구를 보았을 때 눈물이 났다 가치는 가치만큼 가치가 있고 무가치는 허상의 그림자로 자기를 함락시킨다는 이유를 끝내 모르는 지식인의 모양에 초라가 따라간다.

종교인의 기도를 열심히 듣지 않기로 했다 분명 말은 유창하고 마지막의 아멘에는 의무를 다 바친 것처럼 보이지만 비겁이 안으로 스며든 물살을 볼 때는 분간조차 외면해버리는 침묵의 용감에 제목이 없는 쓸쓸도 더불어 왔기 때문이다

둘 중에 하나가 아니다 둘이 따로 이든 따로가 하나이든 가치는 진리 앞에 헌신하는 일이 빛나는 이름이기 때문이다

'16/1.21.

물방울 여행

물방울 하나가 떨어지면
땅은 놀라 숨을 쉰다
또 하나를 만나면 손을 잡고
더불어 가는 길이 열리는
산천을 휘돌아 어디쯤
모두와 어울려 몸을 섞고
비로소 푸른 강물의 깊이
하늘이 눕는 편안한 세상

'16/1.22.

어둠을 뚫으면

살갗이 아프다 어둠을 뚫으면
맹렬한 빛이 찾아와
문을 두드리는 소리
놀람이 경기(驚氣)로 우뚝 선
나무들은 열을 맞춰 일제히
하늘을 향해 소리 지르고
새 몇 마리가 서쪽을 향해
철학개론을 읽어갈 때면
근심 걱정과 작별할 준비가
내 곁을 떠나고 있다

'16/1.22.

제9부
윤회

불꽃 앞에서는

불꽃을 보면 나도 무작정
타들어 사라지고 싶다
너훌거리는 춤사위에
유희(遊戲)처럼 녹아들면
열락(悅樂)으로 사라진 그런
의미야 찾아서 무얼하랴
허무는 끝내 허무인 것을

불꽃을 보면 아수라 지옥
그곳이 깊다해도 한 번
타들어 사라지는 무위(無爲)
따스함을 전달하고 마침내
임무가 주어진 행복도
죗값을 버리는 안온함이리

불꽃을 보면 드디어
승천하는 기운을 얻어
구름 속에 살거나 아니면
용왕의 아픈 청을 거절하고

돌아와 구차히 변명하는
희생 없는 토끼의 슬픔에
후회로 태우는 참회록이나 쓸까

불꽃을 보면 무조건
뛰어들고 싶다

'16/1.22.

술잔에 빠진 이야기

오늘은 후배의 청을 받아
맛있다는 곳을 찾아
숟가락 번갈아 담그고 한 잔의
물에 나를 띄우는 뱃놀이
돌아오는 길은 즐거웠다

누구는 어떻고 또 누구는
어떻게 될까라는 염려가
안주로 둥둥 떠돌 때
세상사 한 잔의 물에서
마냥 풀어지는 물살 따라
숙취가 헤집을 내일의 두통은
오늘 잊어도 좋았다

잊고 돌아가는 길엔 바람조차
맘대로 해라처럼 관대 한데
조급증의 아내는 자꾸
참견하고 싶은 말의 꼬리
그걸 자르느라 용쓰는

내 우둔이 멍이들 때쯤
우리 집 대문 앞에 날리는
깃발이 저 홀로 웃느라
정신이 없는 것 같은 어느새
하루는 문을 닫느라
어둠이 달려왔다

매듭 앞에는

항상 두렵다 매듭 앞에서는
어떻게 정리할까 주저 혹은 망설임
무엇이 옳을까를 모르는
사는 일 그렇게 진행하는데
생각에 숙고가 더해져도 오히려
어제보다 못한 성적을 염려하는
선생님의 교훈이 자꾸
따라오는 불안으로
못마땅한 시늉이 모두인데
그런 줄도 모르는 나의 발길은
어제처럼 지나가는 임무에
어느 결에 당도한 종점어름
초인종을 누르고 다녀왔다는
말이 끝나기 전에 내일이
먼저 안방에 앉아있다

'16/1.23.

사람 만나기

너무 가까이 가면 틀림없이
허무이거나 키 큰 실망이
어느 결에 다가와 있다
그럴 때마다 시린 허리춤
다시 가까이 가려면 되풀이
인생은 그렇게 지나간다

너무 멀어도 아쉽고 쓸쓸한
교훈을 잊고 맛보는 아픔마다
그렇거니 지나가면 잊고 또
상처는 새살이 돋는다지만
아픔의 기억은 풍선이 되어
멀리 멀리 있어도 보인다

어찌할 수 없어 잊기로
작심을 땅에 묻어 눈을 감고
골목 저 골목을 지나노라면
새로운 얼굴이 다가와 웃지만
어제를 기억하면 두려움이 강물로
흘러 어디로 갈 줄 몰라

지나며 가는 삶이라지만 오는 사람과
마주하는 가락에는 기쁨이거나 아픔이
제 홀로 곡조의 이름을 붙이지만
실망도 희망 앞에 다가와 흥정하는
책상을 마주하고 바라보는 무표정조차
외면할 수 없는 사건이 된다

'16/1.23.

비닐

온전하던 비닐이 작은
바람구멍에서 조금 찢기더니
센바람이 오니 조금 더 찢기더니
태풍이 불어 아주 많이 그리곤
너덜거리는 바람의 날개로
창망(悵惘)한 하늘 여정을 가는 듯
찢어진 비닐을 보면 내 삶의
표정이 펄럭인다 숭숭한
바람 속에 들어있는 누구의
명(命)을 받았는지 몰라도
무자비의 형해(形骸) 속에
낱낱이 해체되는 일도
언젠가 오는 기다림 같아
망연(茫然)히 바라볼 뿐

'16/1.23.

풍경(風磬)이 울리면

허무를 이기지 못해 몸살 하는
우리 집 풍탁은 날마다
푸른 하늘 호수에서
어딘가 갈 곳을 몰라
치를 떨며 소리칩니다

봄이라 떠나고 싶고 가을이라
되돌아가고 싶은
가락오락도 제몫이이지만
붙잡힌 숙명의 줄을
풀 수 없는 몸부림에
고된 목소리

안주의 길 찾기는 묘연한데
울어야하는 운명에서
그나마 고요를 깨우는 설법에
눈을 뜨고 창공을 바라보는
가슴 시원함이사 기대 접은
목마른 사연입니다

'16/1.24.

포물선의 향방

돌아보는 풍경이 자꾸 바뀐다
멀어 가물거렸던 아지랑이처럼
창문에 걸린 그림 속 사람들
붙잡으렬수록 멀어지는
포물선의 끝 어딘가
침묵이 행진하는 광장으로
구원을 설득하는 말들이
낚싯줄에 걸려 버둥이는
메아리에 걸려 일어나는 옅은 구름
비는 내리지 않기로 단념한
하늘에 표표히 날리는 깃발
하늘 끝 방황을 데리고 마침내
누군가에게 물어도 침묵으로
하늘만 가리킬 것이 뻔해
차라리 내 집에 당(堂)을 하나 짓고
육신을 세워 돌팔매질에
실컷 눈물을 흘리고 싶은
긴 사연 하나가 걸려

마지못해 올라오는
포물선

'16/1.24.

한 편의 시를 쓰고

한 편의 시를 쓰고
안도감으로 앉아있자니
멀리 있는 친구생각이
길을 재촉한다 그도 나를
생각한다면 중간 어디쯤
함께 만나는 이야기가
결국은 어린 날로 돌아가
희망으로 불을 켜고
꿈을 그리는 토론의 깊이
깃발을 세우는 건물 한 채에서
밤은 그렇게 아침을 맞았을 것
돌아보니 오리무중 속에
지나온 것들이 함께
대답을 찾으라 요청한다

'16/1.25.

사랑도 물처럼

물처럼 흘러가라하네
자유처럼 살라하네 사는 일
막힘없이 부드러운
그러해야 한다하네
바위 돌에 부딪혀
방울방울이 흩어져도
다시 합하면 그뿐인 것을
물이 되어 살라하네

갈 곳 없다 불행도 없어
오는 것에 인사하고
가는 것도 그러하네
작정 없이 흘러가면
목마른 나무뿌리에 머물러
무념으로 키우는 열매들
단맛으로 보답하는 변화
세상을 그러해야 한다네

물처럼 노래하며
물처럼 조용히
물처럼 깊이로
물처럼만 같이 살라하네

심심산골 구부리고 휘어져
물젖은 고독에도 말없이 흐르는
그만큼 흐르듯이 단순하게
푸르게 또는 목마름을 넘어가듯
그렇게 살라하네
물이 흐르듯 물이 젖은 듯
낙엽을 데리고 흐르듯
바람을 데리고도 산을 넘어가듯
거기 세월도 뒤따라가느라 허겁지겁
힘겨워 숨 쉬는 날에도
물이 흐르듯 물이 살아가듯
그렇게 살아라 하네
물이 흐르듯 푸르게 내일로
가는 일이 전부라는 길에서

뒤돌아보는 일은 부질없다 아래로
끝없이 아래로 가노라면 그러다
때로는 위가 되는 것처럼
물이 되어 물처럼 살라 하네
사랑도 물같이 흐르라 하네

'16/1.26.

윤회

물이 하늘로 갔다가 내려오는 날은
요란한 예고가 줄기로 흐르더니
여름이면 다시 승천하는
구름의 떼무리로 모아들어 함께
내려가자 재촉하는 숨소리가
너무 거세서 땅에선 뿔뿔이
흩어지는 패연(沛然)의 종착지
우왕좌왕의 발길들이 두려움에
한 방울의 물은 그렇게 돌변하더니
목마름에 불러내는 기도문이
창문을 만들어
그림으로 걸어놓을라치면
햇살이 먼저 알고 기억을 지우는
이런 일이 되풀이처럼
눈 내린 날의 설경조차
그런 것일 뿐

'16/1.26.

어리석음

시 공부하면서 제일 먼저
버리라고 말한다. 해도
꾸역꾸역 싣고 오는 무게에
날마다 되풀이 말하지만
잊고 또 다시 싣고 오는 일들
나 또한 나를 알지 못하고
무거운 짐을 지고 억지로
우기면서 되풀이하는 아픔에
잠이 들면 나는 참회한다
약속을 지키지 못하는 우둔
괴로움도 되풀이에서는 멍한
자화상에 위로를 보내는 부끄럼
버려라 내다 버려라 부르짖는
광야에는 졸음이 다가온
햇살이 그나마 위안이라면
초라도 의상이 있나보다
버리지 못하고 변명만
쌓아가는 내 사전에는

어리석음의 쓰레기로
가득하니 이 일 어찌할까

'16/1.26.

새

큰새는 높아
유유하게
작은 새는 낮게
팔랑촐싹
사람도 그렇더라

'16/1.28.

작은 존재의 이유

이름 많은
세상 숲에서
감추어도 좋을 내 이름
숲푸른 풍경이나 될까, 하면
눈 시원한 푸른 바다
물방울 합쳐 이르른
큰 소리인 것을

풍경이나 파도의 깊이에는
어차피 작아
보이지 않는 것들
그것들이 모여
세상 이름들 속에
작아서 보이지 않아도
위안이 될
거기 누군가의
이름도 있을 것을
찾아보아라
찾아라

'16/1.28.

달빛 찬가

기다림이사 목마름인데
오시는 머온 길에는
은빛 물결뿐입니다
부드러움 가득한 숨결로
세상을 감싸는 온화
꿈길은 꼭 그렇습니다
묵음(默音)의 물살로
씻어 내리는 영혼은
오시는 발자국에 불을 켜
소리 없는 흔들림으로
한 소절의 노래로 휘돌아
포근함이 젖은 살결 그렇게
산천을 데리고 사는 어머니
다만 달빛입니다

'16/1.29.

건초더미

햇살이 눈(雪)을 물어뜯어
기계충이 된 건초더미
헐렁한 논 중앙에
참새들이 경치를 만드는
오후의 바람은 조으는
햇살을 재촉한다

쓸쓸함도 운명인 것을 알아
말로는 모두 설명할 수 없는
하늘 구름 두 어장이
겨울 이름을 무채색으로 꾸미고
요란한 헬리콥터 소리가
하늘을 재단(裁斷)한다

임무를 마치면 누구나
쓸쓸한 의상이 서글퍼 보이는
정적(靜寂)은 때로 화려한 몫을
거드는 조연이라 할지라도

풍경이 된 화면에서는
값나가는 경매 물건이 된다

'16/1.29.

하루를 보내노라면

하루를 살아 또
어둠으로 보내고
돌아온 아침을 맞아 사노라
그렇게 살아온 이젠
황혼은 자꾸만 물이 들고
어느 결 마음만 붉어지네

나날을 배웅하는 날마다
오가며 보았던 것들
하나 둘 이름을 감출 때면
마음 가라앉아 무거울지라도
아쉬움이 어둠에 섞일 때엔
세상은 조요한 의상을 입고

시린 걸음 한 발짝
길 다한 마을에 불이 켜지면
따스해서 포근한 또 하루
머물러 살아있는 지금은 겨울
봄 기다림은 산 아래 와 있어

세상은 마침내 땅 속에서 들리는
소리에 귀를 열었네

'16/1.30

사랑은 갈증놀이

사랑은 갈증이 있어야
맛이 생긴다
누구나 그 맛에 취하면
비틀거려도
애타는 마음 끓어오르는
불길에
스스로 태워도
물러서지 않는
단맛, 쓴맛 신맛, 떫은 맛
구분이 있을 때쯤엔
농도를 높여
길을 찾지만
맹목을 두려워하면
저만큼 달아난 아픔이
걸어온다

'16/1.30.

술

소주 한 잔이
위 속으로 들어가면서
"문 열어 주세요, 빨리요"소리친다
"그래, 좋다. 어서 오너라"
너와 나 함께
사는 놀이
즐겁다
행복하다
그뿐.

'16/1.30.

빈칸의 고향

어딘가로 가야할 정해진 곳이 없을 때
마지막에 나오는 이름일 것이다. 그러나
이도저도 없을 때는 어찌해야하는지 몰라
망연히 하늘을 바라보니 귀성차들이 줄지어
환호를 지르면서 달려간다
"참, 좋겠다" 나도 갈 곳이 있어
늙어 안주처로 삼을 마지막 귀향을
서두르는 그 길에 붐비는
일조를 할 수만 있다면
마음 한결 가벼울 것이지만
바라만 보는 어느새 내가
갈 곳이 없는 이유 앞에
신산(辛酸)한 이유가 달려오지만
고향이 없는 사람끼리 무슨 당을 만들어
깃발 날리는 지독한 시위를 하고 싶다

명절이 가까워 오면 호들갑으로 시시콜콜
말들을 날리는 사람들이 살 판 난 것처럼
눈귀를 사로잡는 성찬(盛饌) 속에 들어 있는

질펀한 강물은 그냥 가자 가자를 재촉하는데
그 대열에서 벗어나면 낙오자에 외로운 줄기가
온 나라를 섞어버리는 그리고 포화(飽和)의 이름이
줄지어 분간을 모르는데도 이유 없이 낙오된
그림자에 위안을 보내는 일도 시름없는 노릇이라
누워 잠을 자려해도 다시 밀려오는 파도의 소리들
고향이 빈칸으로 있는 사람의 마음에는 그 파도조차
숨죽이는 일이 당연함으로 여긴다. 이런 사람들을
모아 장바닥을 개설하면 흥겨운 장날의 가락은
온 누리에 보상의 아우성을 잠재울 수 있을지 또는
전국의 악질 데모꾼들은 모조리 모아
변함없는 이유를 빨간 깃발로 만들어
청와대로 가자는 함성을 종로거리에
내려놓으면 어떨까

전투경찰은 무조건 달려올까?

'16/1.31.

소망 상상법

작은 트럭을 한 대 사서
그걸 끌고 전국을 유람하는
여정을 짜볼까 메뉴는 한 잔만의
커피와 빵조각을 팔면서
길을 방랑하고 싶다 파도 따라
인생의 의미도 따라올 것이며
외로움도 따라올 것이고
보고픈 손자들의 음성도 따라올 것이니
뉘가 가장 애달파 할까를 계산도 하면서

바닷가에 맨 먼저 멈춰 서서
파도 몰려오는 심연에 빠지는 날은
불면도 달아나 짙은 어둠
꿈길이 열리면 작정 없이 달려
설사 빠져 허우적인다 하더라도
고독을 입고 서성이면 오래된
마누라도 끼워 달라면 어찌할까

파도가 잔잔한 날이면
편한 바지에 슬리퍼를 끌고
간이 낚싯대를 드리우고
피라미 한 마리 건지면 재미있어
해는 드디어 넘어갈 것이다. 설혹
비바람 눈보라 기습시위를 할라치면
작은 차 안에서 웅크리고
커피 홀짝거리면서 빵조각 부스러기를
맛있게 요기(療飢)하는 날이면 내 삶은
끝이 거기라해도 좋으리라

이제는 벗어나고 싶다 금기의
사슬을 걸고 작은 차 속에서
엉성한 비리스타 솜씨에 내 고독은
금시 따스할 줄 어찌 알겠는가
더구나 궂은 날엔 가난한 연인들에게
공짜로 주는 선심 이벤트엔
더불어 기쁨에 어울릴 것이려니

우울을 버리고 바닷가에 선 날 나는
생의 의미를 계산할 것 같다

'16/1.31.

우물

어린 날 하늘을 보면 무서웠던
동그라미 속에 젖은 파란 하늘이
구름들을 데리고 유유히 그리고
얼굴과 더불어 천연색 세상에 빠지면
어쩌나의 두려움에도 조마조마로
흔들리는 땅 발끝에 힘을 주고 자꾸
들여다보면서 친구가 되었던
어린날의 우물이 있었네

사진첩 구석구석에서 불시로
튀어 나오는 출몰에 놀라
돌아갈 수 없는 기억은 너무 요원한데
맑은 기억도 살이 찌는 날은
물 길어 마시는 깊이의 전갈
"아, 시원하고 좋아"가 전부였지만
영혼이 맑아 눈이 밝아지는 날은
작은 동그라미의 세상에도 행복의
파도가 출렁이고 있는 우물 안
개구리가 산다 말하지 말라

'16/2.1.

나무 병정들

"차렷, 받들어 총!"
"추웅성!"
밤에 나무들은 병정이 된다. 모두 기립하여
총을 들고 침묵으로 성을 지키는
당당함이 믿음직스럽다 춥지 않을까
지난날 막내아들 생각에 다가가
제대가 언제인지 묻고 싶어도
서슬퍼런 자세에는 틈새가 없어 단념한다
일렬 종대와 횡대로 오와 열을 맞춘 위엄에는
임무를 지키는 신념이 하늘 끝에 머물러
안보는 걱정말라는 듯 빛나는 별빛과
눈을 맞춘 의지로 형형한 눈매
사열하는 발자욱소리 따라
우렁우렁함이 기를 죽이는 것 같은
믿음직한 병정이 내 곁을 지키느라
밤낮이 없는 헌신에 거수로 답례를 받는
나는 마침내 장군이 되었다

'16/2.2.

유명 감상법

곧은 길을 가면 안된다 구불거리고
비뚤어진 관심으로 눈에 띌 때 비로소
이름에 덧칠하는 또 다른 이름을 만난다
그 위에 다시 바람이 들어가면 풍선은
점점 부풀어 큰 풍선이 되지만
허무로 사라지는 어느 날
비극의 나래가 펄럭이는
계산서에 적힌 쓴맛의 종말에
허무와 후회의 탄식은 모두가
안고 사는 아픔이 된다

진실은 외면 당하고 솔직은 고독할지라도
안으로 채워지는 강고(强固)를 기다리는
시간은 길고 멀어 체념이 발동되지만
되풀이 그렇게 사는 일은 너울 쓴 고독과
동행의 가락을 맞추지 않으면
작은 언덕조차 넘어갈
기력이 없어질 때 그대는
불을 켜는 먼 마을의
그리움을 생각하라

긴 겨울의 인고를 지나 올 때
도시락처럼 함께 싸가지고 온
추위와 눈보라가 키워주는 시간은
아름답고 향기 높은 꽃의 구성에
일조하고 있다는 겸손을 옆에 뉘면
언젠가 맞이할 때는 기어
다가올 것이지만 조바심이 앞서고
기다림이 느긋하지 못하면
불안은 그대를 집어 삼키는
눈물이 될 것을 깨달아 다만 열심히
숙제해라의 종례사만 있을 뿐

'16/2.2.

꿈꾸는 사람은

꿈꾸는 사람은 깃털처럼 몸이 가볍네
힘겨운 삶의 무게가 어느새 녹아들어
사랑 중심에 이르러 작아도 따스한
한 채의 집을 짓고 햇살 불러들여
도란거리는 이야기가 흐르는 먼 길이
함께 가자는 소리로 들리네

꿈꾸는 사람은 가난이 없네 꿈은 언제나
따스함을 전달하는 길이 있어 서두름이
없어도 목적지에 이를 줄 알고 땀방울이
온몸을 휘돌아 뜻을 키우는 체온으로
어둠이 깊은 곳에서도 앞으로 나아갈
길을 찾을 줄 아네

꿈꾸는 사람은 꿈을 먹고 살아 더욱
건강하네 행복은 두 눈으로 찾아들고
마음 선연(鮮然)히 하늘을 날으노라
푸른 궁창의 여유 깊은 나래를 퍼덕이는
어느 날인가는 바람의 주인이 되네

꿈꾸는 사람은 눈이 떠있고 멀리 바라보는
경치가 가슴으로 먼저 들어와 조용한 향기를
온 누리에 펼치느라 땀을 흘릴지라도
의미의 층이 두꺼워지는 푸른 숲의
기억만을 위해 줄이은 역사책을 쓰노라
세상의 주인임을 손짓으로 말하네

꿈꾸는 사람은 말이 없네 침묵 속에 가둔
정열이 온새미로 자라는 소리를 대동하고
고독과 외로움이 앞서 가자 재촉하는 길에는
응대가 있을 뿐 침묵으로 쌓여가는 너른 길에
너와 나의 세상에 꿈을 만들어 전달하는
한 가지의 목표에 도달하기 위해
한 걸음으로 시작하는 가락이 있네

꿈꾸는 사람은 그림을 그리네 세상을
캔버스로 펼쳐놓고 흰 여백을 채워가는
색깔들의 찬란함이 마침내 강이 되고 산이 되는
거기 사람의 표정이 밝게 다가오는 작은 산아래

우리가 살기로 작정한 고을의 터전 위에
커다란 꿈나라의 경치가 벽에 걸리어 있네

'16/2.4.

통일

내 한 몸이 두 쪽으로
갈라진 몸통으로 산다하자
횡으로 반쪽이고
종으로 반을 쪼개면
사는 일이 아픔일 것이다

땅은 갈라져도 아픔이 없지만
사람에겐 불편도 다함없는
고통일 것이다 금을 그어
너와 나를 가름하는 일이
이치를 벗어난 통증으로
약속할 수 없는 서류에는
바라만 보는 무한정의 항변만
강물로 흐르고 있다

널 탓하면 너는 나를 탓하고
탓탓이 무슨 물품의
상표인 줄 알았다 외면하는
이유만 철철 넘치는 강변에서

철은 다시 새로운 이름을 전달하고
제 홀로 가는 지금도
두 쪽을 하나로 만드는 일
어찌해야 할까 골똘병만
커지고 있다

'16/2.4.

제10부
바람의 행로

별똥별

아침이면 낮이 오고 또
어둠이 오면 잠이들
헤아림이 다시 되플이
만나고 헤어지고 또
만나고 헤어지고 이렇게
도돌이표를 연신 사용하는
무능력의 구태일까 정해진
궤도를 벗어난 별똥별이
무한 지옥으로 떨어져 마침내
검은 흙이 되어 차라리 인간에
양식이나 꽃을 키우는 그런 이름
빛을 버리고 싶다 땅이 된 거기
땅으로 말이다

'16/2.4.

그것이면 된다

죽어 흙이 되는 것이 다행이다
마지막에 희생의 목록을 펼쳐
부끄러움을 가리는 헌신 다만
곡식 한 알을 키우고 싶다
누군가의 식탁에 드디어
한 알의 임무가 생명으로 이어진
그것이면 된다

죽어 무한 시간의 뒤편
산골 흐르는 물이 되는 것이
다행이다 흐르고 흘러 아픔을 떨치고
목마른 사람에게 한 모금의
물이 되는 일이 한 방울의 물이
가슴을 적시는 일로 끝나는
그것이면 된다

물이 되든 흙이 되든 내가
마침내 무언가 되는 일이
둘 중에 하나는 확실한

예정의 시간 앞에 내 삶은
그것이면 된다

'16/2.4.

태양을 작별하는 햇빛

작별을 고(告)합니다 태양에게
뜨거운 임무를 거두어
따스함을 싸갖고
땅으로 가렵니다 천상의 불을 훔친
죄의 형벌이 가슴을 파먹힐지리도
저는 이제 땅으로 가렵니다
작은 씨앗의 문이 열리도록
다독거리는 시간의 등성이에서
기다림이 문을 여는 날이면
푸른싹을 키워 가슴에 남길
숙제를 도우려 말입다

작별을 고합니다 태양에게
오로지 내가 지켜야할 순수의 생명
그 줄기를 따라가면 사람들의
운명을 가름할 양식을 키우고나면
아무 쓸모없이 땅위에 스러지는
마지막 임무가 된다한들
어린 자식들과 한때의 끼니에 어울리는

작은 웃음소리 그 소리를 들으면서
사라짐이야 천지 자연의 이치이기에
사람들의 생명을 위한 길에
다리를 놓고 싶습니다

길을 떠납니다 머나 먼 여정
당도한 작은 마을 인간의 땅에
보자기를 풀어 비에 젖은
부드러운 흙에 스며드는 마침내
내 생명은 거기서 사라진다해도
무명의 이름 위에 헌시(獻詩)를 적어갈
어느 시인이 꼭 있을 겁니다

'16/2.4.

바람의 행로

나를 가게해다오
푸른 열매가 윤기를 더하려
햇살 머무는 거기
꽃들이 피어 향기를
어디로 보낼까
궁리하는 거기
가야할 발길이 숲에 물든
무늬 일렁이는
바람결을 따라 기다림은
맺어야할 이유가 있는
오로지 거기

사랑을 전하고 싶어
소망으로 가기 멀다해도
운명을 짊어진 날개를 펴
단맛 익혀야 할 이름
숙성을 새기는 고운 자태
응원하는 바람의 기운을 얻어
도착해야 할 향기들을 데불고

사랑 고즈넉한 고향으로
안내판을 들고 가야할 거기
나를 가게해다오

바람의 행로입니다

'16/2.5.

가면(假面)
― 배은망덕 1

공부를 배웠다고 모두
제자가 아니다. 웃음으로
진실을 포장하여 어느 순간
돌려주는 비수(匕首)를 보면
손을 잡고 즐겁게
하나 둘 가르쳐 준 뒷날
한눈을 팔면서 배은망덕의
가락을 혼연스레 감추는 모습과
변명이 흐르는 슬픔에서도
여전 길찾기가 분주했을 때
슬픔은 순수한 슬픔이 아니고
슬픔에도 기교가 있었다 가면의
얼굴 뒤엔 그것이 환히 보였다

'16/2.5

가면의 표정
― 배은망덕 2

돌아서는 일이야
오는 것과 다름이 없지만
정작 돌아서는 일을 당할 때면
쓰리고 아픈 통증이 오래간다

―세상사 원래 그런 것이지만

예수도 마음 고생이 컸으리라
믿었던 제자의 배은망덕에
잠을 못 이뤘으리라 그러나
짧은 그림자를 밟고 지나가면
동이 트는 길에 다시 나오는
희망의 발자국
먼 길에 낙오자 한 둘이야
당연한 일인 걸 접어야 하리

―잘 가거라 불쌍한 사람아

사다리를 오르려는 날이면
바람에 흔들리는 중심잡기가
힘겹지만 이 보다 더 무서운 것은
변덕을 감추고 다가온 사람
가면의 뒷모습에서 웃고 있는
배은망덕은 가롯 유다만의
행위는 아니라서
그런 일을 절망의 페이지에
감추고 보여주지 않을 뿐이다

─잘 가거라 어리석은 인간아

'16/2.6.

가면 변명

   – 배은망덕 3

누구나 가면을 쓰고 살지만
밤이면 후회하는 강물 따라
슬픔을 위로하는 반성의 탄식
날마다 아픔을 위로하느라
아침은 늘상 미안했다

스스로 변명하느라 부풀어 오르는
풍선의 어딘가 우려로 지켜보는
변명의 줄기가 이름을 달라하지만
가면 속에는 길이 많아 멀미가 갈수록
평형을 잃어버린 이명(耳鳴)에 흔들린다

용서할 것이다 마침내 반성문을 제출하고
고개 숙이는 순간으로부터
부풀어 커지는 풍선이 바람을 타고 떠오르는
푸른 하늘이사 갖고 싶은 욕심이길 레
설사 오르다 내려오는 길이 없다해도
바라보는 일로 행복인 것을

우리는 누구나 자기 가면을 갖고 있다
그러나 색깔이 무엇인지 형상이 어떤지
모르고 남을 바라보면서 킬킬거리는
위안의 목록이 쌓여갈수록 남아 있는
숙제의 해답은 언제나 정직해야 한다는
어머님 말씀에 더도 덜도 없었다

'16/2.6.

하루의 종점에서

하루를 닫을 무렵이면
할 일이 더없나 돌아보지만
꼬리처럼 따라오는 두려움
어둠에 막힌 햇살이
내일을 건네주려 안간힘이다
오, 잘 살아 행복한 하루
희망은 항상 웃고 있지만
그걸 물려받으려는 명백한
이유서를 제출하지 못하고
엉거주춤 오는대로 받고
되풀이 궤도에 무심을 치료하면
내일은 무지개다리 건너
밤길로 오는 꿈들을 모아
햇살과 더불어 이 세상
살아 행복했노라 말하리
오르내린 멀미가 있어도
그 때문에 멀리 바라보려는
마음 설레였다 말하는 마침내
그렇게 말하리라

'16/2.6.

명절과 손자들

명절날이면 따라다니면서
아이들 소란을 줍는다
큰 손자가 떨어뜨린 것
막내 손자가 떨어뜨린 것 모두 합하면
큰 봉투로도 부족한 소란들을 합하면
올 해의 명절은 가고 있다

웃음을 따로 골라 보관할라치면
이놈이 토라지고
저놈이 토라지고 할 수 없이
모두를 담으려니 순서가
뒤엉켜 알아 볼 수가 없다

그러나 돌아간 적막이 기가 막혀
어느 날에 다시 올 것인가를 헤아리니
아내가 핀잔을 준다
'오니 반갑고, 가니 더 반갑다'는 말이사
너무 식상한 말이지만
어느새 가슴에 바람 숭숭한 것도

기다림이 멀리 있다는
섭섭새의 울음이 들려오기 때문이다

명절이 지나면 떨어뜨리고 간
아이들의 소란이
구석구석 뒹굴고 있는 모양도
반가워 주울라치면
킬킬거리며 달아나는 일도
기쁨 중에도 기쁨일시 분명하다

'16/2.7.

타령조

마음이 강퍅(剛愎)하여
살아가기 외롭고
이룬 일 없이 글줄만 끄적이다
어느새 황혼이 찾아오니
무심을 두드리는 풍탁(風鐸)만
처마 끝에서 요란을 떠는데
이도 없다면 너무 적막해
불러올 친구들은 제 홀로
숨은 듯 가버리고
지는 해 사념 따라 하릴없이
마음만 분주해라

'16/2.8.

詩是吾家事

시를 쓴다고 종이만 축내는 일로
문패를 달았지만 소득 없는 빈곤이
초라를 위장한다 갈수록 높아만 가는
산등성이에서 뒤를 돌아보면
마음 초조가 앞장 서는 낯설음
쫓아오는 사람들이 우우웅성 바람소리
두렵기 모골이 송연한데 지금까지
허랑 세월 지나온 길만 투정이느라
구불구불 아예 단념의 뜻을
어디로 보낼까 주저하노라니
아서라, 지금 그만두면 무얼 하겠느냐
가던 길이니 쭈욱 가라고 하는 것 같아
망설임만 비틀거립니다

'16/2.8.

누이를 보내며

한 줄기에서 잔가지
하나하나 꺾어지더니
누이가 하늘로 날아갔다
추운 섣달 지나 정월 초하루
봄날이 올 무렵 홀홀
이승의 신음을 남겨두고
저 홀로 갔다. 거기 자식들
가지에서 또 올망졸망 아이들
멍멍한 슬픔이사 알 바 없는 듯
기껏 상장(喪章)을 차고
웅대의 하루가 지나면 어느
공동묘지에 마침내 도착할
망인이 되었다 두 번 절하고
잘 가라 누이야 마지막 이별이
강줄기 다하는 어느 지점에서
쏟아 놓을 눈물이사 없을까만
다시가 없다는 막힌 골목을 지나
돌아오는 하늘에도

강줄기로 이어지는 하루는
작별로 그렇게 지나갔다

'16/2.9.

고백록

한 명만이면 되는데 그것도 없이 너무 쓰레기만 양산한 나는 소크라테스가 부럽다 애당초 제자를 만들고 싶은 생각은 없었다 어쩌다 선생노릇을 하다 보니 「선생님, 선생님」의 호칭에 나는 선생이 되는 줄 알았다 그러다 욕심을 내서 정말로 선생이 한 번 되어보자는 생각으로 열심히 공부하고 노력했다. '영원히 변치 않겠습니다'의 맹세도 들었고 '존경합니다'라는 립 서비스의 말도 더러 들었을 때마다 의문을 갖는 일이 나쁜 생각인 줄 알고 부끄러워도 했지만, 한참을 지나 걸음마를 떼는 순간부터 두리번거리는 시선을 볼 때마다 가슴이 서늘해지는 마음도 여러 번이었으니 스무고개를 넘어가는 것처럼 넘고 넘어 왔다. 소크라테스가 70세에 28살의 제자 플라톤을 둔 것은 행운이었을까? 허기를 느끼지만 지나간 필름이 파노라마다

공자도 3천명의 제자를 거느리고 나처럼 회의했을까 겨우 10명으로 성인 반열에 낀 스승의 말-책 한 권도 없는데 나는 너무 많은 책을 썼지만 단 한 사람도 이해의 넓이가 없는 허무의 밭을 서성이는 내가 가엾다.74세에 세상을

떠날 때 제자들이 <논어> 한 권을 정리한 그의 말에는
무한의 깊이가 출렁이는 부러움이다

　선생을 팔아 이득을 남기려는 세상에는 제자도 많고
선생도 많은데 나는 제자 한 명을 호명하고 정리할 무엇
도 없는데 이르러 할 수 없어 열성으로 시나 쓰자는 생각
으로 나를 정리하는 지금 그나마 위안의 목록일 뿐이다.
나는 쓰레기를 너무 많이 양산했다.

'16/2.10.

분노

하는 일도 없고 안하는 일도 없는 정치판 확실한 신념이 없는 어정쩡한 사람들이 너무 많다. 저마다 애국과 미래를 전유물로 말하는 그들의 난전에는 무불통지 혹은 무소불위의 허언장담이 넘치지만 정작 스타트 라인에서는 항상 조용히 입을 닫는다. 이 사람들만을 골라 모조리 쓰레기통에 쓸어 담으면 될까를 궁리하다 "에라, 내가 나가자"라 생각을 정리하니 아내가 비웃는다. "하지 말라" 똑같아진다는 조언에 입을 다물고 그러면 어찌할까 궁리하니 방법이 묘연하다. 政也者正也란 있어야 할 말이지만 무능과 무지와 무례가 비빔밥이 된 민주주의의 탄식-그래도 잘 될 것을 믿는 희망 하나로 지켜보는 일은 힘겨운 괴로움이라 해가 지는 날이 그나마 위안의 목록일 뿐인 아픔이 정치가들이다

'16/2.10.

다시 뜨는 햇살 앞에서

놀라운 일이다 어제를 지나
아침의 햇살을 보면 여전
잘 살고 있는 시간의 맥박
내가 세상을 사랑하는 이유로
오늘은 무엇을 심을까 봄을
기다리는 여백에 나의 맥박도
그침 없는 무한 법칙을
스스로 발견하는 아직도
갈 길이 많이 남았음을 안다

뻣뻣이 서있는 나무에 다가가
사랑한다는 손짓을 보내면
고개 숙이듯 푸른 대답이
귀로 다가드는 것 같은 신호음
봄날은 오고 또 가는 것은 가고
순서를 뒤바꾸면서 다만 오늘을 만들고
내일로 다리를 건너는 일이
일상이라 생각하니 아픔도
기다림을 키우는 약이 되는 것 같다

'16/2.10.

연못과 중력파(重力波)

　우리 집 연못에 돌 하나를 가운데 던진다. 이른바 블랙홀이나 별의 폭발에서 시간은 느려지고 물체의 크기가 왜곡될 때처럼 물결의 파문은 이어진다. 이 연못에 사는 금붕어 열 다섯 마리는 잠시 어리둥절 혼절을 지나 다시 시간의 등덜미에 올라타고 이내 잊고 일상을 유영한다 무늬 따라 어딘가 갈 곳을 찾다 마침내 머무는 지점에 이르러 사라지 듯 파문의 끝을 붙잡고 고생하는 과학자들을 초대하여 돌 하나를 들고 연못에 던지고 싶지만 고기들의 놀람을 걱정하여 단념하기로 한다

'16/2.10.

빛 붙잡기

    내 평생 이놈을 붙잡으려 용을 쓴다 그러나 손을 내미는 순간 멀리 달아나 있는 자취에 어리둥절하여 그로부터 공부를 시작했고 갈수록 미궁의 깊이에 어쩔 길이 없어 체념의 페이지로 넘기려는 순간 다시 시시덕거리면서 양지쪽에 앉아 있어 살금살금 다가가니 그림자가 먼저 알고 알려주는 새에 달아난다 이젠 접어야겠다고 외면하려는 때 또다시 찾아와 얼굴을 간질이는 친절이 고마워 손을 내밀어 무릎에 앉히니 따스한 체온으로 잠을 불러온다

    붙잡아 가두려는 생각을 버리고 오히려 놓아 보내려니 떠나지 않고 친구가 되는 이런 이치를 욕망으로 대체하려던 나의 잘못은 무르익은 나이에서 깨달은 슬픈 자락 같아 씁쓸하기 짝이 없다.

'16/2.12.

왕따

내 손녀 은서는 책읽기 광(狂)이다 아홉 살 어린 나이
에 어른 책을 읽은 것이 두려워 조심조심 바라보는 일도
이젠 당연으로 이해하지만 왕따를 염려하는 내 설득은
어쩔 길이 없다. 못난 왕따와 뛰어난 왕따 중에 후자는 겪
어도 좋은 왕따라 설득하지만 탁월은 때로 바람을 피할
수 없음도 삶의 외로운 길이라 생각하면 맞서는 용기를
학습하기엔 너무 어리다 그러나 생이 누가 알려주어서
이해하던가 어차피 교과서가 없이 살아야 하는 일생에
저 홀로 지나가는 길도 빠르게 습득하면 오히려 좋을 것
이라 생각하고 바라보니 위안이 배부르다 그의 글을 읽
으면 더욱 그렇다.

'16/2.12.

안개

부드러워서 만질 수도 없는
조을 듯 퍼지는 고요의 옷
사위(四圍)는 먹을 뿌린 호수
꿈꾸는 어린 날의 추억이 무작정
앞으로 달려 나올 것 같은
어디 문이 있을까 두리 번
두리 번을 반복해도 인기척이 없는
적요(寂寥)의 골목으로 들어가
들춰 보고 싶은 얇은 사(絲)라
흥미가 발동하는 재촉에 정말로
속살 열어 보고 싶은 마음인데 행여
무슨 폭력이라 누명이 두려워
그냥 바라만 보기로 작심하니
더욱 애가 탄다

'16/2.12.

소나무나 될까

벼랑 위태한 주천강 바위
아슬함을 이고도 자식을 키우는
미모의 자태는 아름답다 허나
살 에이는 눈보라 혹은
천둥번개 소리치는
천지어둠 속에서도 말없이 서서
하늘을 받드는 지혜
아래로 강물을 푸르게 흐른다
말없음이 미덕인 용태
말의 성찬으로 배반을 지불하는 인간을
굽어 내려다보면서 천년을 이고도
무거움을 모르는 다시
천년의 바퀴살 굴려가는 일이
그 이름에 깃든 미덕이다
바위 위에 소나무나 될까 망상을
하늘에 던진다

'16/2.13.

하나

하나에 하나를 더하면 둘이라는데
이는 틀렸다 결국 하나일 뿐
둘은 결코 아니다 설사 둘이 된다한들
다시 하나로 합하는 계산은 쉽다
그러나 둘로 보일 때 인간의 눈엔
이기와 욕심이 바다가 된다
철학은 언제나 하나를 바라보는
하나의 설득일 뿐

'16/2.13

형이상학

나는 너무 땅의 염려만 했다
아래를 내려다보고 살면서 항상
돌부리 조심해라를 연발하고
허기진 편견을 가졌다
하늘에 구멍이 날 것이나
어딘가 높이에서 바람 쓰나미가 몰려올 것을
맹탕 모르고 땅의 이야기만 염려했다
그러나 염려는 전후좌우 상하가 모두
해당되지만 땅에 발을 딛고 사는 일로
내 염려는 하늘 높이를 몰랐다

'16/2.14.

내가 길을 묻는 것은

내가 길을 묻는 것은
문을 열기 위함이다 또한
물어야 함은 우주의 문이
어디 있는가를 아는
길이 보이기 때문이다

결국 묻는 일은 길을 알려는
시발이면서 가야할
소명을 받기 위한 연결을 꿰어
모두에게 기쁨으로
돌려주어야 할 진리
복잡과 단순의 순환 고리에
문은 어디엔가 틀림없이 있어

등불을 켜기 위해선 장소가 있고
거기에 따라오는 시간
내 철학이 모두의 철학이 될 때
내가 묻는 이유가 빛을 발하리라

내가 길을 묻는 것은
문을 열기 위함일 뿐이다

'16/2.14.

아침 풍경 속에는

겨울 깊은 날은 새들이 아침을
요란으로 하늘을 날은다
편히 앉아 아침상을 받고
망연히 하늘을 바라보는 일은
경치를 감상하는 일이 아닐지라도
저 배고픔을 어떻게 위로하랴
허기는 추위와 함께 오고
무작정 날아야 하는 임무를 수행하는
하루는 긴 두루마리를 펼치는 것처럼
지루하고 때로는 시장끼에 날아오는
아픔도 있을 것이련만 대대로
물려받은 습관이 새들에게도
변화를 줄 수는 없을까몰라
목구멍으로 넘어가는
내 슬픔의 시선에는
여전히 가시 하나가 걸려
치료를 기다리는 것 같다

'16/2.15.

나는 꿈이 있어요

나는 꿈이 있어요 언제나
그리운 나라 어디쯤 사랑도
함께 다가오는 발걸음 소리
음악이 되어 가슴을 적시는 시냇물
아픔을 넘어 먼 곳으로
도달해야 할 내겐 그런 꿈이 있어요

선생님이 물으시면 먼저
손을 들고 말 할 겁니다 내 꿈은
구름길 너머 멀고 먼 대지 저편
푸른 이름들이 모여 속삭이는
한 가닥 음성이 소곤거리는 이유가
찬란한 무지개로 하늘을 날으는
내겐 그런 꿈이 있어요

도움을 주시려거든 그냥 바라봐 주세요
제 홀로 천길 벼랑을 날아 세상을 배우는
작은 새들의 비상을 꿈으로 심고 이제
멀어 아득하고 때로 아픔이 오더라도

바람 길 따라 넘어 넘어 가오면 내겐
그런 꿈을 위해 어느 날엔 박수를 쳐주세요

내겐 작고 아담하지만 빛나는 꿈이 있어요
부풀어 치오르는 바람무늬 따라 오직
꿈을 찾아 한발 한발로 오르는
하늘 푸른 궁창에 찬란한 그림을 그리는
한 폭의 풍경화를 남기는 사랑처럼
내겐 그런 꿈이 있어요.

'16/2.15.

제11부
동행

동행

구름 한 쪽이
"나는 어딘가 가고 있어"
또 다른 구름도 말했다
"가는 곳이 어딘지 몰라도 나도 그래"
둘은 때로 산이 되고 강이 되면서
길을 따라 흐르고 있었다 어느 순간
둘은 합하여 그만 검은 구름이 되더니
무서운 싸움이 불시에 벌어졌다
부딪힐수록 살벌한 섬광으로
번개가 되고 폭발음이 되더니
바람이란 놈도 가세하여 모두
땅위로 우당탕 내리 꽂힌다
강이 패이고 산이 무너지고 아수라를 만들고
이내 고요를 되찾은 땅위에 인간의
눈물이 가슴을 패이더니 다시 종이 울린다
'어딘지 몰라, 어딘가 가고 있는' 구름은 또다시
하늘로 모아들어 그림이 되고
하늘 풍경이 되는
그뿐

'16/2.15.

추위

춥다. 무조건 키를 낮추고
고개도 숙이고 바람을 피하자
지나는 것은 어차피 지나는 것
머물러 있는 것은 없으니
기다림을 꽂고 기다리면
고개 들 날이 온다
추운 한겨울의 중심을 지나
어딘가 들리는 소리가 올 때까지
숨죽이는 연습이 필요하노니
그 아래로 생명의 흐름 이어지는
길이 열릴 때까지는
고개 숙이고 다시 고개 숙이고
밀려오는 파도 넘으면
햇살이 다가오는 발걸음에
수복의 아침은 올 것이니
두근거리던 만세를 기억하면서
견디는 것도 싸우는 일이라
마음 초조를 감추고 오로지
살아갈 일로 인내의 숲을 만들고

거기 희망의 빛이 자랄 것을 믿는
깃발을 준비할 일만이
겨울을 지날 숙제일 뿐이다

'16/2.16.

산(山)과 말(言語)

말은 산이다
산은 말이다 둘이 만나면
의미가 된다 그러나
말이 말일 때
산은 말을 떠나
산은 산이 되고
말은 말이 되는
절룩거리는 사이에
산과 말은 멀뚱히
쳐다보는 일이
고작이면.....

'16/2.16.

봄눈

분분(紛紛) 날리는 봄날은 아직도
겨울에 꼬리를 잡혔나보다
땅에 닿자마자 사라지는 허무는
겨울이 봄기운에 건네는
어쩌면 호의일지 몰라도
날리는 바람 날갯죽지가
풍경을 울리는 이제
2월지나 3월에 손을 내미는
마지막 작별이 될 것을 하마
결정 난 판결문을 들고 헤매는
3월은 초조가 불안한데
멀리선 햇살이 웃고 있다

'16/2.16.

불을 켜야 하리

불을 켜야 하리
어둠이 오기 전에
흩어진 사물 하나하나
윤곽 살아나는 명칭들
만나면 가슴이 열리는 이유
그것이 하늘로 떠오르는
사는 일 점차 미움을 덮고
밝히는 세상을 위해 마음 모아
이젠 불을 켜야 하리

작별이야 가볍게 지나는 그림자
순간이 기억하는 영원의 줄기 따라
강물은 쉬임이 없지만
두 눈에 담겨진 모양들
향기처럼 높게 멀리 매듭을 묶어
하나인 양 그렇게 하오면
다가오려나 그리움 흔들리는
안타까움이야 머물다 떠날

사랑을 모아 이젠
가슴에도 불을 켜야 하리

'16/2.19.

고드름에 맺힌 물방울

바람이사 제 멋으로 온 다해도
독목(禿木)가지 위태로이 매달린
한 잎새 운명이 위태롭다 흔들리는
바람은 장난으로 건들고 가는 재미
햇살은 가난한 나뭇가지에 맺힌
설상가상 고드름을 재촉하는
방울 한 방울 따라 이별처럼
땅으로 파고들기를 셈하는 아슬

눈으로 들어온 강물이 가슴으로
젖어 흐르는 길은 봄날 가까이
기다림을 세워둔 벌판으로
가야만 한다고 되뇌는 꽃들은
언제 피올는지 감감한 소식
두꺼워지는 날 드디어 무게를
이기지 못하는 낙엽은 떨어지고
길 떠나는 물방울의 운명이
깊이에 묻힌 어느 씨앗을 깨우는
외침으로 들리는 소리라 환호합니다

'16/2.19.

우리는 필시

언젠가 만났던 우리는
가까운 사람이었을 것
문을 열어 놓으면
바람결로 이어진 길을 따라
오신다해도 보이지 않는
내 그리움이야
설명이 없어도 이해하소서

다시 만나 이어지는
줄이 풀리 듯 서로를
물위에 새기면서 흐르는
그때 하늘은 푸름에 취해
마음 다한 노래를 불러라
산천은 저마다 다른 표정
기억을 모아 당신께
한 통의 편지로 보냅니다

우리는 운명으로 묶어 달밝은
밤이면 은근을 하늘에 올려

어울리는 키재기를 나누고
밝은 길 환한 마음이 되어
산천을 물들이는 나그네로
떠돌아 어딘가 머물 필시
그런 사람들입니다

'16/2.20.

사람

돌아 보니 후회가 많았다
안 만날 수도 없고 만나면
이어지는 인연은
슬픔을 가져온다 헤어지면
멀리 있어 그리움도 키가 자라고
혹여 가까이 다가가면
뜨거움 데일라 저어스런 염려
사는 일 어려운 일이라 차라리
철없는 어린날의 호기심이
편하고 좋았던 것을 돌아보니
아득도 손짓같아 되돌아보아
이렇게 살아가는 나날 다만
층계에 앉아 망연할 뿐입니다

'16.2.21.

인간과 사람

인간이라는 말과 사람이라는 말이
다른게 아니지만
이, 인간아 할 때의 뉘앙스와
이, 사람아 왜 이래라고 말할 때는
다른 것 같다.나는 지금까지
사람으로 살아 왔는가 아니면
인간으로 살아 왔는가를
구분하지 못하는 어정쩡한 노릇에
갈 바를 모르는 어설픈 지혜로
말로 포장한 나의 위선에
장맛비가 내렸으면 씻길 것이라
소망하는 페이지마다 서글픈
표정이 어색해 하고 있다
인간아! 인간아!

'16/2.21.

Van Gogh의 cafe

슬픈 사람이 모이는 곳에 가면
누구든 슬픈 운명에
발을 적셔도 좋다 그러나
난전(亂廛)에 얼룩진 불빛 따라
이별을 주워 담는 사람들이
한 잔에 띄우는 이력은
젖지 못하고 흐르는 강물
텅 빈 슬픔만이 울고 있다
눈물이 온기를 따라 되돌아가는
카페에서 홀로 고독을
너울처럼 뒤집어 쓴 사연을
누구도 알려하지 않은
외딴 공간에 햇빛을 불러
기억의 문을 열고 있는
사람도 있다

'16/2.22.

삼동(三冬) 소식

어디 있을까 꽃들은 필터인데
여직 소식 없음의 봄 이름 긴 터널
기억은 깃발이 되어
바퀴살을 굴리는 멀리
기다리는 메아리 가슴에서는
파도로 남는 삼동(三冬) 걸음

오면 문을 열어야지
두드림 없어도 문 앞
그림자만 어른거려도
어서 오라 반가워 소릴 질러야지
긴 동삼(冬三) 어둠 지나온
차운 발 따스한 물에 씻겨
고이 잠든 꿈길로 함께 가자
노래를 부르면 고요가 숨쉬는
향기조차 깃발처럼
우르르 쏟아져 오는 발자국
들어야지 반가이
맞아야지

'16/2.24.

순간과 영원의 함수

산을 넘는 바람은
어디서 왔는지를 물어도
소이부답의 표정
말해 달라 애원해도
스치는 살갗에 흔적도 없이
갈 길 홀로 가는 뒷자락
부르려다 멈추니 나뭇잎에
전갈을 남겨놓고 총총이라
세상 그런 줄 알아
책장을 넘길 때마다 흐린
글씨로 흔적을 확인하려니
간 것은 간 것이 아니고
오는 것도 오는 것이 아니라고
정리하자 깔깔 웃으면서
순간은 영원의 꼬리를 붙잡아
한 무더기 이름일 뿐이라
기억하라 기억하라네

'16/2.24.

확신 증명서

나는 평생 바람을 붙잡으려
애를 쓰면서 살았지만 아직
입구에도 들어가지 못한 우둔
부끄러운 줄도 모르는
날이 날마다 지나는 계산만
열성인 이 노릇이 아프다

세상에는 진리가 있다지만 무엇이
진리인지 찾아도 찾을 길 없는 무작정
가고 가는 일이 전부라 여길 때
땀을 흘리면 대가를 준다는 말 또한
믿을 수가 없다 그러나

아버지가 열심히만 살면 가히
살아 갈수는 있다는 말이 옳은 것 같아
무작정 열심히 땀을 흘리면서 사는
이제사 종점에 이른 것 같은 정리에
진리가 혹시 이것이 아닌가 생각하는
깨우침의 모두인 것 같지만

확신의 증명서를 가지고 다음 길에
오르기는 힘들 것 같아 불안하다

'16/2.25.

망중한

바람과 친해지면
산 너머 소식을 알까
문을 열어 기다리니
머뭇머뭇 소식 없길레
소리쳐 메아릴 보내니
가다 말고 꽃에 머물러
노느라 정신이 없는
따스해서 좋은 봄날은
얇은 옷으로 갈아입어
상쾌함도 나래를 단 것 같아
가벼워 좋은데
겨울강을 건넜던
악착한 기억은 지워져
꽃 속에 태평세월 무사라
꿈이나 그림으로 그리면서
어느결 바람따라 가는 길을
잊고 말았다

'16/2.26.

내 별을 찾습니다

내 별은 어느 별일까 하늘을
날마다 바라보아도
"저요, 접니다"라는 별이 없으니
밤마다 헤아리는 일이 부끄럽다
초롱초롱한 놈을 골라
"너, 내 별이 될래"부탁을 해도
모두 껌벅이는 시늉이
'아닙니다'처럼 들리는 데는
소심한 내 성미에 조를 수도 없어
방문 닫고 들어가
불면의 긴 시간 천정을
바라보는 일이 고작인데
언제쯤이면 내 별이 하늘에
문패를 달 수 있을까 그저
하늘만 바랍니다

'16/2.26.

미인 천국

바라보노라면
미인천국이다 길거리나
TV속에 분바르고 꾸민
얼굴들이 한결같은
모습들이 어딜 가도
화려의 향수가 진동하는
미인천국의 나라
하늘의 승무원이나
강의실 어딜 가도
요정들이 우글거리는
여기서 사는 남자들은
얼마나 행복할까 몰라도
그 향기가 그 향기로
개성들이 발버둥 치며
버둥거리는 인형들의
여인천국의 종점이
어딜까를 생각하면
아름다움의 끝이
몹시 궁금하다

'16/2.26.

낯선 이방인

멀리서 나를 보면 어떨까
낯선 사람일까 아니면
어디선가 많이 본 사람일까
접히지 않는 표정에
알 수 없는 이유로
궁금한 그림자를 끌고
강물만으로 흐르며
자기 얼굴도 모르는
맹목의 보폭에 담긴 내가
나를 알 수 없는 골골에
슬픔에 비가 내린다 내 곁을
지나는 사람들이
실컷 웃고 있는데.....

'16/2.27.

세상 맛

몰랐다 세상맛이 있는 줄
단맛으로 알고 살다가 느닷없이
어느 날 쓰디쓴 맛도 알았고
고달픈 신맛에서는 눈물이 맺혀
흐린 안개 속에서도
눈을 뜨고 앞을 바라보니
모두들 웃고 있는 음식점엔
기다림의 입맛이 감칠 듯
눈들이 초롱했을 때도 나는
특별한 것을 기대하면서 살았다
그러나 지나 지나고 보니
쓴맛이나 단맛에는 모두 그럴만한
이유가 있었고 지난 날에
단맛을 좋아한 나는 기어
당뇨에 걸려 쓰디쓴 입맛으로
허우적일 때 비로소
'적당히' 라는 잣대가 있어
조화롭게 사는 일이

지혜란 걸 병이 들어
세상맛을 알기 시작했다

'16/2.27.

목적지

내 철학은 목적지가 어딘가 몰라
날마다 찾아 헤매는 일이
해 기울어 허겁지겁 마지막
숙제를 다 하느라 조급한
내 손자들의 분주가 오히려
부러운 저녁은 기어 오는데
맞아야 할 밤은 새들의
날개에 실린 시름처럼 무겁다

내일이면 어김없이 아침 상위에
초록 소식이 입맛으로 다가오는
하루의 싱싱한 길을 찾아
어딘지 모르는 멀리라도
찾아가기로 작심한 길 어느새
오후 또 다시 하루를 밟고
서성이는 황혼이 가슴으로 들어와
별들을 불러 모으는 강물은
길 찾아 흐르느라 바쁠 때면

내 하루는 철학개론의 입구에서
힘겹다 투정이 전부입니다

'16/2.27.

봄눈

펄펄 내리다가 이내 허무 앞에 선다
햇발 앞에 무참히 스러지는 운명이
놀람의 아침을 지나 정오쯤엔 이미
사라진 허무의 벌판에
속전속결의 판결이 주는 엄혹(嚴酷)
지나버린 뒷자락이 아슬함뿐
봄눈이라 이름표를 붙인 이유가
초등학교 입학식에 줄지어 선
낯선 방황처럼 서먹한
봄은 저만치서 웃고 있어도
겨울 자락은 가슴으로 파고드는
놀람도 함께 달아나기로 약속했는지
옷깃에 매달려 팔랑이는 노릇이
안쓰럽기는 하다

'16/28

별나라 오디세이

떠나기로 했다 신들이 뿌려놓은
별밭에 얼굴을 내밀고
보석을 줍듯 하늘을 휘돌아
물위에 떠도는 빛나는 마음이면
둘레길 작은 오솔길에도
어김없이 다가와 머무는 소식
반가워 손을 잡을라치면 다시
저만치 멀리 있어 안타까운
그대 내 마음으로 다가든 이유를
물어 찾으려 발길 어둠에 묻고
빛을 따라 먼 길이라 터벅이는 이제
마음 바칠 이유를 써내려가는
그대 머물 양지 터 잡아
넓은 창을 가진 집을 짓고
문 열어 속삭임을 전달하는
사랑 같은 포근한 속삭임을
편지처럼 받을 것입니다
신들의 나라에서 오는
빛나는 오디세이

'16/2.28

오늘 앞에서 또

평생이었다. 길을 걸으면서
길을 찾아 아침부터 저녁까지
그 길이 그 길로 이어지는
부피가 쌓이는 소리가
내 얼굴에 들어와 샛강을 만들고
갈 곳 몰라 잠이 들면 어김없는 아침은
햇살들이 몰고 온 소식에
새들은 군무로 환희를 익히는데도
여전 아는 것이 물러가고 다가오는
아침에는 나그네로 출발하는
내 신념의 깃대가 곧은 중심으로
하늘을 향한다는 일은
살았다는 증거를 남기기 위해
시를 쓰고 보고 읽고 생각하면서
탑 하나를 세우는 일로
노력할 뿐이다 오늘도

'16/2.29.

책을 펴면

여행을 떠난다 멀리 혹은
호수물 일렁이는 가까운 곳
하늘이 누워 유혹하는
싱싱한 육감이 찰랑이는 이름
바람이 먼저 알고 가로채는
미움조차 정다운 아침

누구는 욕망으로 붙잡아
곁에 두려 헐떡이지만
보내고 바라보는 것도
사랑을 아는 길이라 여겨
고독을 옆에 앉히고
조근조근 설득하는 일은
읽어가는 길에 담긴
단맛이거늘 두 눈에는
빛이 따스함으로 성명을
부르고 있다

'16/2.29

문

  — 어둠1

어둠에서 비로소
날마다 그 문을 통해서
나가고 들어가고 빛 또한
그런 일상이 정해진 순서대로
시간 따라 들락거린다

문이 없으면
감옥이라 문패를 달고
한숨을 들이쉬면서
위안의 호흡이 필사적일 때
자유는 항상 창문을
만들어야 한다고 주장한다

어둠에는 우주가 살아 숨쉬고
열 달의 교훈을 안 사람들은
어둠의 반대편에 빛을 세우고
오고가면서 지혜의 층계를
반복으로 학습하면서 사는 일상
삶은 우주와 등가를 갖춘
교훈이네

빛

– 어둠2

빛이 사는 곳은 어둠이네
포근한 잠자리가 있고
꿈자리가 별을 헤는 곳
내 이사 오기전 어둠을
잊고 살아 햇빛아래
신산한 고통의 강을 건널 때
다시 가야 할 곳을 생각하네
이제 철이 들어 어머니의 고통
해산 날에 울음을 터뜨린 이유는
빛이 반가움이 아니라 어둠을
작별하는 여행의 고달픔이었을 줄을
뉘엿거리는 황혼에 이르러서
비로소 어머니의 가슴 따스했음은
모두모두 가야할 곳에 대한
향수가 깨어나는 철들음이네

'16/2.29

제12부
적막과 바람

고향을 떠나면서

– 어둠 3

떠나야 한답니다 무조건
함께 놀았던 어둠의 정원에서
두런거리면서 친했던 친구와
다정한 사람들과 심지어
피를 나눈 형제자매와도
시간이 오면 저마다 길을
찾아 가야 한답니다

고향과 어머니와 터전을
뒤로하고 가야할 길이
정해진 숙명이라 설득하는
내 아버지는 멀리서 그렇게
손짓으로 어서 가라는 듯
빛의 나라로 모험 여행을
문이 열리면 앞서가라
재촉이십니다 그러나
잊을 길 없는 포근한 어둠이
체온을 두고 길을 떠나야 합니다
꿈을 데리고 천지사방이

노래하는 순간 광장의 문이 열리면
무조건 가야 합니다 싹을 틔우고
풀들이 향기와 노는 곳에서
추억을 말하면서 맞아야 할
떠나는 길이 있습니다
길이 열립니다

'16/2.29.

친구

― 어둠 4

다정한 친구가 있습니다
항상 온화한 미소이다간
언젠가 만났던 추억 속에
살아서 호수가 되기도 하고
은빛 옷을 입고 세상을
감싸는 어머니의 음성처럼
그윽하기 끝이 없어 정 깊은
그런 이름입니다 행복입니다

어루만지는 손길이 언제나
깊이로 스미는 그 길은
누구나 실루엣으로 때로
육감적이다가는 어느새
마음씨 고운 아주머니의
컬컬한 목을 축이는 음성이다가
밤을 지키는 따스한 불빛 같은
그런 이름의 친구가 있습니다
밤이면 함께 놀았던 친구
달빛입니다

또 친구

  — 어둠 5

그의 이름에는 빛이 반짝입니다 그러나
명찰이 없고 누구나 어디선가
바라보는 것으로 환희의 감동이 오는
어린 날의 가슴에는 영원을 비추는
그리움입니다 밤이면 바라보기
언덕도 없고 계곡이 다할 때 까지도
그뿐이 아닙니다 깎아지른 벼랑이나
높아 서러운 바람이 울고 있는
높은 산 에베레스트까지도
친절히 찾아가는 희망의 빛입니다
흔들리는 파도의 몰상식이 위험의
파도를 몰아오는 태평양 한가운데
죽음의 신이 칼을 들고 위협하는
그 짧은 순간에도 섬광처럼
하늘 높이에서 위안의 목록을 들고
일어나라 그리고 희망을 가져라
오직 빛으로 말하는 별 말입니다

다시 친구

— 어둠 6

독립운동을 하기 위함이 아닙니다
앞에서 이룩한 일들에 이어지는
그런 의무가 있어서 길을 떠납니다
그러나 내겐 희망의 꿈이 있습니다
불을 켜는 이유는 생명을 키우는 소명
그 불빛 아래 자라는 것들에
물길 관을 통해 흐르는 삼림이거나
홀로 들을 지키는 오연한 나무의 고독
심연을 방문하여 대화를 나무면서
꿈을 키워주기 위해 내 몫의 어둠
한보따리를 싸들고 길을 떠납니다
휴식으로 고귀한 창조의 문이 저장된다는
어머니의 가슴에 얼굴을 파묻고 잠이 드는
아기의 그 파란 꿈을 위해서
길을 떠납니다 소리도 없이 가옵니다

'16/2.29

임무

  − 어둠 7

내가 가면 골목은 등불을 들고
내가 가면 집집마다 돌아온 아빠
엄마의 정성이 식탁에 차려지면
웃음 한 다발이 모아 꽃이 되는 향기
내가 가면 재롱을 펄렁이는 소리가
밖으로 새어 나오는 길이 넓고
깨끗한 잠옷으로 갈아입은 사랑은
꽃이 되어 벌판이 되는
마냥 따스함입니다

내가 가면 세상 물상이 살아나고
다시 햇살 아래 푸르게 키웠던
싱싱함들도 내일을 위해
나그네 가던 길을 멈추고
다음 장면을 위해 머릴 숙입니다
종소리는 멀리서 들려오고
바람이 기웃거리는 소리가
창문을 흔들 때면 할머니의
도깨비 이야기에 꿈길이 넓어지는

이제사 매듭에 전등불이 꺼지고
임무도 장막을 가릴 때
별들이 무식하게 소란을 떱니다
조용히 할 수는 없다고...

'16/2.29.

어머니

― 어둠 8

청진기로 듣지 않아도 들릴 겁니다
맥박이 뛰고 두 발을 웅크리고
두 손을 쥐고 편히 살고 있는
당신의 숨소리 따라 생명은
다가올 열 달의 마지막 종점
문이 열릴 때 환희의 빛살
웃음이 아니라 시작을 알리는
지금은 조용히 침잠의 깊이에서
헤아리는 천체의 맥박도 따라와
길을 내는 고향의 음성
어머니와 같은 어둠이 오히려 편안한
꿈을 재우면서 기다림은 여전히
울렁이는 가슴에 다가 갈 멀리
이젠 너무도 익숙한 당신의 거처
10달 어둠에서 자장가를 듣고
사랑의 강을 맞을 준비로 열심히
건너는 날을 헤아리겠습니다 어머니
너무 편안해서 행복입니다

'16/2.29.

어둠에 갇힌 불빛

- 어둠 9

놓아 줄 수가 없다
천지사방 날뛰는 망아지인 걸
가두어 내일이면 방출한다해도
어디로 튈 수 있을지 몰라
네 자유를 압수하여
내 곁에 묶어 두노니
내일을 위해 찬란한 빛을
예비하는 것도 오로지 그대를
위한 계획이니 섭섭해 하지 말지어다
찬란한 날은 언제나 적당한 구속과 제한이
에너지 보존의 법칙에 들어 있는 질서
돌아가는 보답이려니 갇혀있어
답답함을 자유로 바꾸는 노력이
길을 묻는다면 다가올 날은 오로지
그대의 것이려니 해방의 빛
찬란함은 오늘의 결과
슬퍼하거나 불평하지 말고 따르라
진리는 어둠에서 시작하노니

'16/2.29.

어둠 찬가
— 어둠 10

도깨비도 유령도 심지어 귀신도
무서움도 두려움도 악마도 모두
자유롭게 놀고 다니는 이곳에서
숨고 감추고 또는 은신에서
한 걸음이 두 걸음이 되고
마침내 해방을 위한 여명은
시작을 알리는 곳 떠나가
통일의 밝음을 예비한
어둠이 있어 진리가 숨쉬는
이름을 알리는 깃발 숨어 있는
이로부터 천지는 자잘한 법칙이
길을 묻기 시작했다. 어둠은
빛의 반대가 아니라 어머니라
은근한 미소로 길을 알려주는
자애 깊은 침묵이
그대의 것으로 다가들 것이니
어둠은 다시 돌아가는 마지막의
사랑을 감춘 곳일 뿐이다.

'16/2.29.

개혁

   − 어둠 11

생각을 바꾸면 길이 달라진다
생각을 바꾸면 길이 보인다 미처
알 수 없었던 것들이 눈을 뜨고
이해불가가 문을 열어 줄 때면
오늘은 마침내 생명의 끈을 조여
새로운 물이 흐를 때를 위해
희생은 거름이 될 뿐
아까울 것이 없어야 한다.
한 줄의 시도 버리고서야
등불을 켜는 이치를 알 때
시는 길을 걷기 시작한다
퇴비를 흩뿌리면 자양이 되지만
모아 놓으면 악취의 구더기가
그대의 밥상에 오르는 때엔
후회의 목록 또한 거대해지는 것
버리고 찾아가라 그리고
혈혈단신 독립운동의 피흘림을
두려워하지 않는 날이면 그대는

높이에 우뚝 서리라 버리는 것은
개혁이기 때문에

'16/2.29.

어둠 단상

    – 어둠12

어둠은
창조입니다
어머니입니다
땅입니다
바다입니다
호수입니다
고향입니다
아내입니다
온갖 것을 담는
햇빛이거나
그릇된 악이나
악마조차도
담는 그릇입니다
온 세상 응석을 모두 받아들이는
오로지 어둠입니다

'16/2.29.

어둠과 빛

　－ 어둠 13

어둠의 깊이에 그대가
발을 담그지 않았다면
하늘을 볼 수 없을 것, 하여
빛을 받아 무슨 무슨 작용
그것이 아래로 전달될 때
생명의 뿌리는 우람한 크기로
선망의 길이 열리는 것에
어둠이라 문을 닫는 날이면
햇살도 죽어 또 다른 어둠이 짙으리니
너는 나의 동반자일 때
나는 너의 동반자로 사는
이 같은 이치에서 어둠과
빛이 어울리는 진리가
교호(交好)작용으로 길을 만드는
그 속에 우리는 살고 있을 뿐

'16/3.1.

꽃다지

"문 열어 주세요, 저 왔어요"
굳고 얼었던 땅에서
들리는 소리에
햇살은 마냥 웃는데
어떻게 그토록 연약한 몸으로
엄동 깊이를 지나 왔는가 물으니
의지와 신념을 재촉하는
햇살의 도움을 받았다고 겸손을
내려놓는 가상함도 이에 이르면
어여쁨이 되는 일이지만
웅크리고 눈치로 보낸 어둠에서
변명만 길게 늘였던 이제사
얇은 옷으로 갈아입는 이런 일도
작은 풀꽃들 앞에 서면
부끄러운 일조차
동행이 있어 안심이다

'16/3.2.

남녘 친구에게

파도 소리를 듣고 사는
친구가 보고 싶다. 말이사 없어도
천리조차 지척(咫尺)인
가슴으로 들리는 소리가 있어
물 오른 우수지나 경칩이 낼 모래
얼굴 내민 풀꽃에게 말을 걸어
방법이 없는가 물으니
남쪽에는 이미 싹 오르는 소식
바람 따라 향기를 전해오면 좋으련만
바람자락에 밀려가는 겨울 파도는
건너 섬 붉은 동백 물들이는 전갈에
절절함도 아득한 세월의 깊이에
오락가락 사는 일 점차
희미한 시력에 가물거리는 소리
흔들리는 기억들이 쓸쓸히 뒤로 물러나는
초점 잃은 응시가 서러운데
오늘따라 고독 곁에 서있는
남녘 친구의 음성이 듣고 싶다

'16/3.3.

적막과 바람

적막을 입으면
적막이 없고 길을
찾아 길에 들면
길이 없는 더불어
서성이는 바람자락에
매달린 모습들 오로지
그 속에
존재

'16/3.4.

높이와 깊이

높다는 것은 깊다는 것
깊다는 것은 높다는 것
깊이와 높이가 어울릴 때
넓이가 길을 나오면서 둘은
같다는 뜻을 전달할 때
아버지와 어머니의
사랑

'16/3.5.

경쟁

봄비가 내린 후에
우리 집 정원은
아우성이 가득하다 고요도
말이거늘 뾰족뾰족 키재기의
경주가 시작되었다는
우수 경칩 신호 따라
지면 안 될세라 달리는 속도가
땀조차 잊고 잎새를 키워내는
바람은 시원하기 봄자락인데

봄비가 내린 후에 우리 집은 침묵의
강을 건너 목적지를 향한 달리기가
말릴 수 없는 어느새 경쟁만이 남아
푸른 약속을 이행하는 놀이가 심각하다

사는 일 항상 그렇다해도
뒤떨어지면 밀려나는 일엔
과외 공부를 해서라도 목표를
달성하려는 풀꽃들의 경쟁은

사람보다 치열한 모양에서
살아가는 이치가 둘이 아니라
하나란 것을 확인한다

'16/3.5.

나는 바람을 기다린다

창공은 홀로 오르는 것이 아니라
조력이 있을 때 날개를 달고
미지를 향하는 꿈이 일어난다
조용한 침묵이 일어 흔들리는 날엔
세상도 마구 흔들리면서
따라오는 바람도 신이 날 것이고
깃발은 창공을 점령하는 주인으로
위엄을 갖춘 자세일 때 추억도
덩달아 신바람을 대동하고
갈 곳을 향하여 지난날들의 층계를
한 폭의 풍경화로 간직하면서
길을 열 것입니다

기다리는 것은 살아있음을
증명하는 진술서이기에 거긴
화려한 판결문을
받아 볼 일인 것을 알아
침묵의 중심에서

걸음을 걸어갈 이유가
숨 쉬고 있습니다

'16/3.6.

부끄럼

세상을 살면서 부끄럼이
저물녘에도 떠나질 못한다 더러는
머릴 들어 휘젓는 사람들의
바람을 부러워도 했지만 이제사
철이 들어 세상 뜻을 헤아리니
농도 짙은 부끄러움은
밤잠을 밀어낸다

지나온 것들을 목록에 꿰어
바라보노라면 따라온 그림자들
지우개로도 어쩔 수 없어
슬픔 같은 손짓에 끌려 자꾸
따라갈 뿐인데 모조리 지워버리면
당당도 따라올까 망상도
키를 세워보지만 지울수록
그림자는 오히려 기승을 부리는 이유가
황혼이라서 그런지 알 수가 없다

내 부끄러움은 버릴 수도 없고
갖고 갈 수도 없는 이젠
어정쩡 이름일 뿐입니다

소리 줍기

세상 가득한 소리를
주워 담으면 얼마나 될까
오래고 오랜 사람들의
목소리도 들려오고 또는
세상 주인처럼 목청 큰 사람들
아우성 뭉쳐 다가오는
붐비는 골목길에서 물러나
멍히 바라보는 것이 고작인데
정작 담을 것이 없는 바구니는
비었음에 슬픔 같아 불안하다

무언가라도 주워 담아야 할
바구니를 바라보니
중심에서 벗어난 이율 몰라
초조를 헤치며 앞으로 가는 일
점차 이골로 무디어진 탓에
아무거나 담아야겠다는 생각으로
손을 휘저어 담고 담아
집으로 돌아와 자세히 살펴보니

아, 어쩌나 가득할 줄 알았던
바구니에 아무 것도 없는
소리들의 행방을

'16/3.6.

아인슈타인에게

시간이나 공간이 휘어진 이유일까
전달하는 말들은 모조리
보기 좋은 동그라미가 아니라
타원형의 먼 길을 돌아 내 앞에
툭 떨어지는 멀리서 온 소식
곧바로 그대에게 가고 싶은데
휘어져서 돌아가는 목적지는
애타는 간절함이 갈증으로
가슴이 오그라드는 데도 멀리서
돌아오는 바람의 전갈이
믿으라 믿어야 한다고 설득한다

'16/3.6.

갈릴레오가 바라본 하늘

누구나 별들을 바라볼 때
달을 바라보고 웃던 사람
아폴로11호를 타고 간 암스트롱에게
고맙다는 인사말을 들어도
너무 멀어 지나치는 아득한
과거지만 오늘로 줄을 던진 포물선
목성을 따라 태양을 돌아가는
네 개의 달을 바라본 그의
망원경에는 신기가
어둠에서 상상을 깨워
전율의 강물로 출렁거리는
파도, 파도가 되어
강안(江岸)에 도착하여
아인슈타인을 깨웠다
그때부터 바빠졌다

'16/3.6.

초록 전사들

"지금 나갈까, 아니야,
너무 추워서 안돼, 그럼
언제 나갈까" 스타트 라인에
준비를 마친 초조한 선수들이
호루라기가 울릴 순간에 귀를 기울인다
햇살이 떠 오는 찰라
"와" 함성을 이끌고 일제히
뛰어 나가는 선수들
어깨와 어깨가 부딪히지만 누구도
부정한 선수가 없는 질서를
오묘한 조화의 이름으로 칭찬한다

길을 떠나는 데는 꿈이 있기에
목표가 멀리 있어도 쉼 없이 준비를
앞세운 경주는 서로 다른 목적지
누구는 푸른 의상을 걸치는 발표도 있고
누구는 이어 올 결실의 수확 등 저마다
임무를 수행하는 땀과 노력으로
신명 가득한 세상을 만들기 위해

어긋남이 없는 열정으로
온 누리를 꾸미는 길이 열리는
화려해서 눈부신 호칭
초록의 전사들에 봄날의
신화는 그렇게 시작되었다

'16/3.7.

남해에 간 친구에게

친구여, 남해에 가거들랑
매화 소식은 어디쯤 왔는지
경염장(競艶場) 준비 상황은 어떤지 혹은
순천만 갈대숲에 머물던
철새들은 날아갈 힘을 비축하고
떠날 채비에 아쉬움 깊어
선회하는 하늘에는 구름 몇이
그리움을 그림으로 그리는지

남해마을 풋바람은 겨울 파도를
멀리 보내려 섭섭한 여운
봄나물 달콤함이사 언 땅을 지나온
눈물겨운 자락으로 풍경을 바꾼
연약함도 강함을 이기는 한판 승부라
웅변으로 설득하는 승리의 소감을
파도 앞에선 무슨 말로 하는지

친구여, 점차 올라오는 봄소식이야
기다림 없어도 올 것이지만

성급함도 다정에 숨긴 노릇이라
오는 길 쉬엄쉬엄 꼭 챙겨올
싱싱한 도다리회 달콤한 맛의 전율(戰慄)!
파도 빠진 소주 한 잔에 맛 깊은
음미록을 적어 빨리 보내주게나
조바로움에 들락날락 대문의 쩔렁임이
마음 바쁘게 허공을 두드리네

'16/3.8.

신들의 나라 방문기

– 겨울

어둠이라 부를 것이라면 어둠은 창조가 숨 쉬는 공간이라 어둠에도 둘로의 칸막이가 있으리라

없음의 긴 터널을 지나는 00의 이름 1막과 모든 게 들어 있는 0의 공간으로 구분되는 2막의 어둠 말이다 앞의 이름에는 상상의 명칭으로 존재라면 완전한 무(無)일 것이고 후자의 이름에는 모든 게 들어 있지만 눈으로 보이지 않는 마치 어머니가 품고 있는 태내의 존재를 이름한다면 겨울은 00에서 0으로 출발을 지칭한다. 숨소리와 맥박과 손짓 발짓이 필름으로 인화되는 어둠은 오히려 안온하고 평안한 고향의 어둠일지라도 어머니의 따스함은 기쁨 이전의 기쁨이요 내일의 태양을 맞을 순수의 공간 거기도 꿈과 이상이 사랑의 조력을 받아 기다림의 순서 표를 받아 숨 쉬는 어둠이 오히려 깊은 맛의 전설이었다.

눈보라 바람에 시달리는 나무들이 처연하게 풍경을 그림으로 보이는 세상에 숨겨진 땅속의 씨앗은 여전 신호음을 기다리는 분주가 장마당 같아도 겨울을 바라보면 슬픔과 비극의 깃발이지만 속살을 바라보는 통찰이 있을 때 기쁨은 겨울에 저장된 희망이었다

신은 먼저 겨울을 만들어 세상에 공표할 선언의 터닦음을 진행하느라 눈보라의 눈물과 바람의 재촉을 오히려 앞세운 이유는 지켜야할 겨울의 속살로 보호할 어머니의 강인한 마음이 인간의 눈에 보일리가 없다. 비밀은 항상 그 안에 간직한 뜻이 있을 때를 준비하는 이름이기 때문이다.

신들의 나라를 방문하면 만날 수 있는 풍경입니다

'16/3.8.

신들의 나라 방문기

- 봄

무엇을 먼저 만들 것인가는 그 나름 이유가 있을 것 같다 궁리 끝에 0의 단계를 지나 세상으로 발길을 재촉하는 이름을 만들었을 것 같아 겨울의 종점을 지나자마자 길을 떠났다 옷깃을 잡아끄는 골목을 지나니 대로에는 붐비는 자동차가 바쁜 이유를 말하기로 성급한 목적지가 누구의 것인지 모를 듯 무작정 달려가는 속도에 질려 한참을 바라보노라니 그때사 사람이 얼굴들이 보이면서 봄날이 왔다고 소리친다 분주하다는 말에 포장된 명칭 속에 온갖 것들이 숨어 지내다가 느닷없이 쏟아져 나오는 속도에 놀라 판도라의 상자를 닫으니 아차차 먼저 나오려는 놈이 발에 걸려 쓰러지는 새에 뒤따라오던 놈이 느닷없는 승리에 부끄러운 향기가 퍼지는 이름 좋은 봄 향기엔 마음이 울렁입니다

신들의 나라를 방문하면 만날 수 있는 봄 풍경 한 편입니다

'16/3.8.

제13부

신들의 나라 방문기

신들의 나라 방문기

– 여름

햇살이 조으름을 멈추고 맹렬히 일하기 시작한다는 것은 성장을 향한 준비를 시작한다는 꽃들의 암시일 것이다 화려는 세상을 모두 장악했을 때 득의로운 행진에 보조를 맞추면서 단맛을 열매마다 고르게 분배되는 더 많은 칭찬을 얻으려 땀을 흘리는 노력이 절정의 높이에 이르러 계절은 잠시 그늘을 필요로 할 때 기억의 바다에는 푸른 파도가 일렁이면서 "가자, 가자"를 반복하는 바다의 노래가 깃발로 펄럭이고 사람들의 눈엔 푸름이 젖어 하늘을 장악한다 마음이 넓어진다는 주장을 해도 부끄럼이 없는 시절이라 행동이 가득해지는 일에 따라오는 안으로의 성숙은 다가올 계절을 잉태하기 위한 준비도 아울러 갖추는 사려(思慮)가 깊게 자리 잡는다.

꽃과 단맛과 씨앗이 함께 발걸음을 맞추는 일은 여름이 갖는 분수령이기에 사람들의 땀도 더불어 노래의 길을 만들었고 그늘마다 지나온 발길에 맺히는 넉넉함도 이때만은 가슴을 넓히는 이유를 충분히 설명할 수 있는 이유를 써내려가기 시작한다.

'16/3.9.

신들의 나라 방문기

– 가을

　소크라테스는 다이모니온(daimonion)이라 부른 이름으로 마음 내부의 기운을 감지했다 또는 오디프스도 아버지를 죽인 삼거리 길을 지나– 나는 여기까지를 봄–스핑크스의 수수께끼를 풀어 테에베의 영웅이 되고 왕이 되어 딸 안티고네를 낳고 –여름이라 부른다-정점에서 막연하게 느끼는 마음속으로부터 소식인 자내중(自內證)을 깨닫고 황야로 나가는 슬픈 행보에 순환의 계절인-가을이 담겨진다.

　여름의 정점에서 가을 기운을 먼저 알아차린 나무는 뿌리를 살리기 위해 잎을 떨어뜨리는 아픔을 감내하는 질서를 인간보다 먼저 아는 이치에서 자연의 섭리아래 사는 인간의 운명이 보인다 이로 보면 자연은 영혼의 거처이고 그 거처 속에서 지혜롭게 살아야하는 필연을 갖고 살아간다 이는 한 톨의 씨앗 속에 우주와 자연의 이치가 고스란히 들어 있어 숨소리 들리는 우주는 우리 곁을 떠나지 않고 칠판에 예고편을 써놓고 외우라는 되풀이에도 잊고 혹은 망각으로 살아가는 우둔이 부끄럽다. 0에서 00으로 순환의 길을 만들고 있는 길에 선 나그네들의 운명일 뿐

깨달음의 포장이 지금 택배로 배달되었다.

'16/3.9.

한지창

넋의 깊이는 따스하다 그리고
은은한 체온에 오래고 오랜
고향이나 어머니의 그리움이
가득 담겨 누드 빛 여린 정서
그 안에 들면 울렁이는 세상사
가슴 아픈 일들도 조용히 녹아
사랑 빛으로 변하는 마음의 길

작은 동산이 뒤에서 머릴 조아리고
앞으로는 강물이 잔잔한 졸음을 이고
흐르듯 구름을 따르는 마을에
초가 작은 봉창으로 새어 나오는
처녀의 부끄럼 빛이 성숙하여
아미(蛾眉) 숙이고 첫밤을 맞이하는
신부의 가슴 빛깔 같은
여백의 무늬

'16/3.9.

산 위에서

세상이 아래로 깔린다 산위에 서면
들리는 소리들이 줄을 맞춰 다가올 때
발아래 구르는 나뭇잎들과 어울려
자양(慈養)이 되는 헌신의 물은 아래로
다시 아래로 흐르는 길이 열리고
마을 사람들은 행복을 일구는 땀
밭을 갈아 자식들을 키울 때면
돌아가는 길은 모두 같은 진리에
냉엄한 팻말을 건다

산 위에 오르면 가슴이 열리고
지나온 흔적에 애착을 보내는
감회의 물길도 산위로 올라와 바라보는
화려한 풍경화가 주가를 올리는 경매장에
후끈한 열기는 세상도(世上圖)에 누가
낙관을 찍을 것인가는 기대감인 채로
햇살과 바람과 오연(傲然)하게 서 있는
나무들이 친구들을 증인으로 세우고
등장할 사람을 호기심으로 기다리고 있다

'16/3.9.

알파고(Alphago)*

기계가 이겼다 세계 최고의 인간지능을
넘어선 기계의 승리는 인간의 한계
그 앞에서 초라한 자화상을 그린다
기계 귀신이 사람을 놀라게 할 것이고
기계호랑이가 인간을 잡아먹을 것이라는
터무니 상상을 유보하는 소리들이 틀린다.
알파고에 "너무 놀랐고, 프로그래머들에
존경을 표한다"는 이세돌은
첫판에서 패배의 고백을 듣는
인간과 기계의 대결의 세기로 접어든다
신은 어디서 무얼 하는가 따르는 인간이
패배의 한탄을 말하는데도
직무유기인가 침묵의 회피인가
만 2살에 불과한 기계에게 무참히 패한
인간의 비극 앞에.....
새로운 세기가 문을 열고 있다

* 2016년 3월 9일 컴퓨터 로봇과 인간 이세돌 9단과의 바둑
   대결에서 186수만에 인간이 불계패했다

'16/3.9.

기계에 대한 단상

지루한 진행은 견디지 못하고
포기하는 인간이지만 기계는
계속 앞으로 가는 차가운 체온
차가운 체온과 따스한 인간의 체온
인간의 기준에서 살았지만
앞으로 감성을 가진 로봇에게는
어떤 기준을 설정할 것인가
만화의 장면처럼
애중지 갖고 있던 로봇을 잃어
악당의 손에 들어가
잘못 입력된 조종이 현실화 된다면
사는 일 점차 무서워진다
사람 얼굴을 가진 로봇과
내 얼굴이 복제된 구분이 너무
어려울 것 같다
어쩌나

'16/3.10

가로등

어둠의 완장을 차고
골목을 지킨다 성실히
살아 어둠을 내 쫓으려
두 눈을 뜨고 밤새 껌벅거리는
별들과 내통하는 일도
허기처럼 긴 골목 허전한 길에
고양이와 개 울음이
멀리 떠나가는 전별처럼
외로운 손짓이 춥다
구불거리는 신음을 지나 도착할
여명이 오기까지는 바람까지도
조용하라 다독이며 일어나는
사람들에게 전달할 아침의 편지에는
꿈꾸는 인사 아, 잘 잤다는
아이들의 소란 앞에서 비로소
눈을 붙이기로 했다

'16/3.12.

무슨 이유로 시를 쓰는가

시를 써서 무얼 한단 말인가
검은 물살에 목이 막힌다
나조차 위안을 주지도 못한
하물며 타인에게 전달되기를 바라는
어리석음에 흐린 강물
체념으로 나아가는 방향에
흔들리는 멀미가 검은 물탕에
발을 적시고 울고 있다
홍수 속에 내세울 것이 없는
초라한 결과 허기진 내 영혼은
참말로 울고 싶어진다
고백의 물줄기에 허허한
바람이 지나느라 들썩한 소리에
고개를 돌린다 목마른 세상
시를 써 무얼 위로 한단 말인가

'16/3.12.

몰입

시간이 없어진다. 어디로
날아갔을까 행방조차 없어졌다
의식하면 있고 아니면
어디에도 없는 이름에 매달려
깊이에 빠지는 순간 나를 잊고
허공을 떠도는 영혼
오히려 기쁨이 날개를 달고
멀리 멀리 가는 줄도 모르는
다가오는 충만의 그림자가 순간
문을 두드리는 소리를 듣고
흠칫 깨어나 하늘을 보는 일이
생의 풍경화를 그리는 붓끝에
이슬방울이 떨어져 물감으로 풀어지는
찬란함이야 오로지 마음속에
부풀어 오르는 이유 없음이라
내 시간은 전부 어디로 갔고
한 점의 그림을 바라보는
전부 그 것입니다

'16/3.12.

나무 면접

얌전을 앉히고
두 손 가지런한 정좌로
면접을 봅니다 세상 시험
건너야 하는 강마다
묻는 말들 저마다 달라도
고운 자태로 하늘을 바라
곧은 줄기를 세우는 생각에
바른 뜻을 키우려는 대답
시름이 막아 사는 길 눈보라
다가오는 길을 넓히려 오로지
염원을 펼치려는 생각만을 위해
하늘로 뻗은 가지마다
푸른 꿈을 달기위해 지금은
물과 햇살과 바람이 필요한
당신의 면접에 유일한
대답입니다

'16/3.13

시골에 살면

시골에 오면 누구나
착한 사람이 된다 물과 풀
그리고 상쾌한 바람까지도
서로 몰라라 해도 어느 순간
하나로 맺어지는 그때는
누구나 착한 사람이 된다

시골에 오면 돈이 없어야
보이는 것들이 살아난다
따질 것도 없고 거들 것도 없는
세상은 저 홀로 가는 길이라
따라가노라면 마음 풀리는
복잡한 규칙이 없는 생활 속
시골에 오면 내가 살아난다

시골에 오면 누구나 멈춰선
이름이 아니고 맑은 눈
물과 흐르고 바람과 흐르고
밤이면 별과 함께 흐르는

어딘가 말하고 싶은 것들이
가슴 속에서 마구마구 나타난다

시골에 오면 행복이란 말은
몰라도 될 뿐만 아니라
복잡한 기도가 필요 없는
앞과 뒤가 없는 다만
흐르는 이치와 함께 가는 길
그 길에 선 강물과 함께 그냥
흐르면 되는 길이 열린다

'16/3.13.

소리, 소리

냉이가 양지에서 보일 때면
꽃다지가 얼굴을 내밀고 소리 없는
소리가 천지에 가득하다 미처
들을 수 없는 한계의 강을 건너면
이미 세상은 가득한 아우성
소리 속에서 살다 소리 없이
강을 건너가는 사람들

'16/3.16.

어지간히

어지간히 시를 읽었다
많이는 아니고 적당히
그러다보니 그 키가 그 키에
에피소드가 얹혀 큰 키처럼
입에서 키는 큰다. 세상사
거의 같다는 종점에서 내가
쓴 시를 바라보면서
쓸쓸한 격려를 보내지만
두려움 없이 강을 건너는데
조용한 것이 오히려
뒷날에 자양분이 될
퇴비 한 줌을 뿌린다 봄은
그렇게 오고 있다

'16/3.16.

쓸쓸한 날의 즉흥 랩소디

쓸쓸한 날은 바람이나 불었으면 좋겠다
멀리 가기 위함이 아니라 아주 가까이
돌아보아 위안의 목록으로 삼기위한 무료라
홀로 떠있는 고독의 섬에 파랑은
노래처럼 흔들리는데 여기 앉아있는 자리에
떠도는 말들의 허무 앞에
침묵을 위로하는 바람이 오면
뺨에 스치는 온기야 바랄 일도 아니지만
살아 팍팍한 날이면 시원한 소식도
그리움의 상자 속에서 배회하느라
하늘은 늘상 제홀로 푸를지라도
오래 살아 심심한 날이기에
손자들의 싱싱한 웃음이 그리운데
여저기 찾아가 배움의 자락에 매달린
아까운 하루의 미소가 안쓰럽다

내 쓸쓸이야 자고나면 다시 회복되는
길을 잘도 알아 다시 밤을 지나지만
신음 짙어 눈을 뜨는 사념의 나래 따라

자식들 집집을 찾아가고 싶은 밤
꿈을 깨울라 걱정이 앞서는 이 노릇에
사랑도 깊어지면 쓸쓸해지는 길
되돌아온 생각 모아 정원을 거니는 달밤
혼자 중얼거리는 고백도 아직
이른 봄날은 스산한 추위가
물러가지 못하고 내 곁을 따라
걸음소리에 숨어든다 달이 밝은 것도
답답증에는 치료가 되는 일도 있다

'16/3.17.

꽃잎이 웃는 날은

기쁨도 한참 지나면 근심이라
웃기로 작심한 꽃잎에
바람 오면 어쩌나 지레
겁먹은 서글픔이 아픔이 되니
햇살이 훼방처럼 다가와
웃는 모습 시들게 할까 저어
가슴 졸이는 이 일도
꽃이 웃는 날은 마음 바람따라
함께 가자 부르기에도
아까워 두고픈 욕심
꽃잎 시들 날이면 공연한
서러움도 반짝일 터라
길 따라 함께 가는 향기
마음 하냥 조바롭다

'16/3.18.

내 죽거든

아마도 내 죽으면
자식들 오열하리니
장자의 짓은 못할지라도
부탁은 들어다오
모두 두루 부르지 말고
혹여 오는 사람들 있을 땐
두 번 절 받는 일 돌아보아
부끄럽고 허무하고 처량타
꽃 주르륵 세워놓아
터널 지나 듯 그 걸음 사이
허세를 보아 싫었던 지난날
미풍도 아닌 조용함으로
내 사라진다해도 세상은
태평과 무사함으로
아무 흔적도 없으려니
그 속에 들어 사라지는 조용한
바람의 이름이면 되겠다

'16/3.18

무제풍(無題風)으로

구름이 낀 날은
작은 카페에서 따스한
시름을 마시고 싶다
낮은 키의 음악조차
조을 듯 눕는 멀리 보이는
봄소식은 출렁이느라
늦걸음이 연무에 가리고

비가 오려나 우울조차
가슴 무겁게 가라앉아
등성이에 머무는 구름
바람이 밀어 올리는 기운이
힘겨운 탄식 같아 미처 못 떠난
차운 바람은 머릴 풀어
품으로 기어드네

햇살 내미는 하늘
낮은 가락과 보조를 맞추느라
느린 걸음을 옮기는 오후

사랑을 시작하는 젊은 남녀가
두리번조차 부끄러워 말 못해
머뭇거리는 것 같다

'16/3.20.

씨앗을 뿌리며

겨우내 잠들었던
운명을 깨운다
빨리 일어나라
찬바람 가고 따스함이
스멀거리는 들판은 이미
부지런한 농부들의 밭갈이
그 소리 따라 움트는
필연은 그대 창문에서
기다림을 심는 일도 다시
시작을 알리는 신호음이거늘
도돌이표에 갇힌 기회가
문을 열어 달라 소리치는 경주는
울린 총소리에 천지가 아우성
그렇게 운명을 깨우는
봄날

'16/3.21.

대나무에 걸린 달빛

달빛 찾아온 보름이면
창문에 어릿거림이
저들끼리 부딪히느라
비수(匕首)로 휘두르는
피나는 싸움 아득한
첫사랑 이별 슬프게 떠났던
사내가 찾아온 이제 두려움
오줌 마려도 참느라
이불 뒤집어쓰고
달이 지나기를 헤아리다
잠이 든 꿈길에서도 놀라
아차차 어쩌나
강이 흐르는 소리

'16/3.22.

첫사랑

첫사랑 집 앞에서
초조로 서성이던 그런 날은
숨을 곳이 없는 골목 길
심술궂은 달빛 예리성 죽여 가며
한 발 한 발이 무게로
어지럽던 내 그림자를
어떻게 감출까 주저주저
돌아 다시 돌아보느니
지나친 후회가 따라오면서
'이미 지났어요'를
소리치는 것도 몰라
내 집 앞에 이르러
돌아보는 아득한 불빛의
손짓 까아만 어린 날
내 사랑입니다

'16/3.22.

복수초

저것들이 꽁꽁 언 땅을 헤집어
얼마나 노력했으면 하마
얼마나 용을 썼으면 강고(强固)한
완력을 견디고 쾌재를 부르는 걸까
독립만세의 우렁소리 들리는
나는 그것도 모르고 깊은 잠
불평으로 춥다 옹색한 변명으로
햇살 앞에 옹크린 원망으로
겨울 긴 날을 허비했을라

노랑 너울이 세상에 펄럭이는
그때사 호들갑으로 빛나는 찬사
물결로친들 해맑은 씽긋
세상을 향해 웃고 있는
말없음표의 위대(偉大)

저것들이 누구의 도움도 없는
다만 홀로 일어서는 배움은
공자도 맹자도 아닌 오로지 홀로

동토의 맨 땅을 뚫고 드디어
세상에 나타난 고졸(古拙)

할 말이 없는 날은 무작정
들판을 쿵쿵거릴 뿐이다

'16/3.23.

매화 어지러운 날

매화 어지러운 날
바람도 미치겠는지 산발
흔들림 한 다발 전해주고
깔깔로 달아나는 뒷자락
향기가 따라가느라 허기진
비틀거림도 땀 흘리는
봄날인데

살판났다 일어나는
아우성 군중들
때 만난 데모 판의 구호처럼
너 누구냐 물어도 말 못하는
고졸경(古拙景) 불켜 둔 마음이라
흥분도 감춰둔 속내를 꺼내든
등불 여기 저기 현기증이 휘돌아
맘대로 해라 물려준 풍광
코만 벌름거리는 짓 미친 듯
매화가 지금 막 당도했습니다

'16/3.23.

봄날의 소지(燒紙)

들판의 연기는 소지처럼
하늘로 오르는데
누구의 기도길 레 여기저기
어디까지의 소망일까 농사
준비를 마친 사람들은
황량한 작년(昨年)을 태우느라
불꽃으로 쏘아 올리는 연기 따라
상상의 푸른 숲이 무성한데
하늘 길을 헤매는 자욱이
비행기 지난 흔적처럼
동심으로 펄렁이는 노래
오르다 사라지는 허무를 뒤쫓는
눈자위에 봄은
분주함이 전부라 듯 자욱한
아지랑이가 내 마음인 것 같아
공연히 길을 떠나고 싶다

'16/3.24.

황혼 그리기

날마다 같은 장소에서
그림을 그린다 서방정토
마지막으로 넘어가는
등성이에 칠해지는 색깔
평생을 그리는 화가래도
어쩔 수 없이 슬픔으로
붓을 놓아야 하는 전별
한계 앞에 서성이는 고작
낙관을 찍어 끝났다는 선언이
돌아보면 처연한 슬픔이라
햇살 따라 변하는 추적의 눈으로도
항복문서를 제출하는 고백이
차라리 아름다움의 미소인 것을
날마다 서녘 황혼에
숙연해지는 노릇 고작
고개 숙이는 일이
다함일 뿐

'16/3.24.

대한민국 백성으로 살기

국회의원만 없으면 대한민국은
좋은 나라다. 잘 살고
잘 먹고 흔드는 춤사위도
세계가 부러워 시샘하는 나라
머리 좋고 똑똑한 백성들이 사는
자부심이 있지만 정치판엔
무슨 박 박타령이
유치하고 치졸한
내편 네편을 갈라 삿대질
무리지어 군림하는 바보들이
무슨 친 친노타령이
어설프고 초라한 무리들의 행진
마지막 숙제가 정치를 깨우치는
아득한 일이라 걱정이 크다
정치는 있어야 하는데
정치를 혐오하는 불행이 결국
백성의 숙제로 돌아오는데도
우리나라 국회의원들은
딴 나라 사람이다

'16/3.25.

제14부
봄날의 에피소드

봄날의 에피소드

꽃 앞에서는 누구나 머물러
무슨 말을 할까 생각하는
문 열린다 다가오는 소리도 있고
따라오는 화려에 놀람도 있어
마지막에는 그놈의 향기
바람이 분분을 헤집는 일이사
맛깔 더하는 양념으로 알고 나면
순서대로 찾아오는 꽃들 소식
한 세상이 마구 어지러운 이유를
알 수 없어 입닫고 묵언으로 지나면
향기가 찾아와 불평을 늘어놓는다
왜 모른척하느냐는 투정에 얼른
웃음을 지을라치면 토라진 다른 꽃이
이내 '나 좀 보세요' 라는 듯
웃고마는 봄날의 하루

'16/3.25.

신 인류사

인간이 울고 있는 시대가 왔다
생각하는 인간이 기계 상사를 모시는
시대가 왔다 감정과 이성이
냉철한 기계의 부하가 되는 날이
도착했다 우주의 원소만큼의 수(數)에서
여지없이 실패의 신음*을 내뱉는 인간의
초라가 잠시 세상에 물결을 탄다

신 인류사의 획이 그어진다

숨소리의 인간이 초조의 순간 앞에
탄식의 그물망이 촘촘히 펴진다
로봇(AI)과 인간의 대결 결국은
비틀거릴 것이다
흔들릴 것이다 그러나
파우스트로 일어나 승리의 맥을
기어 찾을 것이다 흔들리고
비틀거리는 것이 인간의 모습이지만
희망의 길을 찾아내는 지혜는

인간만의 소유물이기 때문이다
파도가 거세게 밀려온다

AI의 신을 인간은 만들 것이니
하면 인간의 신은 어찌할까
더블 걱정이다

* 지능로봇 알파고와 바둑9단 이세돌의 대결은 4대1로 인간
  이 패했다.

'16/3.26.

책 향기

일생을 책속에서 산다는 것도
향기로운 일이라는 걸
늙어서 깨달았다 이것저것
높다는 일을 한 사람도 결국
할 일 없는 종점에서 어정거리는
그것보다 책 향기에 묻혀
죽는 날까지 벗어날 수 없는
운명을 길로 알고 가는, 한 때는
답답해서 울적하던 기억도
지나간 바람들이 웃고 있어
행복이란 자기 좋은 것을
끝까지 하는 일이라
일기를 쓰고 있다

'16/3.26.

기억 저편

내 사랑은 여전히 아득한
날들이 어른거리는 돌아보아
홍건한 웃음들의 꽃밭에
소리 들리지 않는 멀리
마음만 안타까워라 다시
돌아가고 싶은데

꽃잎에 깃든 바람조차
떨림에 못 이겨 숨어드는
길 몰라 더듬는 사연들은
풀리어 좋아라 사랑했는데
밤이 되니 달조차 희미한
실루엣을 편 천지사방에
안개꽃으로 무리졌던 사랑

그 사랑을 찾을 길 없어
눈을 감아도 열리는 추억은
언제나 거기 있었기에
두 마음을 하나로 합한 언약

떨린다 흔들리는 바람조차
달아나면서 흩뿌리는 물감
오로지 사랑뿐이었는데

'16/3.27.

초록 나라

어둠이 걷히면 세상을 향해
발길을 옮기는 윤곽이 점차
또렷해질 때 지난밤 어둠에서
약속했던 얼굴들이 옷을 입고
일찍 나왔다고 득의(得意)롭게
그림자를 뒤로 세우지만
꽃잎은 저 홀로 하르르 웃네
하지만 뒤따라 몰려오는 무리
너나없이 향기를 앞세우는 일이
온 발판을 헤매는 재미에 빠져
분간 못하는 초록 나라 소식에는
향기조차 구분이 어려워 그만
취한 비틀거림에
어지럼병이 들고 말았네

'16/3.27.

불면 여행

깊은 밤이면 노를 저어
심해 먼 바다로 간다
온 누리가 잠들어 고요한데
홀로 뱃길을 이어가는 길에
별들과 나누는 대화에는
적막을 곁에 앉히고 묵언으로
가슴에 전달하는 파도를 따라
여명이 당도하는 동쪽으로
뱃머리 출렁이는 가락에 실려
당도할 목적지가 밝아지면
사람들의 소음이 들려오는
내 바다로의 여행은 끝에 이르고
날마다 깊은 밤으로 떠나는 파도는
고독한 의상을 벗지 못하는
헝클어진 고민만 이어진다

'16/3.28.

봄날의 택배

오마는 약속도 없었지만
어느 결 다가온 봄길
까치는 이미 그걸 알고
나무 등걸을 모아 집을 짓는
부지런에 전달된 통신이 무얼까
사랑의 증거를 내놓으라는
윽박지름에도 말없음을 앞세운
집짓기가 끝나갈 무렵이면
땅에도 전달된 빠른 소식들에
귀와 눈이 현란하게 바쁜 봄은
이미 배달을 끝낸 택배가
어지럽게 세상을 장악하는 물목
팔짱을 끼고 바라보는 시선에도
무엇일까 흥미가
앞장 서 눈을 고정한다

'16/3.28.

봄 땅을 걷기엔

봄날의 땅엔 걷기도 미안하다 여기저기
불쑥불쑥 고개를 내민 풀들의 이야기가
아우성 데모같아 차라리 방안에서
바라만 보려했지만 들썩거리는 몸이
기어 밖으로 나가니 그새 쑤욱 내민
키가 반가워한다 우레 같은 소리조차
알아듣지 못하는 우둔이 부끄러워
조심조심 깨금발로 걸으려니
반갑다는 아우성이 무슨 선거판의
유세장 같은 악수세례가 무성한
소리를 소리로 듣지 못한 내 귀엔
멍멍 울림과 두 눈엔
온통 푸른색으로 칠해진 더러
노랑물감이 여기저기 붓칠한 캔버스엔
그릴 수 없는 소리의 행방이 어울려
뒤죽박죽 그림이 안 되는 나는 화가이긴
난망이 되었을 뿐이다.

'16/3.29

지나가면

지나가면 모든 것은
추억의 목록에서 숨쉬는
흔들림 귓전을 울리면서
떠나가는 길이 당연하다 누구도
붙잡지 못하는 이것을
운명이라 정리하면서
이름표에 적힌 기억을
잊고 지나가는 일이
모두가 된 부피의 책에는
새 몇 마리가 하늘을 날아
어딘가로 가지만 밤이 되면
내려앉아 잠이 들리니
오는 것과 가는 것의 사이에
오도카니 서서
무슨 말인가를 하고 싶어 하는
그런 난감한 표정
나입니다

'16/3.29.

낮달

수고했다. 어둠을 지키느라
밤새껏 고생한 탓에
창백한 얼굴 잃어버릴 것도
없지만 지키는 일은
홀로의 고독으로 다가오는
검은 실루엣들이 귀신처럼
마구 시시덕거리는 소란
바람 덜컥이는 소리가
어둠에 가둬놓은 두려움
간장을 오그라들게 했던
첫 부임의 중학교 선생*
숙직 날이 그러했더니 이제
너의 모습이 겹쳐오는
한숨도 못잔 내 모습이
하늘에 떠서 웃고 있누나

* 1967년 포천시 관인중학교고사시절. 교가를 작사했다

'16/3.29.

다시 참회

살아온 세상 내 이제 무엇을 돌아보랴
물보라 스러지는 소용돌이의 변방
꺽둑거리는 만용으로 때로는 낡은
정의감을 앞세운 아슬히 작은 길에
언제나 옳음이 무엇인가를 붙잡고
통곡을 한 때도 있었지만
무기력의 파고아래 주저앉아
망연했던 젊은 날은 이미 지났고
그림자 긴 시절을 돌아보는 고작
그런 사람으로 살아온 나의 이력에
비는 추적거리듯 몸을 적시는데
그래도 살아있다는 서글픈 증거로
여전히 말을 떠듬거리는
습관의 골목을 벗어나려는 기운도
기울어지는 햇살아래 모두 불러보아도
어느 결에 사라진 증거들이 아쉽고
아픔이 되는 날을 일으켜 기억이
가물거리는 노래 한 소절의 애창곡
어딘가로 꼬리를 감추는 내 참회록엔
계속 비가 내립니다

내 이제 무슨 말로 무대에 설 수 있으며
지나온 길이 아슬한 골목으로 좁아지는
풍경화에 실리는 바람결을 바라보면서
물든 날들의 이야기를 되살리려는 마음에
목숨 헐떡거리면서 오르려 했던 사다리
돌아보니 헛웃음이 무더기로 쌓여있어
땀 흘렸던 날들의 서러움이 되는 그림 이제
얼마쯤 허여된 날들이 천천히 아주 천천히
햇살을 받고 다가오는 아침이면 그래도
맺어야할 노랫말의 끝이 아니라고 도리질 다시
불꽃을 일으켜 세우려는 헐떡이는 기력을 모아
서녘으로 넘어가는 태양에게 잘 가라는 음성이
유효한 문서가 되기를 염원하는 내 정리에는
마지막이 왔다고 문을 두드리는 날까지
시름강 파도를 일으켜 떠나는 일이 정말로
천천히 찾아오라는 명령을 하고 싶지만
들어줄 것인가를 헤아리는 기운 잃은 마음이라
시름겹게 찾아온 유약함을 파묻고 마지막

아주 마지막까지 할 일이 하나 있음을 선포하고
장엄한 연주를 마치고 싶다. 그러고 싶다

'16/3.29.

미역국

아내의 생일날에 내가
미역국을 먹는다 어딘가
미안하다 아내의 날인데 내가
미역국을 먹으며 긴 날들의 파도
돌아보아 험한 슬픔의 파고(波高)따라
파노라마가 된 이젠
꽃 한 송이도 마련할 줄 모르는
쑥스럼이야 미련의 기대 기껏
한 줄의 시를 써서 감춰두는
이 노릇의 우둔을 목숨으로 삼는
길고 긴 날들을 돌아보니 너무
아득함이 잡히지 않아 손에서
멀어진다 고개고개마다
폭풍 눈보라 젖어 울고 싶던
풍경이 벽에 걸려
시름겨워 웃고 있느니
돌아보니 그래 울면서 살아
예까지 왔구나

아내의 생일날에 내가
여전히 미역국을 먹었다

'16/3.29.

물이 드는 이유 찾기

무슨 물을 먹었길레
산수유 가지 끝
노오란 물이 선명하뇨?
무슨 원한이 절어 절어
핏빛 장미로 나타나고 아니면
토해내는 목련 하얀 소복으로
세상에 원망(怨望)을 하소하는가

검은 땅에서 솟아나는
푸른 이름의 고향은 어딘가
하얀 분홍 자줏빛 마술은 또 무엇이고
사람을 희롱하는 장면마다
눈병이 들어 어릿어릿 더구나
향을 뿌려대는 장난에는
정신줄 놓아 잠이 드는
할 수 없어 침묵의 강을
건널 수밖에

'16/3.29.

바다에 가면

바다에 가면 나는 바다가 되려해도
파도에 이리저리 오가느라
정신없이 살아날 궁리만으로 끝내
바다가 되지 못하고
멀컨히 바라만 보고
육지로 가는 길을 재촉한다

다가오라 파도는 쉴 새 없이 말을 해도
그 앞에 서면 기겁하여 물러나는
비겁도 점차 이력이 들 때쯤엔
발길 무겁게 떠나는 약속 다시
돌아오마는 말은 이미 식었다

바다를 마음에 넣고 오는 날이면
파도는 마음속에서 요동치면서
돌아 가자를 반복하는 재촉에도
그립다는 말을 다음으로 미루는 것도
너무 자주 일어나는 일이라
다시 가고 싶은 마음이

비겁처럼 고개를 드는데도
방도가 묘연함에는 서글프다

나는 바다에 가면 왜 바다가 되지 못하고
돌아가는 길만 열심히 찾는
이도 병중에는 큰 병일 것 같아
흔들리는 마음을 어찌 요량하면 될 것인지
여전히 바다 앞에서 작아지는
이유를 찾으려는 길만 찾고 있다

'16/3.30

비겁

바다를 생각하면 푸르른 하늘에 젖고
마음 출렁임이 노래가 되는 일도
바라볼 때는 재미가 있지만 정작
바다 곁에 서면 파도자락에
쓸려가지 않으려 용을 쓰는
비겁의 비눗방울이 풀어진다

해녀들을 바라보면 나보다
왜소하고 키도 작지만 담대한
바다의 중심에서 자유자재로
뜻을 펴는 소득 앞에 기껏
무얼 사먹을까를 궁리하는 일에
사는 방식은 여전 용기 없음의
딱지를 붙이고 거짓으로
바다를 읊조리는 일이 얼마나
초라한지 제주도에 와서는
확실히 깨닫는다

'16/3.30.

청보리밭 마파람

엄동설한의 설움을 누가 알랴
뿌리 한 줄기만을 키우며
돌아오는 밝은 날은 있으리
믿음의 줄기 때문에 견디는
악착한 바람도 고개를 넘는
설한풍 마디에서 봄은 오려니

문을 열어 놓고 사노라면
천지사방이 모두 일어서
붉은 띠 데모를 하는 날
민주주의의 문패가 찬란해지는
마침내 돌아온 시대는
기다림 부풀어서 행복하리라

잔혹한 높새바람을 견딘
삼동 지나 푸른 내음
깊이에서 건져 올리는 인종(忍從)
가슴에 남아 키운 마침내
청보리밭 스치는 마파람은

고개 끄덕이면서 그래
그렇다가 대답이네

'16/3.30.

달빛처럼

하늘의 달을 보면 내 마음
그 빛에 젖으면 좋겠네
하나가 되는 일은 언제나
희망을 키우는 것 그리고
세상 사람들 가슴 위로하는
전달의 따스함

싸우고 시기하고 질투하는 악착
한데 모아 달빛에 감싸는 어머니
그런 마음은 자락 길게도 온 누리
나누어 주는 빛의 실루엣

슬픔이 없는 세상을 위해
높이에서 내려다보는 위로
은혜로 퍼지는 따스함일 때
사랑은 빛나는 것이 아니라
빛을 감추고 조용히 걷는
마음속에 긴 이야기가

길을 찾고 있는 그런
밤입니다

'16/3.31.

파도 앞에서

파도 앞에서 바람의 소식을 물었다
내 소리가 작아 안 들린다기에
크게 소리 질러 고음의 끝
쉼표를 찾으려니 어지럼에
주저앉아 보이는 멀리 수평선
가물거리는 소식 같은 아쉬움 깊이에
바람의 소식은 종내 사라지고
한 줌 모래가 손바닥을
빠져 나가는 소리만 들린다

그래도 파도 앞에서
바람의 소식을 물었다
하, 멀리 돌아온 피곤이라
말 할 기력이 없다기 잠시 쉬어라
말미를 주고 다가가려니
급히 달아나는 재빠른 몸짓에
따라 갈 수가 없어
차라리 잘 가라 손짓을 하니

엄살이다 메아리만
다리 아픈 시늉으로

'16/4.2

이중섭*

서귀포 이른 사월
꽃잎이 날리네
바람 너울춤이라
흩날리는 향기도
저 홀로 취해 비틀거리는
사는 일 하냥 무료한 날
피난 가난살이
파도나 먹고 벌거벗은
아이들과 게잡고 어울리는
사월 위에 꽃잎이 날리네

바람 속살을 보이는 긴 터널 끝
이른 꽃들의 아우성 따라 지금은
모든 게 흘러가고 향기가
이름을 달라고 조르면서
꽃잎이 펄펄 날리고 있네

* 1951년 피난살이 11달 이중섭은 서귀포 4칸 초가에서 살았다. 지금은 이중섭거리가 생기고 미술관도 생겼다.

'16/4.2.

파도 곡조

어떤 날은 얌전한 속도로
또 어떤 날은 너울춤으로
화가 나면 미친년 홀러덩
천지사방 분간 없이
다가오는 보폭마다
저마다의 소리를 딸려 보내면서
누군가에게 말을 보내는
신호음이라도 작정없이
다가오는 이유 앞에서
무슨 뜻인가를 따져도
무작정 밀고 오는 왁자춤을
구분하는 때쯤엔
친구가 된 이유를
말 안 해도 안다

'16/4.4.

블랙홀

모든 언어의 무게가 사라지고
왔다간 끝내 나갈 수 없는
무덤 속에서
전혀 다른 이름으로 심지어
빛조차 빨아들인
대혼란의 참상 앞에
신비로 일어나는 아직도
몰라요 몰라요의
가사만 있는
시의 근원

'16/4.4.

깊은 뜻

봄날이면 눈물을 많이 흘린다
저토록 연한 가지 끝에서
소식을 밀고 올라오는 힘은
누가 주었을까 얼마나 힘겹게
세상 구경을 위한 뜻에
고개 숙이며 다가온 향기
가슴을 적신다 하여
춥고 음습한 터널 끝에서
오들거리는 사지를 밀어 올리는
그 소리를 듣지 못하고
화려만을 꿈꾸면서 기다렸던 오만
방안에서 어서 오라는 말만 되풀이한
비겁에 비가 젖는다
화려를 꿈꾸는 것만이 아니다
안으로 또 다른 세상을 감추고 끝내
아무 말도 없는 냉철한 의지에
다음 수순을 기다리는 열매를
전달하려는 길고 긴 여름의
뙤약볕 강을 지나려는 헌신에

고개를 숙이는 일이
오늘 내 모습일 뿐이다

‘16/4.5.

잠 못 드는 바다

제주도에 와서 파도를
셈하느라 잠 못 드는 청승은
별이 바다에 떨어져 웃고 있다
건져 올리고 싶어도
자꾸 밀리는 자락 앞에
어찌할 줄 몰라 우왕좌왕이
마음이 파도를 닮았는지
진정을 위로하려 자꾸
바다를 바라 볼수록
어지럼이 심하여 그만
육지에 두고 온 소식이
궁금하여 잠을 이루지 못한
변명이 오히려 초라하다.

'16/4.4

봄날의 방황

꽃이 하두 지천으로 피었길레
집을 나섰더니 그놈의 향기가
어디서 오는 줄 몰라 잠시
길을 잃고 멍하니 서 있노라니
이 골목 저 골목에서 시시덕거리는
꽃 잔치에 그만 정신줄이 혼몽한지라
무작정 발길을 옮기노라
두 눈을 들어 세상을 똑바로 바라보니
붉으락푸르락 아니면 노랑물이 든
천지사방이 모두 색천지라 그만
주저앉아 한 잔에 꽃을 띄우니
취한 세상 비틀거려도
좋구나 좋구나가
전부일 뿐

'16/4.6

비가 내리는 밤

비가 내리는 밤은
고요조차 고요로 이름을 차용하고
말을 하지 말자고 눈짓으로
어둠의 행로를 지난다 초록 세상을
적시는 이유를 알고 싶어 자꾸
말을 하려해도 참으라는 시늉으로
땅으로 스며드는 길이 바쁘다는 것 같다
겨울 긴 목마름이 이제사 안도감의
목넘이 마중길이라 산천은
깊은 수면을 깨우면서 일어나는
억센 기운이 아침까지는
누구의 간섭도 받지 않겠다는
묵시의 눈짓을 건네고
소리 듣는 것으로 위안 삼으려는
내 귀는 점점 커지는 빗소리에
할 일 없는 방관자로
누워 있다

'16/4.7.

제15부
달빛 걷기

내 만약 죽는 날을 택하라면

오월이라 말했었다 그러나
변하는 세상 기후 따라 이젠
4월이 오월의 자리를 대신하니
자리를 내 주어도 아깝지 않는
오월은 푸른 의상만을 고집하는
묵시로 웃고 있을지라도
꽃들판은 이제 4월에 웃느라
웃음보가 배부른 시늉이네

서로 자리를 내주어도 괴로움이나
아픈 표정이 없는 겸손 앞에
들썩이는 엉덩이를 춤판에 맞춰
이리저리 오가느라 땀을 맞아도
어느새 짧은 교대식은 아쉬움뿐이라
마지막 유언장을 고치는 붓 끝에
사월은 웃고만 있네

어차피 갈 것이 정해진 계절을
화병에 꽂아 놓으면

오월과 사월은 서로 좋다는
맞아들임이 의초로운 형젠가
화려한 진행식을 바라보면서
갈 곳을 셈하는 어리석음이
봄비를 맞고 있어 침묵이다

'16/4.8.

꽃이 피면 어찌하여

꽃이 피면 어찌하여
바람이 불까 아까워라 가슴
분홍 꽃잎으로 가득한데
조마로 시선에 담긴
세상 화려해서 외려
부끄러움만 온 천지라
눈을 감아도 가득한
바람의 짓에 딸린 향기
길 잃어도 물음 없이
무작정 앞서 가는데
뒤 따르는 기쁨조차
길을 잃어
아깝습니다

'16/4.8.

봄이 꽃 피는 밤에는

꽃 피는 밤에는 불면조차
반갑다 소리 없이 주저앉아
기다림을 심고 아침 길 햇살과
더불어 일어 날 개화, 이 밤엔
모든 준비를 갖추고 붓을 들어
그림을 그릴 화가의 솜씨
마지막 낙관을 곁에 두고
두근거리는 마음 잠들 수가 없는
열정 식히는 바람 서은하옵고
달빛이 문을 열고 별 불러
조근거리는 말 따라 강물은 여전
적막을 깨우느라 분주한 이름 고운
아침에 당도할 때까지 저마다
밤을 지나는 고요로 감춘 샛길
기다림의 언덕을 오르는 어둠이
여전 봄비고 있어 풍경(風磬)만
저 홀로 소리치고 있다

'16/4.9.

봄이 내려앉은 땅

봄이 내려앉은 땅엔
발을 내디딜 틈이 없다
혹한을 견디고 얼굴을 내민
그 가상함을 어찌 두 발로
밟을 수 있으랴 그러나
지루함 못 이겨 들길에 서면
바람이사 시원하지만
마음 자락에 자리 잡은 미안함은
두고두고 후회의 목록 끝에서
아픈 잎새들의 영혼이 다가오는 것 같아
발길 무겁기 지구의 아픔이라
이도저도 못하는 바에야 차라리
눈을 감고 비명처럼
미안하다 미안하다를 연신
소리치는 일이 내가
걷고 있는 변명이다

'16/4.9.

황사 급습

몹쓸 일이다 언제나 좋은 일에는
초를 치는 일이 봄철 꽃밭에
뿌리는 희부연 암담으로
시야를 가리는 심술 앞에 망연타
천지자연은 아름다움에 길 잃어
비틀거리는 취함도 좋은데
연무 같은 먼지로 커튼을 치고
나갈 길을 차단한 자우룩
하루를 잃어 초조와 방황
눈 닦아 길을 찾는 약속은
한 바람 불어 장막을 치우려는
염원이 안타깝다 좋은 잔치 앞에는
꼭 훼방꾼의 꼬리가 긴 것도
기다리는 희망으로 보면 내일은
맑은 날 해가 뜰 것이다

'16/4.10.

행복

좋아서 만나는 사람은
행복을 주는 사람이라면 좋아서
가는 길 또한 행복의 길이라
날마다 글과 마주하는 일도
그런 등가(等價)에 저울눈

남들이사 답답증으로 세상
떠도는 구름따라 가지만
아내는 때로 그런 구름을 보고
한숨짓는 얼굴에
그림자를 볼 때면 고작
들길을 걷는 침묵에 풀꽃들
흐드러지게 웃는 모양에
답답증에도 웃음이 온다

침묵이 너무 무거워
너럭 돌에 앉아 개천으로 흐르는
물길을 보면 구불구불
제 길이 모두 정해진 것 같아

일어나 다시 걷노라면
바람 시원하기 좋아라

햇살 밝고 물길 반짝이는
내 가벼운 옷깃에는 어느새
세상 가득한 향기가 따라와
반갑다는 말을 못해 연신
따라오는 동행이 있어 고독도
누구의 이름인지 모르겠다

'16/4.11.

꿈 찾기

꿈이 어디 있는지 몰라
억지로 잠을 청해 어둠길
멀리 가면 되는 줄 알았던 때가
기억 가물한 파도로 달아났고
흐린 눈에 다가든 세상 온기
오히려 가슴에서 더 깊은
소리로 울렁이는 때, 볼수록
정깊은 온천지에 행복이 파랑으로
다가오는 봄날의 화려는
깊고 깊은 화려 속에서
내 주례사는 더 이상을 몰라
더듬거리면서 꽃향기나 맡으라했네
꿈이 어둠에 있는 것이 아니라
지금 내 앞에 웃고 있어도 모르는
깜깜히 흐린 눈에도 가득하니
열심히 찾으라 말했네

'16/4.11.

돌아보기

돌아보면 모든 게 아쉬움
털어 버리려 창문을 열고
먼 곳을 바라보면 드문드문
죽은 자의 무덤 위에 양지볕
내 또한 갈 길이 거기 있을 것 같은
지울 수 없는 인연들이
주마등으로 이어지는
돌아보아 모든 게 처량타
발길 돌려 마음 거기 싣노라니
가야할 암담이 길을 묻는
여러 갈래로 지나가는 사람들
오늘의 임무가 종종걸음으로
그림자를 대동하는 일도
하마면 사라지는 허무가 보인다
사라졌다해서 슬퍼할 이유도
아쉽다 그리워할 사람도 모두
지우고 떠나면 그때도 강물은
무표정으로 지나갈 것을 아마도
산천은 다음 순서를 기다리느라

지루함도 잊고 여전히
거기 있으리라

'16/4.12.

얼굴

예쁜 얼굴 자랑대회가 열렸다
미인대회가 아니라 색색이
어떤 놈은 하얀 노랑 분홍 빨강
저마다 개성 자랑이 끝없다
하오다 사알짝 속살
치맛자락을 펄렁일 때면
코끝에 머무는 멀미
눈을 감는 것도 어찌할 수 없이
깊이에 빠진 허우적이라
헤어 나올 때쯤엔 하늘 구름들도
한가에 겨워 졸고 있는 봄
멀리서 가까이서 저마다
자랑일색이라 어찌할 수없이
심사를 못하겠다고 물러나니
제 멋 춤에 난장판이래도 볼수록
아름다움만은 눈이 알고 있단다

'16/4.13.

목련이 지는 때

황혼 어스름
투우욱 툭
정밀(靜謐)을 깨우는 소리
아프다 지구의 마을
불빛이 오기 직전의 침묵
저 홀로 옷을 벗고
누군가를 기다리는
골목은 비어 있는데
머얼리 달빛이 오는 길
바람 한 자락 따라
느닷없이 밝아지는
어느새

향기 놀라 도망하는 걸
붙잡아 겨우 앉히니
몸살처럼 빙빙 돌아
다시 오는 걸음
설득조차 허사가 된
마음 조요(照耀)라

단장하고 마주 앉은
단순호치(丹脣皓齒)
미소 앞에
투우욱 툭
꽃이 지는데 지구의 마을은
아프다 아파라

'16/4.13.

그물론

작은 코와 큰 코
그물 둘을 번갈아
던진다 작은 코에는
작은 고기가 걸리고
큰 코에는 큰 고기가 걸리는데
결국 작은 고길 잡기 위해서는
큰 코 그물이 필요 없고
큰 고기를 잡기 위해서는
작은 그물이 소용없는
둘 중에 어느 것으로도
잡을 수 없는 그물이
세상에는 꼭 있다 우리
집에도 있다

'16/4.14.

실실 웃느라

실실 웃느라
미친 것 같다
흰 놈 앞에선
하얗게
노랑 놈 앞에선
노랗게
붉음에는 처녀같은
붉은 웃음으로
실실 웃느라
미친 것 같다
꽃잎이 마구 마구
날린다

'16/4.14.

수국을 심으며

꽃그늘 아래서
웃던 아내가
수국을 심으면서
수국이 된다
분홍, 자줏빛 꽃 앞에서
분홍이 되는 뺨엔
처녀적으로 돌아간
꿈이 맴돌아 하늘조차
푸른 배경 봄날은
꽃천지에 미소 고운 여인
꽃향기 너훌거리는 곁으로
지나버린 먼 날들이
바람개비를 타고 한참
아득 먼 시절보다 지금
더 어여쁜 꽃빛이
가슴을 울렁이게 한다

'16/4.16.

산당화 꽃이 질 때

누이는 갔다 분홍 산당화
꽃잎이 날리는 때 홀연
길을 떠나 어딘가로 갔다
바람이 그 뒤를 쫓느라 자욱한
안갯발이 세상을 점령하고 가슴에
어두운 눈물도 길을 잃었은지
얼핏 설핏 스치는 나무숲 자락은
춤 출 준비가 덜 된 시간에 매달려
예비 춤판은 질서가 없는데
동서남북이 엇갈리는 인연 앞에
사람들은 저마다 길을 찾느라
머리칼 날리는 쓸쓸함에 물이든
황혼의 캔버스에 칠해지는 색깔은
변화를 주느라 다시 분주한데
어긋지긋 지친 시절의 꿈을 접고
긴 가락에 노래를 심는 땅위엔
풀들이 고개를 숙이고 있어
산당화 물이 든 세상에 비틀거리며
홀로 걸어가는 사람 있어

그 길로 누이는 갔다 그 길로
누이는 가고 말았다

'16/4. 17.

절망 연습 중

내 슬픔에는 길이 없는데도
느닷없이 폭포가 문을 열고
소리치는 고음에 놀라
사방천지 나래 없는 바람으로
무작정 다가오는 길 따라
터벅이는 나그네가 되는 일도
지금은 잊고 살기로 했는데
자꾸 따라오는 그림자에 놀라
얼른 문을 닫기로 작정하니
어느새 나보다 빠른 몸짓
세상이 그렇습니다 정말로
내 슬픔에는 길이 없다해도
허적허적 키 높이는 노래
내가 사랑하기로 작심한
악보를 읽어가는 연습은
여전 나이가 들어도
절망을 넘으려 연습 중입니다

'16/4.18

코를 벌름거리며

코를 벌름거리며
돌아다니는 뜰 안에
미친 듯 바쁜 햇살에
얼굴을 내미는 봄날 생명들
무작정 퍼붓는 향기 따라
골라 딛는 깨금발 땅이라
할 수 없이 두 발로
오도 가도 못하는 이 노릇에
'깨갱, 아픕니다' 소리치는
작은 것들 신음 눈에 어리는
기다림의 안부에
쓸 편지 구절이 막혀
가슴 먹먹한 사연이라
방안으로 들어가 창문을
열어 바라보는 일이 고작
안심입니다

'16/4.18.

꽃 앞에서는

꽃 앞에서는 말을 멈춘다
지난(至難)한 엄동 추위와 시련의
언덕을 몇 개 넘어 예까지 왔어
고개 숙여 감사하느니
오래 머물라 부탁해도 그냥
웃기로 대답을 삼으니
나 또한 따라 웃노라니
세상은 아름다움에 취한
비틀거림 또한 행운이거늘
꽃 앞에서는 말을 멈춘다

말 하는 꽃 보았는가
침묵에 마침표를 찍어, 해도
모두 즐거움을 주는 편안한 모습
촐랑이는 바람결에 으스러지는
자만을 감추는 것이 꽃에게서
배워야할 교실이건만 여전히
치장에 땀 흘리는 변명으로
윤나는 인간이올시다

'16/4.19.

달빛 걷기

무아경입니다 무작정
걷는다 끝이 없는, 아아
벌판으로 길이 난 어딘가
어머니가 계신 것 같아
밤새 떠도는 유영, 어린날은
이미 곁을 떠났어도 다시
그곳으로 가는 길 같습니다

어머니의 음성을 따라가면
포근을 뒤집어 쓴 밤길이래도
이름이 아름다워 걸어보는
달빛 걷기의 자욱소리
더불어 따라오는 세상이
고요로 옷을 입은
내 곁을 지키는 온갖 꽃들이
숨 쉬는 소리가 들리는 그런
속삭임이 자리를 펴는 지금은
다만 고요뿐입니다

'16/4.20.

내 하늘은

작은 창문으로 내 하늘은
계절 따라 파란 혹은
검붉어 서러운 이름으로
시각에 따라 이름을 바꾸는
그래 더욱 바라보는
창문에 다가든 세상
가슴 항상 푸른 스크린이기를
욕심으로 써 내려가는
기도문마다 덜컥거리는
구름 몇 장이 웃다 울다 더러
바람에 실리는 무료
겨울이면 눈이 오는 소리
봄이면 꽃이 피는 소리
여름밤이면 비가 오는 소리
하늘로 난 창문 하나 있어
거기서 내 생을 열심히
써내려가는 중

'16/4.21.

논물이 찰랑일 때

논물이 찰랑이면 그렇다
여름은 소식을 알리느라
이미 호수로 변한 하늘
가득 담겨 있는 초하 논
꽃잎들은 시름겨운 몸짓으로
작별을 고하느라 나른한 오후
뻐꾹새는 멀리서 다가올 준비
시절은 이미 색깔을 달리한
새로운 의상(衣裳)에는 온갖
치장으로 명품이 된 풍경에는
말 많은 새들이 떠다니는 하늘로
가로 지르는 비행꼬리 흔적이
따라오는 이름들을 따돌리는
어쩌면 빠른 것도 느린 것도
그림이 되는 초하 풍경에
낙관을 어디에 찍을까

'16/4.21.

Emily Elizabeth, Dickinson에게

그대가 평생 쓴 1775수는 많다. 그러나
1886년 한 해에 쓴 366편에 놀란 나는
도달에의 설계부터 아득했었다. 그러나
도전의 임무가 넘어선 오늘은 안도감으로
그대에게 보내는 시를 쓴다 내 이제
벽을 넘었다는 시의 길
앞으로 가는 전차(戰車)를 전진의
속도전으로 명령한다 2824수의
조병화의 목표를 목전에 두고 3000수
백낙천이나 소동파를 향하여
발길을 옮기는 일로 날마다
숫자 높임이 무슨 자랑일까만
땀 흘리는 일은 무료의 시선보다는
가치가 있을 것이라는 신조아래
시의 신과 만나는 신명(神明)따라
깃발을 휘날리는 알림장이
펄럭일 뿐이다 오늘도

'16/4.22.

봄날의 뒷자락

기운은 나처럼 없어지고
시름 나른한 오후면
졸음인지 무슨길 연습인지
비몽사몽 후줄근히 고개 숙인
꽃잎은 저마다 흔들흔들
바람 탓이라 우겨봐도
화려한 날들은 가버렸으니
원망의 시선이 무슨 이유랴
가는 것은 그렇고 오는 것을
바라봐도 눈길 없이 가버리는
섭섭중의 체념 창고 물건들
어디로 보낼 길 없어 하냥
바라보며 지나는
봄날의 뒷자락

16/4.23.

실망

— 대통령랩소디*

실망이 없으리란 곳에서
찾아온 실망이 있다면
슬퍼해야 한다. 눈물조차
아낌없이 흘려야 한다 혹여
실수로 불러온 실망일지라도
마침내 자리에 앉히고 서로
바라보노라면 넓어지는
두 가슴일 수 있으리라

그러나 강변과 오만과 변명으로
실수의 그늘을 지우려 한다면
더 큰 그늘이 마침내 슬픈
비로 내릴 것을 알아
두 눈을 뜨고 가슴을 열어
바람을 불러들이면 그대는
결코 실패한 운명이 아니라
실패에서 돋아난 푸른 싹
오히려 그대의 마음에는
기쁨의 강이 흐를 것을.....

* 이길 수 있는 총선에서 졌다. 고집과 불통 더불어 박타령이
  원인이었다

'16/4.23.

청보리

바람이 놀라 고개를 젓는
푸른 사월 손짓에는 더불어
노랑 빨강 파랑들이 저마다
세상을 노래하는 가락에 취해
따슨 날은 어쩌면 이토록 아름다운
풍경화가 마음에 걸리는지
설명을 못하는 벙어리처럼
무작정 바람노래나 듣는
제 걸음에 느릿느릿 사는 일
운명으로 이 세상을 만나
다함없는 노래를 흥얼이는
까짓 거 다 못 부르면 어떠랴
끝이 어딘지 몰라도 시낭고낭
봄날은 지나는데 그래
너만 빨리 가거라 나는
찬찬히 천천히 홀로 그렇게
청보리 바람의 그리움을 만나
설한풍 세상 지나온 아득한
이야기나 듣고 가련다

'16/4.24.

아버지의 추억

막소주 한 잔을 앞에 놓고
흔하던 오징어를 씹으며
아버지와 마주 앉아
지나온 생의 길고 긴 여운을
다시 들을 수만 있다면
지나온 고개는 이미 멀고 먼
가락은 어디로 흘러갔을까

아버지의 세월을 지나 미답(未踏)의
언덕 오르기 힘겨운 날이면
물어 해답을 찾을 길 없는 외로운
노래가 하늘을 떠돌 때면 문밖에
기억을 보초 세워 소식을 탐문하면
어찌 들을 수 있을지 몰라
가슴 젖은 메아리가 서러워하네

표정을 감추고 마음꼬리라도 밟힐까
먼 산을 응시하던 눈자위에 구름 몇
거둬들인 낭만의 가락은 흥에 지쳐

멀리 사라진 아득함에 물이든 황혼
허적허적 큰 키에 담겨진 슬픔도
누이와 기다리던 그리움은 별이 떠서야
만날 수 있었네

내 이제 그리움에도 물이 말라
소리 멀리 사라진 허무의 풀숲에도
바람 서걱이는 외로운 여운 따라
가난보다 아픈 골목이 햇빛을 감추고
보여줄 것이 없어 서성이는 초라 앞에
한 잔의 물 맑은 술기운에 지탱하던
아버지의 자존심은 어디로 길 떠났을까

돌아 멀리 무성한 망각의 안개 숲엔
여전히 아버지의 흰 머리에 긴 수염
할 말 없는 고요로 내 가슴을 지키는 등불
이제 돌아가 지켜드리고 싶은데 자꾸만
가로막는 바람의 훼방이 손을 저어도

떼 몰려 애탐을 재촉하는 조급증에
타들어가는 갈증이 먼 산에 아지랑이 같네

'16/4.25.

제16부
기억 서설

절망 창조

희망에서는 절망이 오지만
절망에서는 희망이 오네
절망을 버리지 말고
들밭에서 땀을 키우듯
돌부리 피멍을 감싸 안고
눈물이야 뒷날을 위해
천천히 오라부탁하고 우선
시작의 종을 울리면, 앞으로
가는 길은 하나가 아니라
연이어 나타나는 고민이 될 때
창조의 샘물은 지혜의 숲에서
들리는 낭랑한 가락, 그것은
오로지 절망에서 일어나는 마치
어둠에서 다가오는 발걸음이네
고통과 슬픔을 바라보는
눈이 빛날 때라야 희망은
모든 준비를 마치고 그대와
함께 가기를 원하고 있네

'16/4.25.

세월

강물이 흐르면 내 마음도
따라 흐르느라 바쁘다 앞을 바라
따라가면 되는지 몰라도
촉급한 소리에 마음 겨를이 없는
운명은 그렇게 오고 감이 빠르네
넘기고 넘기다 체념 섣달은
어느결 자리잡고 이별을 노래하는
내 마음 한 자락을 들어올리기에도
버거운 사연은 여전 따라오느라
아우성인데 갈 것은 가고 오는 것을
익히려는 두 눈에는 수심이 일어나
물살을 더욱 세게 재촉하는
아아, 신음이 정답인지 몰라
4지 선다를 앞에 놓은 망설임의 손끝
때늦어 강물이 다시 불어나는 너른 강
사는 일 이렇게 가는 걸까

'16/4.25.

깊이

조심 할지어다 한 잔의
술을 앞에 놓고
깊이를 생각하는 손가락
한 뼘도 안 되는 얕은 물 거기
빠지면 무한 소리가 들리고, 음성이 들리고
목소리가 들리고, 사랑도 들리고
세상 모든 소리의 깊이가
아득함을 재촉한다

딱 한 잔을 앞에 놓고 서로
빠진 얼굴을 바라본다
예쁘기도 하고, 사랑스럽기도 하고
정겹기도 하고, 그립기도 하고
살아 신음이 물러가고 다가온
세상의 아름다움에 빠진 깊이에
가라앉아도 행복할 뿐, 그러나
조심할지어다 얕은
물이 더 무섭거늘

'16/4.26.

언덕에 바람을 맞으려

우리 기다림은 항상 다가올 것을 믿는
조용한 흔들림이 종소리로 들리네
작은 산 지나 다시 작은 산으로 이어진
길은 바람을 데리고 흔들리는 머리칼
파도 앞에서 호명을 기다리는 순서처럼
믿음을 앞세운 기나긴 날들의 무늬가
햇살로 퍼지는 마음 무지개 이제는
그리움으로 이어진 두꺼운 책이 되네

언덕에 오르면 더 멀리 이어지는 운해
깊이에 담겨진 마음 안타까워 다시
돌아오라 손짓을 해도 가는 길이 아직
남아있다 고백처럼 구름 몇 장이 유유한데
기다림의 초조는 깃발처럼 바람 부르는
애타는 마음길 아득해도 잊지 못한
사랑의 무늬는 선명을 다하는 가락이 되어
세상 물들이는 하나만의 노래를 부르고 있네

'16/4.29.

소리 잡기

땅에서 들리는 소리가 있어
귀를 세우고 발소리 죽이면
하루는 보이지 않아도 이내
사흘이면 '나, 여기 왔어요'
반가워 웃고 있는 소식이네

달밤이면 나무 나무 사이에
저마다 준비하는 경연잔치
아침이면 곱게 차린 녹의상
순서를 기다리는 얌전한 모양
들리지 않아도 들리는 소리네

들어주려 다가가면 너무 조용해
그늘에 앉아 하늘 바라보고
고요를 앉히고 꿈꾸는 둔덕으로
푸른 꿈에 빠진 사랑을 건져
빨랫줄에 걸어 펄럭이는 날

사는 일 이럴진저!

'16/4.29.

3당 체제

맨 땅에서 싹이 올라
꽃이 피는 때는
야당과 여당으로 마치
붉고 하얗고 노랗고의
3당 체제인 줄 알고 이도 경쟁의
싸움 구경 재미가 있었는데
어느 날 느닷없이 통일의 풍경이
정말 느닷없이 다가왔습니다
만장일치의 민주주의가
우리 집 정원에도
증명으로 세운 깃발이
펄럭펄럭 날리고 있습니다
푸른 세상 말입니다

'16/4.29.

서울 상경

서울은 남쪽에서나 북쪽에서나 모두
상경이라 부르는 높은 곳이라 그런가
들어가기도 나가기도 어렵다
자동차로 막아선 낯섦이 익을 무렵
돌아가는 길을 찾아 하행선을 고른다
나처럼 동남쪽 이천으로 내려오는 것은
정작 내려가는 길이라지만 의정부나
동두천으로 가는 사람은 억울하겠다
왜 서울을 상경이라 하고 위나 아래는 모두
내려간다고 말해야 하는지 이상하다
한참도 지난 왕조시대의 유물이건만
민주주의를 위해 깃발을 휘두르는
데모꾼들은 여기서 말을 멈춘 이유를
듣고 싶은데 이런 불합리에는 말문을 닫고
붉은 머리띠를 두르고 타도를 외치는
또 다른 민주주의가 있는가 보다
서울 갔다 어렵게 내려온다

'16/4.30.

장미를 보면

모를 일이다 장미만 보면
껴안아 꺾고 싶은 못된 욕망을
날카롭게 막아선 가시로
맹렬한 거절을 보여주는 반항
체념의 강을 앞에 놓고도
단념할 수 없는 마음 자락을
어떻게 감추어야 하는지 몰라
향기나 쿵쿵거리는 일이
죄라면 내 죄는 이미 수형(受刑)의
길을 걷는 일인지 모른다

폭력이라는 말이 무언지 모르는 나는
장미 앞에 서면 무조건 폭력인지 추행인지
구분이 안 되는 마음을 감추고 사는 일이
정작 죄가 되는 일인지 아닌지
욕망이 발동되는 이 노릇을 슬퍼한다

사랑은 죄가 아니라 말한다 그러나
거짓말에는 향기가 없지만

진실을 감춘다 해도
온갖 힘으로 막는 노력에서도
향기는 기어 나오는 이치가
내 망설임 앞에서 지금도
배회하는 노릇이 울고 있을 뿐이다

장미를 보면 무조건 바라만 보는 일이
정답인지 아닌지는 꽃장사에게 물으면
알려 줄까

'16/5.1.

기억 서설

내가 사랑했던 기억은 점차
노쇠한 추억을 앞에 놓고
떠나는 뱃전이 출렁이고 있다
다가올 또 다른 소식을 위해
오늘의 기대를 깃발로 꽂아놓고
오로지 기다림만 외롭다고
투덜이는 불평 앞에
아는 것들은 모두 달아났고
무지의 벌판이 날마다 깔리는
마음 밭 잡초 무성한 그 속에
작고 작은 풀꽃이
얼굴 내미는 가상함에
어찌 살아왔느냐 물어도
오다 보니 왔습니다에
잘왔다 잘왔다가 고작입니다

'16/5.1.

다시 정밀(靜謐)

우리 집 정원에 누워계신 와불은
5월 꽃그늘 아래서 늘상
웃고 계신 이유를 알고 싶어
한낮 아우성인 햇살이 눈부셔
조용한 달빛 아래서 물었습니다
꽃이 설치는 일도 좋지만
마음 고요를 앉히고 말없는
푸른 속살의 깊이를 찾아온
부처님이 어디 계신지
물으려는 찰라 흰빛 모란
꽃잎이 떨어지는 소리에
말 못해 어물거립니다

'16/5.1.

향기 뒤에는

꽃들의 웃음 뒤에 있을
비밀을 알기 위해
조용한 달빛 무대를
마당에 펼쳐놓고
들어보자 귀를 세워
말해라 재촉하니
울음 감춘 표정에
먼 길 눈보라 추위로
험난한 길 지난 고백에
어여쁨이 물이 들어
왈칵 껴안고 싶은 순간
바람 따라온 향기가
가로막았습니다

'16/5.2.

무지개

비갠 하늘에
무지개가 떴길레
마음을 올려놓고
둥둥 떠올라
어딜 갈까 멀리
활처럼 휘어진 땅 끝 어딘가
우물물 시원한 작은 오두막
함께 살아 어여쁜 여인과
풀냄새 향긋한 주변에 취해
오수(午睡) 낄낄에 실컷 놀다
위험하다 어서 내려오라는 고함에
번쩍 눈을 뜨고
두리번입니다

'16/5.3.

비가 오는 날은

통 큰 유리창으로 하늘을 바라면
하나 둘 점차 굵어지는 빗발
화난 구름이 몰려가는 뒷자락으로
바람은 기껏 뒤치다꺼리에
휘청휘청 힘겨운 산허리에서 그만
엎어지는 시늉으로 떨어지는
몰락하는 소리들의 파장

꽃잎 떨어지는 불안에 눈을 고정하면
요란을 가장한 소식처럼 떼로 덤벼드는
세상은 약한 자에 관대의 법칙이 없으니
오기가 벌떡 일어나는 두 눈으로
기다림의 끈기가 포장된다 언젠가는

멈추는 때가 올 것을 알아
하나 둘을 셈하는 무료의 간격을 재우느라
어느새 고개 젓는 나무들의 가지 끝에는
푸른 단맛을 저장하는 실바람이
땅으로 스며드는 기쁨도

경쟁을 부추기는 풀들에게는
아름다운 이름을 부풀리는 노래이려니

비가 오는 날은 통 큰 유리창으로
튀어 오르는 작은 물방울의 비산 따라
눈 감아 어느새 꿈이 열리는 길도 함께
따라오느라 시간이 없어졌다

'16/5.3.

층층나무 흰 꽃이 피는

비 내린 초삼일 오월
느닷없이 층층나무 꽃이
층층으로 피었다 이제
꽃 지나 열매 익으면 노랑
꾀꼬리 날아 배를 채우려니
세상은 점차 깊이로 빠지는
흥겨움도 어지러운데
녹색만의 잔치에도 배부른
호사를 앞에 놓고 내
칠순지나 망팔의 기쁨이야
덤으로 받은 상차림이니
문 열어 바라보는 세상도
아름다움이 눈물겹고나

'16/5. 3.

그리움은 향기가 있다

멀어서가 아니다 아니면
가까워서도 아니다
거리가 없는 그대와의
사이에 떠도는 향기에는
머물 수 없는 가락이
가슴 깊이로 찾아들 때면 우리
서러운 여운의 긴 어둠
겨울은 그렇게 추웠거늘 그러나
지나는 걸음 발자국 소리 따라
문을 열어놓은 틈새로도 찾아오는
소식 향기로웠으니 설사
멀리 있어도 행복했었네

내 그리움은 언제나 바람을
기다리는 일에서 벗어나
들메끈 고쳐 떠나는 길에
행여 가오다 만날까 미리
저어스런 부끄러움을 가슴에
낙관(落款)으로 간직하노라니

하필이면 때만난 바람은
그 순간을 기다린 듯
생각을 이끌고 가버리는 뒷자락
지금도 뒤따르느라 내 그리움은
여전 붉은 빛이옵니다

'16/5.3.

비가 오는 날엔

비가 오는 날 추근추근
배가 고파오고
친구와의 이야기도
한참 바닥이 나는 때면
출출을 메우는 부침개 안주에
막걸리는 더욱 무료를 재촉하는
인생 길 회오리 요동치는 마디
저마다 한스런 고비가 풀어지는
술기운 정담은 마침내 고성으로
파 해야 할 무렵 때마침
전화벨 울리는 재촉이
잘 가라 또 만나자로
비 내린 날의 우울은
길을 못 찾아 기어
마누라 품의 따슨 온기에
잠결이 더욱 달콤한 것을

'16/5.3.

바람

나는 바람 앞에 호소하고
때로는 부리는 시늉으로
내 시를 운전하기 오래
갈 곳이 멀면 바람의 힘에 의지해
목적의 길에 이를 때까지
기도처럼 고개를 숙이고
내 시를 이끌고 왔는데
위로의 목록이 별로 없는 미련이
항상 미안으로 쌓이는 더미
미풍에, 태풍에, 폭풍에
뱃전에 부딪치는 파문을 이기고
항구에 이르기 위해
가지가지 시련의 곡목을 암기하면서
예, 이른 날들의 표정은 모두
바람의 은혜였다
갈 길이 더 있어 다소곳이
주문을 외우면서 보이지 않는
바람에게 손짓 발짓으로
내 뜻을 이해시키기 위해

신명을 다하는 일이 내가
살고 있는 이유이기도 하다

'16/5.4.

꽃잎이 날리면

우리가 어딘가를 갈 때
바람이 항상 앞을 이끌고
향기를 사방에 뿌리면서
이름 고운 사람을 찾아나서는
길 물어 세상은 따스했네

침묵에 사위 고요할 때
몸살 난 그리움이 보채는 사연
더불어 날리는 꽃잎위로
바람은 노래를 감출 수 없어
마음 붉어 흔들림 어디로 가네

세상 가득해라 푸르른 사연들이
제홀로 취해 흔들리는 풍경화 속에
걸음 홀로 마을 접어드는 나그네
머리위에 쏟아지는 꽃잎들에
손을 휘젓는 모습도 향기 짙은데

그리운 사람 눈마중으로 돌아온
따스한 방안에 도란거리는 사연이
앞서거니 뒤서거니 갈래 없어도
사랑으로 빚어진 향기는 더없는
불빛과 어울리는 풍경만 곱고
고와라

'16/5.4.

태풍

놀란 구름이 달아나는 하늘은
어둠으로 장막을 가리고
여기저기 흔드는 완력이
나무뿌리를 뒤흔드는
살아온 길이 슬픔에 잠긴다
잠시 흔들리는 것도 때로는
변화를 입어보는 기분일지라도
골목을 지나는 휘파람소리에는
가슴 졸이는 갈증, 세상에는 작은
한 귀퉁이의 소란일지라도
불안과 망설임이 커질수록
망각을 재촉하는 질서라
대문을 나갈 때쯤에 태풍은
잘 만났다 쾌속으로 달려오는
피할 수 없는 속도로
지나고 있다

'16/5.4.

행복 놀이

행복하기로 마음먹고 이를
찾아 앞으로 가는 날이면 행복은
뒤로 숨어 '나, 찾아봐라'
머리카락 꼭꼭 숨기느라
찾을 길 단념하고 돌아서면
'나, 여기 있다'를 소리치는
어린 날 놀이가 진지해지면
다시 찾아나서는 늘 되풀이
오고 가고의 순서에 가고 오고
사는 일은 이런 질서에서
누구나 찾기를 소망하는
누구나 앞자리를 원하지만
하냥 찾아나서는 나의 순서는
체념과 마음 접어 욕심 없이
천천히 뒷자리로 가노라면
느닷없이 만날 수도 있는
반가운 행복은 그렇게도 온다

'16/5.5.

평균율

어둠이 오고서야 햇살 밝음이
그리워진다. 한겨울 추위가
가슴 후비고 난 후 따스함이
그리워진다. 만남에는 이별이 있고
이별에도 만남이 있어 그리움은
누구나 갖는 속살
꽃이 핀 날의 즐거움보다는
떠나면 그 자리가 커지는
꽃이 진 날의 서러움은
갈래로 정리할 수 없는
길 떠나는 철학은 언제나
설명이 길어 차라리 침묵으로
써내려가는 묵언에서
이쪽과 저쪽이 모두 한결같은
평등의 무게로
위안의 목록이 될 때 한결
가벼운 이유를 말로
설명할 수는 없다 때로 간단한

이치가 비틀리는 이유를
결코 모른다

'16/5.6.

내 철학은

내 철학은 날마다
배가 고파서 운다 정작
숟가락을 들고 되풀이
시장기를 묻기 위해 날마다
같은 반복을 암송하지만
자고 일어나면 또 다시 어제의
망각을 입고 태연한 척
표정을 관리하는 내 양심의
비수(匕首)로 누굴 찌를까 노리는
두 눈에는 이미 나로 돌아오는 날 끝에서
폭포가 흘러내리는 소리가 들린다
여름은 한 때일 뿐 다시
가을옷을 입고 겨울지나 봄이면
내가 사는 세월에는 흰 머리칼이 돋아
어제와 뭐가 다른지
분간하지 못하는 가락 한줄기가
길을 찾느라 땀을 뻘뻘 흘리는
일이 고작이다

'16/5.8.

자연 그리고 인간

오월 꾸욱꾸욱 비둘기 소리가
푸른 시절을 재촉하는 멀리
뻐꾹새 돌아오는 아침
햇살 뜨거운 길로
논물 찰랑키 자라는 벼의 소리
이미 여름을 위해
산들은 열성으로 기도하는
푸른 날들의 표정엔 정해진
약속의 노래가 이어진다

배반을 모르는 자연
사람들은 위로를 받고 다시
배반을 위해 음모를 가장하는
인간의 체온은 점차 뜨거워지고
변명이 그 뒤를 따르느라 열성인데
가을이 찬바람을 준비하면
인간은 그를 대비하느라
영악스런 머리로 꾸미는 음모가
자리를 편다

푸른 자연은 계속 웃고만 있고

'16/5.8.

절망 상상
— 이른바 어버이날에

가슴을 가시로 찌른다 창끝에서
피가 뚝뚝 떨어지고 마음에
멍이 퍼렇게 변명한다 가장
가까이 있어야 할 누구가
오히려 먼 신기루보다 아픔의
변명은 초라하다 그러나 오늘은
어버이날의 찬바람이 아프다
돌아가신 내 어버이 팍팍한 삶
어린 날의 회상 속에 담긴
물지게를 지고 작은 도랑을 비틀거리며
건넜던 피난시절 그 흔들림이 지금도
내 어깨를 붙잡고 떠나지 못하는
슬픈 효심의 연속극은 이제 날아갔고
기대의 나무는 이미 썩었다 그
그늘아래 초라한 나그네가
절망의 상상나무 아래서
돌아가신 부모를 하냥
그리워하고 있다 눈물을
감추고 있다

'16/5.8.

제17부
고독 연습

봄비

봄비가 내리는 날은
마음 젖었을지라도 뭔가
푸른 내음이 들리는 소리
어딘가로 떠나는 발길에
사는 일은 마침내 곧추 선
나무들이 웃고 있어
좋은 이름이 생각나는 들판
익어갈 날을 기다리는
푸른 성숙이 고맙다
봄비가 내리면 몰라보게
키 자란 것을 바라보면
내가 사는 이유도
거기 들어있다

'16/5.10.

사랑 앞에 눈을 감는

슬픈 날은 달도
반으로 쪼개져 별 몇 개 거느리고
우울한 표정으로 하늘 거기
그리움이 옆에 서서
자우룩한 서러움을 빛내라 재촉하는
외로움을 자꾸 이야기로 풀어내려는데
어둠은 말을 몰라 서성이는
오월은, 그리운 꽃물에 젖어 벙어리 신세
아, 어쩌나 길 몰라 갈 줄 모르는
길은 끝내 아득한데
사랑이여! 그대
무거워 내려놓을 수 없는
이름 좋은 사람 앞에 지금은
고개 숙이노니 대답은
다음으로 미루고
웃어주소서, 그대
달이 커지면 내 마음은 더불어
부풀어 오르는 기쁨이 되오리니 정말
사랑이여! 그대, 내 사랑이여!

할 말이 없어 다만
눈을 감으오리다, 침묵이
무거운 짊이 되더라도 그냥
웃어만 주소서
사랑이기에

'16/5.11.

고독 연습

혼자 있을 때 고독이
옆에 자리 잡고 말을 걸어온다
이제 무엇을 하고 어떻게
시간의 늪을 지날 것인가를
자꾸 물어오는데 할 말이
궁해지는 파도가 넘실댄다
정답이 없음을 알아도 자꾸
정답이 무언가를 묻는 인생사
골목을 나서면 자동차들의
성난 속도가 지질리게 하고
결국 걸음을 멈추고
돌아와 하늘만 쳐다보는
내 노래는 혼자 불러야
서툰 가락이라도 안심 한다

'16/5. 13.

장미 숲에 이르면

장미 숲 오월에는 눈이
어지러워 가슴이 뛰네
빨강 물이든 세상에
마음조차 붉어지는
수로부인의 안타까움이
마구 흔들리면서 다가오는
바람은 무조건 지나느라
외로움조차 잊고, 그냥
넋 놓아 푸른 하늘에 쏘아 올리는
가슴 끝에 묻혀진 향기
놀라 도망하느라 혼비백산도
이름을 달라 조근대는 오월은
가슴조차 붉어진 이유를 몰라
기다림의 언덕을 높이 하면
해가 따가워서 그림자를 만든다

'16/5.14.

장미꽃 아래 부처님

장미꽃 아래 부처님이
앉아계신다
발그레 꽃단장이
향기로 휘감은 먼 소식
아득함을 물어도 다시 멀리
손짓을 내려놓고 외로운 향기만
서성이는 지금은
후광빛 아래 고독조차
모습을 숨긴 오후
속인들의 인사를 받으면서
그 많은 소망의 갈래를 모아
무얼 내려줄까 고뇌 속에
두꺼운 사전을 뒤적이는
숙제가 너무 많아 침묵으로
웃고만 계시는 것이
정답같이 생각된다

'16/5.14.

타령조처럼

계단을 오를 때마다
언제면 내려갈까를 생각한다
오르고 다시 오르고 그러다
언젠가는 내려가는 길이
속력을 더하면서 재촉하는
누구신가요?를 묻는 날 앞에서
돌아보면 무슨 풍경이 열리려나
76의 나이에서 아무 쓸모도 없는
물음을 던지는 초라가
젊은 애들에겐 비웃음일거다

그러나 느네들도 살아보라
펄쩍팔쩍 망아지처럼 뛰던 시절은
자고나니 다가와 시름겨운
눈초리로 바라보고 있더라
자식 키우느라, 잘 키우려 온갖
심혈을 쏟아 머리 짜는 계산
애정도 채찍처럼 엄히 때로는
목말 태우면서 이곳저곳 그날의

사진들도 있지만 나이 들어
섭섭증이 커지는 이유 앞에
슬픈 강이 흐르 흐르다 결국
가슴으로 돌아오는 차가운 소리
밤새워 잠재우는 불면에
수면제 한 알로 지나가는
아침은 또 다가왔지만 차라리
체념의 호령을 되돌려 보내고
마지막 문 앞을 지나는 고독한
그림자가 길어지면 어쩌나 지금은
그런 체념의 색깔을 그리고 있다

'16/5. 15.

자식

누구나 자식을 바라보는 가슴은
서늘한 가을바람이 온다
마음이 뜨거우면 그럴수록
바람은 엉뚱한 방향으로
냉기를 가득 싣고 오지만 이를
숨기면서 기다림의 나무를 키우는
변명의 함량은 짙은 색으로
가슴을 까맣게 물들인다
잘난 자식일수록 잘난 것처럼
못났다 생각하면 그렇게
체념의 비례는 결코 같은 게 아닌
차라리 무식을 가르치는 편이 아픔에의
강물은 얕고 효심은 깊다. 결단코

자식 자랑은 하지 말라 그만큼
실망의 강물이 넓고 깊다

'16/5.15.

울고 싶은 날은

이유가 없다 울고 싶은 날은
하늘이야 날마다 개었다 흐렸다
제 맘대로 변신을 보여주는
구름 몇 장을 띄우고 뱃놀이
흥에 겨우면 푸름을 표정으로 바꾸고
화가 나면 비바람 태풍이 마구
간장을 애태우게 하는 이유를 물으면
묻지 말라 대답이 없다는 듯
되풀이 변화를 재촉하는
뭐가 그렇게 바쁘고 화를 내는지
끝내 대답을 듣지 못하고
두 눈으로 바라만 보는 일이
내 마음 울고 싶은 이유래도
참아라 참아라의 부추김이 지쳐
울고 싶은 날은 할 수 없어
하늘만 바라는 일이 전부입니다
무슨 답안 없을까요?

'16/5.15.

선생 노릇 회상

선생 노릇 일평생
돌아보니 겨우 월급봉투를 셈하면서
무엇을 가르쳤나 울고 싶다
선생이라 존경을 요구했고
선생이라 별난 대접을 바랐고
참회록의 끝자락에 매달린
아픔이 깃발로 펄럭인다

스승이 아니라 골목길 선생이었다
얕고 천박한 지식을 팔아
하루하루를 넘겨온 나날의 층계
다시 돌아갈 수도 없는 참회
그 무게가 내 양심을 누르고
부끄럼 없이 살자던 맹세가 또다시
깃발로 펄럭이는 체념일 뿐

고독이야 업보려니 생각해도
오늘 하루만은 나를 돌아보아
곧추선 이름으로 떠나간 먼 길 바라

제자들을 불러보고 싶지만
고독이 사방을 포위하고
나 갈수 없다는 금줄 속에서
형기(刑期)를 다 마치려는
죄인의 마음, 그 뿐

'16/5.15.

비가 오는 날은

모든 나무들이 키를 세워
빗소리를 듣노라 고요를 재촉하는
흔쾌스레 받아들이는 저 긍정의 몸짓
단맛에 세상만사를 잊은 것처럼
빗소리에 몸을 적시는 나상(裸像)의
여인을 연상하노라면 미처
부끄러운 물이 뚝뚝 흘러내리는
차마 보여줄 수 없는 마지막처럼
기다림을 세워놓고 비는 작은 소리로
호명 앞에 선 그리움을 적시네

때로 반가움이 앞장서서
작은 바람의 자락에 가볍게
목례처럼 고개를 숙이는
세상 조용으로 발을 맞추는 가락
좋은 사람을 만나면 가슴 열어
보여줄 것을 다 보여주고도
더 없는 아쉬움이 부끄러운데
지금은 일렁일 푸른 날을 위해

기도처럼 묵시록을 읽어가는 모습
비가 오는 날의 정경입니다

'16/5. 15.

지금, 나는

마누라는 서울 집에 가고
할 일없어 심심이라 누군가
부르고 싶은 일요일 저마다 바쁠 터인데
목이 컬컬 대화가 목말라
부르고 싶은 사람들 모두
어디 어디가고 어떻고 어떻고 등등
없을 줄 알면서도 기어 호출하고 싶은
마음 재우느라 한 잔이 다시 한 잔
어둠이 내려와 문 닫을 시간
사는 일 느닷없이 슬퍼지는
고독이 옆에 앉아 다 그런 거라
토닥거리는 등줄기에 식은
땀이 흐른다 울어야 하나
사는 일 이런 것을
지금 나는...

'16/5.15.

고개를 넘어야 하리

너무 멀어 아득한 세월이 순간
당도하여 웃고 있는, 나는
그대 앞에 작은 내 모습
거울에 흔들리며 흔들리는
노래 한 소절에 마지막이
망각으로 끊긴 필름의 어둠
찾아 나선 길이 길로 이어지는
찾을 길 없는 어지럼 앞에
오늘은 허무를 고백합니다

어느 때인가 앞에 보이는
고개를 넘어야하리 하면
모든 게 하얗게 지워지는
백지를 마주하면서 거기
울음 몇 방울을 떨어뜨리고
추상화를 그릴라치면 떠난
사람들의 음성이 돌아와
함께 놀자를 연발하는 소리에
그만 잠이 깬 나의 영혼은

어딘가 당도한 소란에 눈을 뜨고
인사를 합니다.

'16/5.15.

꿈길로 가는

나는 꿈이 있습니다 어린 날
무지개를 바라 소망을 띄우던
멀리 높이 그리움 펄럭이는
산과 강을 건너 당도하려
만들어 띄우던 꿈의 시절은
멀리 갔어도 여전 가야할 길
따라와 조르고 있는 꿈입니다

사랑이 여전 그립습니다
목말라 두리번거리던 시절은
아득타 길을 잃어 허우적여도
죽는 날 마지막에 펼쳐 놓고
하소연을 되풀이 할지라도
소망이 펄럭이는 깃발아래
승리자의 웃음처럼 여유 있어
아름다움이라 부를 사랑입니다

한 번만 조르지는 않을 것입니다
어차피 지나 퇴색한 표정일지라도

내 그리움과 사랑의 무지개는
영원으로 가지고 갈 소중한 이름이라
구불구불 골목을 지나는 어지러움에도
선(善)함의 증명서를 발급받아 제출할
사랑과 꿈이 선명하리라 믿기 때문입니다

'16/5.16.

혼자 사는 연습

딸이 입원이라 아내는
손녀들 돌보려 서울 갔고
(늙어 이 노릇이 무슨 일인가)
나 홀로 집을 지키고
혼자 먹는 연습을 한다
말이 없는 침묵아래
푸른 나무들을 보고
바람 지나는 가지에
작은 멧새들 여기저기
나를 위로하는 눈에 재미
고요를 깨우는 꽃피는 소리 따라
한 바퀴 걷는 정원엔 이미
여름 텃밭 푸른 채소가
잘 자라도 뉘와 먹을지
걱정이 앞선다

'16/5.16.

까치와 비둘기

야, 그게 집이냐?
막대기 몇 개 걸쳐
엉성하기 그지없고
얼기설기 알이 아래로
떨어질 것 같은 한심한
네 집 말이다 차라리 거적때기
깔고 사는 편이 좋으련만
은신하고 숨어 사람이 지나면
후드득 날아가면 그만인
그게 집이냐 우둔한 둘기야

허허, 까치야 너 왜 그리 답답하냐
살아있는 나무 높은 꼭대기 모두가
풍경처럼 바라보면서 그 정치(精緻)하고
단단하여 천 년 살 것 같은
태풍이 와도 끄떡없는 단단한 집
멀쩡한 그 재주는 가상하다만
너도 알 낳고, 나도 알 낳고
새끼 키워 행복하면 되었지

초가집과 고급맨션으로 갈라
왜, 비아냥거림이냐?
사랑과 행복이면 될 일인데
다음 일이야 자식이 알아서
그들 뜻으로 살면 되는 일인 것을

하긴 그렇다, 너나 나
내년 봄엔 또 다시 되풀이 되는
집짓기 알 낳기에
쓰레기 없는 너나
덩그러니 나무 꼭대기 빈집을 남기는
그게 무슨 유물이 된다고…….

하루가 지나고 있다 그리고
모두 살아 저마다
소리를 남기고 있다

'16/5.17.

지금 내 가슴은

빗소리 들리는 새벽을 지나
지지랑 물 뚝뚝 가슴으로 흐르다
햇살 아침은 느닷없이 밝은데
잊지 못하는 지난 꿈들이
발목을 잡아 우울의 깊이로 가자는
그 길을 뿌리치기위해 서러운 앙탈은
더욱 큰 강을 만들어 가슴으로 흐르는데
사랑했음도 죄목이 되는 줄 알아야 하는
지난(至難)한 수학문제가 길을 가로막아
슬픔을 더욱 재촉합니다 나는
스핑크스의 수수께끼에 정답을 못찾아
결코 테에베로 들어갈 수 없는
오디프스의 무거운 발길이라
부엉이셈으로 살아야하는 이젠
헷갈리는 이 길과 저 길
할 수 없이 눈을 감고
작은 도랑을 큰 강 건너 듯
두려움에 마음 졸이는

초라한 나그네로 그렇게
살아라. 듣고 있습니다

'16/5. 17.

시를 많이 쓰겠다 했더니

신시내티에 가 있는 여인에게
"나, 시 엄청 많이 쓴다"고
메일을 보냈더니, 왈
"--천 수
그리 중요할까?"

그리 중요한 줄로 알고
미치듯 시를 썼는데
정통으로 한 대 맞아
머리가 빙빙 돌아 어지럽다
"매미가 피터지게
--야 부르는 날쯤
들어가려 합니다"

할 일없어 날마다
시를 쓰는 이 짓에
그를 만나는 날엔
초라함을 변명할 길이 없는

그리 중요할까
그리 중요할까에

....

'16/5.17.

오후의 시선

나른한 오후 3시
높은 나무 끝에 앉아 있는
바람은 기다림이 있다
키 높아 서럼일지라도 어차피
멀리 바라보는 고독은
값으로 지불할 의무일까
높낮이에 따라
다가오는 소식은 다르고
높이 오를수록 슬픈 소식도
빠르게 접근하려니 오늘은
선량한 국민으로 사는 일이
팍팍하여 신문구석을 뒤적이면
잘난 사람들은 저마다 선량하다
변명도 화려한데 그들은
저 높은 나무 끝에 앉은 바람의
마음을 헤아리기는 하는 걸까
대한민국은 여전히 희망의 깃발이
절망에서 길을 찾고 있는 중

'16/5.17.

누구의 제자였음 좋겠다

나는 누구의 제자였음 좋겠다
부처님이나 예수 그리고 멀리
마호메트의 그늘 아래 조용히
기도하면서 잠이 드는 제자, 아님
햇발 밝은 추억의 먼 선생님
이름을 불러 그 너른 품안에
스승의 가르침을 되뇌면서
못 다한 노래를 이어이어 줄기
큰 강물을 이루고 싶은 교훈
나는 지금 목이 마르고 아프다

시기와 싸움의 밀물이 넘실대는
아집과 편견에 종교 모조리 패거리
눈을 뜨고는 다가갈 수 없는
양식의 판단에 고독한 그늘이 내리고
떠돌이 신세 머물지 못한 이 학교
저 학교에서 이미 놓쳐버린 선생님
갈증은 내 이유겠지만 노망처럼
아픈 통증이 밀물로 다가오는 날엔

목말라 어쩔 수 없네요, 어쩔 수가
없습니다

철없는 그리움에는

나이 들어 철이 들었나했더니
그리움은 어쩔 수 없어
멀리이거나 지척이거나
가슴에 찾아오는 길은 넓어
정말 어쩔 수 없는 이 일을
단념하라 포기하라 마음깊이
재촉이지만 인연의 줄기가
오히려 굵어지는 줄을 잡고
놓을 줄 모르는 사연 곱게 접어
어딘가로 보내고싶은 마음자락
오늘은 기어 보내야겠다고
동서남북을 휘저어 보지만
아무 곳에서도 손짓이 없는
허무를 어쩌랴 참으로
허무의 깊이에 빠진
이 노릇을 어찌하리야

'16/5.18.

장미가 피는 날이면

장미가 피는 날이면
세상만사 손을 놓고
오로지 너만 쳐다보랴
이른 아침 햇살에 부끄럽게 맺힌
영롱한 이슬방울에 우주가 출렁이는
뱃노래이다간 반갑게 당도한
내 여인의 살결에서 나오는 향긋한
유혹의 미소가 지금
가슴에 젖은 소식이 되어
눈을 뜨오는 순간
와락 껴안아 가슴 밀착하는 찰라
아차차, 가로 막는
향기가 소리칩니다
조심하세요 취하면
책임 못 집니다

'16/5.18.

다시 문사원

바람 고요로 의상을 걸치고
신부인 양 가벼운 발소리
가는 길이 숲이라 푸른 내음
가슴깊이 젖어드는 속삭임과
미소가 되는 내 사는 곳 이름입니다

햇살은 평등의 손을 펴고
모든 나무들에 골고루
사랑으로 전달되는
어머니의 가슴이라 넓고 깊은
단맛이 길을 만드는데

마을 곁에 잠자 듯 찰랑이는 멀리
무논의 벼들이 이제 막 햇살로 얼굴을 익히고
다함없는 나날의 변화를 이끌고
집집 대문에 핀 꽃들 앞에
심심으로 쳐다보는 강아지
담장에 붉은 장미도 함께 끼네

세상이 변해도 변함없는
조용이라 소고리 언덕 위에 작은집
시(詩) 공부 사람들이 이따금 찾아와
목마름처럼 초인종을 누를라치면
꽃들이 화들짝 놀라
웃음을 터뜨리는 문사원 풍광

'16/5,19.

꽃이 쏟아지는 날의 철학개론

유월이 오기 전에
우리 집 정원엔 꽃이 무수히
아래로 쏟아지는 중력의
증명이 바쁘다 모두들
웃고 있는 것도 가상하지만
한결같이 통일을 이룬 일치는
아름다움만이 아니다 우주는
기하학적인 균형이 법칙이지만
어긋난 인간의 간섭이나 심보에는
항상 비가 내린다 그래도
그리운 사람들이 세상을
아름답게 색칠하는 손끝에서
꽃이 땅으로 쏟아지는 풍경은
외려 순수해서 좋다

'16/5.19.

전화

나는 전화를 돌리고 다섯 번 벨이 울리면
끊는다 그러나 나이 많은 선배에겐
일곱 번을 기다린다. 내 일흔 여섯의
종소리가 지난 후에 기다림도 행여
목숨의 끝에 닿지 못한 연락
두 번의 기다림을 세워 놓은 이유이다
나보다 11살이 많은 김시철은 딱 4번 만에
음성이 울리는 쟁쟁, "죽기 전에
자꾸 보자"는 말이 울림이고
대학 선배 조병무는 다섯 번이
지나 끊고 난 후 금시 전화가 왔다
"후배야 94년 이후 걷지 못해
지난 5월초에 수술했고, 보청기 끼고
네 음성을 듣는다, 고맙다 헌데
보청기 배터리가 다해 이만
전화를 끊는다. 고맙다, 고맙다"
목소리가 여전 남아 있어 물 젖은
가슴에 강물이 흐른다 크게 흐른다.
흘러가는 길에 선 나그네들의

잡담조차 목이 마른 사막은
가슴에서 불이 타오른다 거기
이별은 지금 열성으로
설득 중이고

'16/5.19.

주원규

그는 내 대학 충청도 친구
부여 어딘가 내 사돈과는
중학교 동창으로
오만이나 가식이 없는 순수
늙어 말을 섞어 부담 없어
좋은 동기 그는

세상 가득한 여유를 입고
느림보 늘보처럼 시를 써도
주옥을 위해 시간의 등을 타고
천하가 태평처럼 세상을 바라보는
그의 가슴에는 따슨 정이 깊어
허 허 허어를 허공에 뿌리는 웃음은
좋다 좋다로 들리는 골목길
할아버지의 모습 같다 오늘은
고독의 창문을 열고
그의 음성이 듣고 싶어
문을 두드리고 있다

'16/5.20.

좋은 시 한 편만

사랑을 위해 목숨을 바친다는 걸
오늘은 이해한다 오로지
아름답고 순수한 내 사랑을 위해
까짓 한 목숨 바치는 것도
아깝지 않을 가치라 여기면
갈증을 품고 어느 날 단비를
후줄근히 맞는다해도 달콤한
여인이 주는 푸른 물맛
그 깊이에 빠지면 그만인 것을
사랑이란 그런 것 설혹 그대
품안에서 죽는다해도 마침내
소망은 이루어졌기에 그 남은
생의 자락이야 길거나 짧거나
의미의 정상에서 내려오는
길이기에 행복은 거기
그만 멈추어도 좋을
단 한 편의 시를 위해
오늘도

'16/5.20.

제18부
그리움의 강물

내 얼굴 찾기

내 얼굴을 들여다본다
거울에 머리카락이나 다듬는 일이
고작이었지만 찬찬히 얼굴 곳곳을 훑어가면서
오늘만은 객관적인 결론을 내리자 작심하고
문제를 찾아 나선다 옆으로 볼 때와
정면 그리고 다시 측면을
바라보면서 내 얼굴의 현주소를
자리매김하려는 결론 앞에
비장히 섰다

그러나 얼마가지 않아
어렵다, 참 어렵다는
말이 정답 같다

못생겼다는 말이 하고 싶어도
내가 나를 두려워하는 또
다른 나를 발견하고 그만
포기로 덮어 지난다

잘 생겼다는 이유를 찾고 싶어
다시 거울 속을 휘집어 투시로
바라보는 일도 얼마쯤이니
싫증이 앞서는 나는 마침내
거울을 외면하고 싶어진다

내가 없는 나의 거울 앞에

어렵다와 쉽다의 사이에 가로 놓인
강물이 있는데 그 이유를 찾지 못한
오늘의 숙제 앞에 서성일 뿐인
이 운명을 어쩐다
어쩐다

'16/5.21.

정경

지아비 올 때쯤
해는 쉬고 싶어
산머루 걸려
마지막 전별로
붉은 물감을 풀어
어둠을 만드는데
꽃들이 향기를 뿌려
마을 한 귀퉁이를 걷노라
절룩거리는 여저기
불빛으로 따라온
사랑들이 한데 모여
마주보는 얼굴들에 다가든
하루가 이야기로 이어지는 때
조잘거리는 별들이
문 앞에서 소란을 떠는
산골 마을
작은집

'16/5.23.

망설임

햇살 한낮
나른한 길을 걷는다
걸어야만 한다. 헌데
어디쯤이면 길은 막히고
어둠의 경계선 앞에 당도하여
건널까 말까 차라리 눈을 감고
한 발 마침내 한 발이면
돌아보는 아득도 순간인 것을
망설임은 슬픔이라
에라, 눈을 감자 어둠이라
안경도 필요 없는
이 필연 앞에서 모두들
잘 있거라 뿐

'16/5.23.

운명의 이름 앞에서

이 물살에 눈을 감을까 아니면
거역의 깃발을 들고 피 흘리랴
이도저도 아니면 고개 숙이고
받아들이는
순종, 맹종, 굴종
운명을 탄식하는 종소리
나풀거리는 나뭇잎 위로
위로의 목록이 없는 하루
강을 건넌다. 누가 따라오는가
아니면 급한 물살이 두려워
비겁을 숨기느라 땀이 흐르는가
오늘도 살았다는 안도감이
바람을 잠재우려 한다
강물은 여전히 흐르는데
갈 길은 멀리 있어
발 아픈 해는 여전히 중천인데
무얼 하고 그대를 기다리는가
누가 대답을 마련하는가

'16/5.24

강 건너려 하네

강을 건너려 하네
해지기 전 불이 켜지면
당도해야 할 가야할 곳
멀리 안개 숲에
바람 머릴 풀어 흔들리며
이름 달라 환한 표정 나무끝
우리들 노래는 정정한데
가슴 열어 설명하는 사연에
지난 기억들이 문을 열고
마지막 강물 앞에 선 손짓이
그리움으로 물이든 황혼은
여전히 아름다운데, 꿈을 데리고
발걸음 가볍게 강을 건너
그대 앞에 서는 이유를
가슴으로 이어주는 마침내
사랑이고 싶어 강을
건너야 겠네

'16/5.25.

그리움의 강을

어쩌다 강을 못 건너는 걸까
강이 깊어서일까 아니면
넓어서일까 혹여 주저함에
발길 뗄 수 없다면 시원한
바람 길로 배 떠나듯
건널 수는 없을까 또는
안개 앞을 흐려 마음
파도가 눈에 차오는
두려움이라면 믿음 앞세워
푯대의 인도 따라 바라만 보고
건널 수는 없을까
허전의 기다림은 자꾸
키자라는 이율 몰라 오늘도
서성여 멀리서 오는 소식
눈이 가는 작은 길로
꽃잎 이우는 바람은 마구
재촉하는데 어쩌다
내 그리움은
강을 건너지 못하는가

'16/5.25.

한가

두 다리 뻗고 앉아
멀리 산 바라기 한다
햇살은 따스해 저흘로
땅으로 떨어져 뒹굴고
봄 길을 지나는 꽃들은
이웃 꽃들이 바쁘니 스사로
바쁜 걸음 서두르는
바람 가는 소리 따라
창공을 나르는 새들조차
분주로 날아 가길레
어디로 가는지 물어도
고개를 젓는 구름 몇 조각
파란 하늘에 빠져 있는
풍경 아득하네

'16/5.26.

무엇부터 쓸까

― 참회록 1

자식과 다투었다. 아버지라고
너는 모르는 일이니 나를 따르라고,
불평이 금시 다가온다. 어쩐다. 잠시
섭섭중이 왈칵 밀물이 범람(氾濫)의 강
오래 살았다는 것이 계급은 아니지만
외로움을 호소하면 들어줄 줄 아는
작은 공간이 내 무지의 발단이라
문을 닫았다. 이내 통기의 필요성이
창문을 두드린다.
창밖엔 새들이 나르고 들판엔
무수한 생명체들이 저마다 목소릴
지르는 소리가 들리지만 나는
아무 것도 듣지 못하고 오로지
무슨 깃발을 흔들고 있는가 지금
나는 숙제를 마치지 못해
인생길이 피곤하다
뻥이요!

'16.5.26.

희극처럼 살다 비극으로 가는

— 참회록 2

4일 연휴이길 레 소식이 오는 줄 알았다
더구나 어버이날이라 그런 줄 알았다 또
누이 엉덩뼈가 눌려 그만 입원까지 했다
제 자식 데리고 강원도 어디에서 놀다
길이 막혀 그냥 갔단다
또 섭섭증이 올라온다. 이 강물을 막으려
무던히 애쓰다 그놈의 전화가 탈이다
어차피 남남처럼 사는 게 가장 좋은
처방이라 귀에 못이 박힌 것도 잊고
늙으면 빨리 사라지는 정답조차
강물이 된다 우리는 누구나
비극의 옷을 입고 희극을 위해
무던히 애쓴다 그러다 가끔
희극을 만나 비극을 망각하는
길에 잘도 빠진다
뻥이요, 진짜 뻥이요!

'16/5.26.

희극조로

— 참회록 3

뻥뻥으로 해보니 빵빵해진다
무슨 짓이든 한 번과 두 번이면
길이 된다는 걸 해보고 알았다
다시 빵빵해보려니 뻔뻔해지는
정답 없음을 들고 골목에서
1인 시위를 진행하려다 그만 두었다
쩝쩝해지는 내 인품과 위신을 생각하니
왈칵 눈물이 흐르려 한다 사나이는
아무 때나 울면 안 된다는 아버지 말씀에
화들짝 정신을 차리니 딸집에 간 아내가
불쌍해진다. 어떻든 봉사는 봉사인데
해야만 하는 처지가 무슨 죄인인가?
자식을 갖지 말아라 특히 잘난 자식에게서
효도를 기다리면 목말라 죽고
못난 자식에게는 심장 터져 죽는
이나 저나 죽는 일 지금
뻥 뻥 뻥!입니다

'15/5.26.

뻥뻥이 빵빵이 되는
─ 참회록 4

60~70년대엔 간첩 잡으면
1억 원의 두리번이 있었는데
그로부터 세월 지나 간첩들이
득시글거리는데 그 1억 원이
그립다. 하긴 1억 원 안 받아도
그런 간첩 안 잡아도
하나로 사는 일이 된다면
자유와 평화와 사랑이
마음을 풀고 강으로 흐를 수만 있다면
까짓 상금이 무슨 행복이 될까
우국을 위해 목숨을 바친
선배들도 있었는데 이젠
너와 나도 없는 어느새
구분할 수 없는 맹목 청맹과니의
사상에 붉은 불이 껌벅거려도
현상금이 사라진 아쉬움을 생각하니
내내 입맛이 아플 뿐
이 또한 뻥뻥 뻥뻥!
빵입니다

'16/5.26.

달과 별

― 은서의 고독을 위하여

밤하늘에 달과 별이 떴습니다
달은 별의 반짝임이 너무 아름다워
별의 곁으로 항상 가고 싶습니다. 친구로
더욱 친해지고 싶기도 했습니다
이런 생각은 별도 은은하게 온 누리를
비추는 밝은 달이 너무 좋고
세상을 장악하는 그 여유가 좋아
가까이 가고 싶은 생각이 절실하여
꿈을 꾸는 지경에 이르렀습니다
길고 단잠을 자면서 둘은 마침내
하나의 모습으로 겹쳐졌습니다
그러자 하늘에는 느닷없이 별만
반짝이고 달이 없다고 사람들은
아우성이었습니다 이러자 둘은 의논 끝에
서로의 역할을 바꾸어서 달이 별을 감싸고
또 다시 즐겁게 꿈을 꾸면서 놀았습니다
이런 어쩌나요, 하늘에 별이 없고 달만이
너무 외로워 온 세상이 답답해졌습니다
다시 사람들은 아우성을 쳤습니다 정신줄을 놓고

달과 별은 함께 히히덕거리는데 온 세상
사람들이 되죽박죽이 되었다고 탄식하는 소리를
어렴풋이 듣자 잠이 깨었습니다. 드디어
세상은 별과 달이 서로 적당히 떨어져서
저마다의 다른 빛을 내려 보내자 사람들은
모두 행복한 모습을 보이면서 방으로
들어가 큰 창문으로 달과 별의 사이좋은
모습을 보면서 편안히 잠이 들었습니다

고독은 서로 적당히 바라보는
거리(距離)에서
창조가 다가듭니다

'16/5.26.

안개길

저벅저벅
소리뿐인 길
지척이 없어졌고
앞은 이미 앞이 아닌 그러나
가는 길 걷고 다시 걷고
흐린 더듬이 길로
어딜 가는가 나는 다가올
언젠가의 길처럼 혼자
걷는 외로운 안갯 속
귀를 기울여도 적막은
걷을 줄 모르는 솜이불
멀리 어머니의 음성이
들릴 것 같아 숨은 메아리
주저앉아 울고 싶어
두려워 다시 걷노라니
아이처럼 겨운 늙은이
사위를 둘러봐도 적막이
자락을 펴고 앉은 침묵

고요가 숨죽이는
허방 안개길

'16/5.27

서울 가면 머리가 아프다

자꾸 어지럽다. 서울 떠난 지 10수년
종로네거리가 여전히 붐비는 친근
광화문 네거리도 그렇고 여전
내가 없어도 잘도 돌아가는데
왜 어지럽고 머리가 아플까
아득한 시절은 너무 멀리 떠난
뱃전에 출렁이는 추억들 다시
돌아갈 수 없어 머리 흔들리는
낯선 나그네기 되는 서글픔을
자꾸 따라오는 그림자에게
서울을 지키라 명령을 하고 싶은데
왜 혼자 돌아가는가를 묻는 소리에
이방인이 된 어설픔으로 기어
한강다리를 건너오고 말았다. 이제
서울 사람이긴 다 틀렸다.

'16/5.27.

충계에서

계절을 바라보는 두 눈에
날마다 담겨지는 풍경이 어제 본 듯
지나는 속도가 번거롭다
살아갈수록 철없는 욕망이 자라는
더 많은 기억을 담으려 두리번도
이젠 마음 길이 바쁘지만 충계를
오를 때마다 허기는 그림자로
이름을 알리느라 부풀리는 일도
오름에서는 즐겁더라도 내려가는
속도에 어지럼이 자꾸 따라와
쉬어가자고 조르는 지친 발길엔
멀고 먼 날들이 펄럭이는 추억 속에서
무얼하고 살아왔는지를 따지는
내 슬픈 계산서에는 틀리는 셈법으로
버려야할 것들이 대부분이다

'16/5.27.

비밀

문을 잠그고 나갑니다. 집안에
감출만한 것이 있는 것도 아니지만
그렇지 않으면 마음이 불안하여 자꾸
뒤돌아보거나 그림자가 길게 따라와
어찌할까를 몰라 안절부절이 사실입니다
때문에 대문을 잠그고, 방문을 잠그고 나가는 날은
안도감에 마음조차 평온해집니다 그러나
길 가다 한참쯤 문을 잠기었을까
가스불, 수도는 잠겼을까
누가 들어와 비밀창고를 뒤지면
어쩌나의 공포가 그림자가 되어
온종일 불안이 가슴을 꽉 막히는
날입니다. 그렇습니다 비밀이 가슴에
담겨 있는 날은 마음이 편안하고
이불을 덮는 것처럼 따스한 이유를
굳이 설명할 수가 없습니다
내 가슴에도 비밀이 있습니다 물론
드러낼 수 없는 귀한 것이 담겨 있어
꼭꼭 잠그고 열쇠는 아무도 모르게

숨겨둔 비밀 사연이 꼭있어 가슴이
따뜻합니다 그렇게 됩니다

'16/5.28.

장미 오는 날이면

장미꽃 아래서 지나간 노래를 듣는다
이미 아득함에 손짓도 멀어진
다가오는 가락만은 여전한데
떠난 것들은 모두 그리움의 포장
택배가 없는 소식은 그렇게
향기뿐으로 흔들리는데 가슴에
가득히 고이는 슬픈 이유를 몰라
향기만 머릿속에서 메아리로 놀고 있네

장미 피는 날은 어김없이
계절을 알리는 전갈처럼 돌아왔어도
체취 어딘지 몰라 헤매는 이름으로 지금은
모두 떠난 자리에 푸른 풀들이
바람에 낯선 사람으로 흔들리는
나그네는 언제나 그대의 나래 아래
떠난다해도 돌아오는 메아리만
눈에 어른거리는 그리움자락
나는 그대를 사랑하는 일만 알 뿐
서성이는 잔걸음은 모르는 일입니다

'16/5.29.

물에 들어있는 그대를

마음에 물이 고이길레 기다리면서
하늘을 보았습니다 그래 구름이 오고
간혹 바람이 지나느라 머리칼 날리는
소식은 물에 고이는 맑음의 이름일 뿐
잡으렬수록 흔들리는 파문의 고요
지금은 당신을 생각하기로 고요를 재우는
이젠 이렇게 사는 일도 길이 들어
푸름을 불러들이는 습관이 되었습니다

마음에 물이 고이길레 기다리면서
그대의 얼굴을 그립니다. 자칫
흔들리면 깨질까 저어가 커오는
숨죽이는 등덜미에 지나는 가락
눈을 감고 조용 중에도 조용을 찾아가는
내 지금은 오로지 두 손으로 모두어
키우는 가슴, 바람이 불면 달아날까
바라보는 일만으로 눈을 감는 사람,
그리움에 빠진 나그네입니다

'16/5.29.

내가 살아있어

절망은 찾아온다. 내가 살아있어
희망을 꿈꾸지만 그는 언제나
뒷자리에 앉아서 빨리 내릴 줄 모르는
느린 심성일지라도 누구나 기다림의
대문을 열어놓고 반가운 깃발을
세워 놓았다해도 너무 많은 소망의
일기장엔 아픈 사람들이 울고 있는데
주지 못하는 마음 얼마나 서려우랴
내가 살아 있어 절망조차 위로의
목록을 들고 항상 곁에 대기하고 있는
부를 줄 모르는 노래의 순서 그것을
위해 기도하노니 그대 절망이여
내 오늘은 그대를 위해 손을 펴
빨리 내리라 재촉하느니 내 살아
맺힌 실타래를 날마다 감아내는
어디쯤에서 작별의 손짓이 황혼으로
모습 찬란하려나

.16/5.29.

시가 강물로 가는 날

내가 강물로 갈 때면 항상
빠지면 어쩌나 염려가 따라온다
수영이 수영을 모르는 아이러니조차
비웃고 있는 여름 강물 앞에 서면
찬란한 파문이 그림이 되는 날
시의 줄기조차 보이지 않을 때면
실컷 울음을 쏟아도 흐름에 섞이는
작별을 어찌할까요 몰라 멀리
흘러가는 산줄기와 어울린 산천
강물은 푸른 대답으로 길을 내는
내가 기다리는 시는 어디쯤
산과 강을 건너느라 허겁지겁 일지라도
쉬엄쉬엄 오시기만 하시라 기다림의 일이
내가 살아가는 운명의 몫이라 오로지
문패를 달아 문 앞에 세워 놓은
숨죽이는 이름이올시다 그런
사람입니다

'16/5.29.

그대 간다기에

그대가 간다기에 할 말이 없어
그냥 바라봅니다 막아서는 일도
부질없는 바람결이라 떠나는 무거움
마음조차 서러운 무늬가 되오는
뒤쫓아 따라간다한들 춘향이 서럼은
어느 산모롱이 돌아서면 영영
그림자 하나만 남기는 허무 앞에
한그루의 나무를 심어 기다립니다
봄 지나 여름 뜨거운 햇살에 익은
푸른 열매들이 기억을 되돌려
돌아오는 날이면 가을은 어느새
서늘한 바람 속에 들어 있는
단맛의 추억을 펼치면서 아름
한아름으로 커오는 달덩이 같은
오로지 그대뿐입니다. 반가운
그대 기다릴 뿐이옵니다

'16/5.29.

나를 찾는 여행

어디가면 찾을 수 있습니까 어떻게
물어 찾을 수 있습니까
길은 많아도 길이 없는
순례자의 발길이 하늘에 닿아
산은 저마다 이름을 달고 부르는 여긴
어디입니까 어둠도 아닌데 길을 묻는
바람만 어디로 가는지 머리칼 날리는 시늉으로
지나 아득함을 노래하는 나는
찾을 길 없는 골목에서
내 이름을 부르는
목청 높여 하늘을 향하여
문을 두드립니다

내가 나를 모르고 어둠에 놓아 둔
자욱한 안개 숲에 한 페이지를 넘기면 다시
다음 페이지가 놀라 일어나는 경련
어디에도 없는 이름을 부르는 깊이에서
싹 한 촉이 얼굴을 내밀고
어디로 가는가를 묻는데 누구에게 묻는지

다시 되물으면 어리둥절 귀신에 홀렸다고
호들갑으로 친구들에게 말을 섞어
요란을 만드는 다시 골목에서
나는 끝내 이름을 불러도 내가 나를
모르는 이방인으로 지나가는 일이
전부입니다.

'16/5.29.

혼자 먹는 밥맛

아내는 딸집에 갔고
혼자 밥을 먹는다 예전에
몰랐던 밥맛이 한 숟갈에
고독이 스며들고 물 한 모금에
쓸쓸한 목넘이가 걸리는데
앞으로의 연습으로 알고 체념을
옆에 세워두고 잘 보라 호언하는
그래도 기다리는 일이 하루해의
끝자락에 바람소리조차 헷갈리는
딸의 아픈 통증은 차 차 차로
시간을 넘어 돌아올 약속이
앞에 있어도 말이 사라진 오늘밤
에라! 술 한 잔을 앞에 놓고
만나면 하고 싶은 말,
말하는 연습을 한다

'16/5. 29.

혼자 사는 일

가벼운 몸이 아니다. 혼자 사는 일
외려 둘이 사는 것보다 무겁다
먹기 싫어 건너뛰고
일어나기 싫어 시간 끌고
가기 싫어 약속 단념하고
귀찮아서 눈감고 모두
건너뛰지만 도달점에서
멀어 사는 일, 둘이 일 때보다
혼자가 더 무거운 이유를 몰라
사전을 뒤져봐도 답이 없는 이상한
셈법을 이해하려 작심 몇 날을
살아보지만 어딘가 비어있어
채우는 일이 어렵다 세상은
계산보다 더 복잡하고 생각보다
어긋난 일이 있어 발맞춰 가는 일이
혼자 가는 것 보다 애환을 넘으면
더 재미는 있는 것 같은

'16/5.30.

장자 앞에서

장자가 나를 방문하여 함께 공부하잔다 한참 어려운 차에 반갑게 응낙하고 따라나섰다 숲 깊은 학당에 들어가 더불어 들을 때는 쉬운 뜻풀이가 머릿속을 질서정연하게 따라오더니 잠시 쉬는 사이에는 오리무중이라 그만 잠이 들어 한참 어딘가 걷고 있노라니 시끄러운 글공부 소리가 연이어 들리기에 귀를 세워 따라 들어가니 장림(長林) 어둠의 문틈으로 작은 불빛이 세어 나오고 모두들 문을 열고 들어가려 저마다 땀을 흘리는데 내 순서는 아득하여 체념할까 망설임이 솟구치는 걸 겨우 진정하고 다음 시간의 종소리에 기대의 귀를 세우고 아무리 앉아 있어도 선생님은 내 교실에 들어오지 않아 집으로 가려는 발아래 느닷없이 無無 두 글자가 우리 집 허정당(虛靜堂)으로 떨어지는 소리가 굉음(轟音)이라 놀라 무릎을 꿇었다.

'16/5.30.

제19부

노자를 위하여

노자를 위하여

    정처 없이 소를 타고 푸른 공간으로 사라진 자취를 찾고자 눈을 뜨고 열심히 두리번거리는데 어디선가 호탕하게 웃는 소리에 놀라 고개를 드니 노자가 앞에서 꾸짖는 눈자위가 무섭다 무릎을 끓고 한 수 배우고 싶습니다의 청에도 전혀 미동도 없는 바위 같길 레, 에라, 모르겠다 선생님 세상에 당신을 이해 못해 이러쿵 저러쿵이 너무 많은데 어떻게 생각하십니까? 당돌하게 물어도 여전히 심드렁이 단단한 바위 같아서 냅다 욕을 하고 도망갈까를 궁리하는데 빙긋이 웃고 다시 말이 없는 데 이번에는 무한 깊이의 푸른 물 같아서 그만 나도 모르게 선생님! 머리 조아리면서 가르침을 기대해도 다시 묵언의 심연에서 아무 것도 없는 푸른 이름이라 "얼굴 없는 얼굴, 소리 없는 소리"의 도(道)나 외우다 기어 나오고 말았다.

'16/5.30.

공자 앞에서

공자는 가장 인간다운 할아버지라 아무 말이나 혹은 응석이 하고 싶어 곁에 앉아 간섭 없는 쉬운 공부를 하고 싶었다. 알아주는 사람 없어 상갓집 개 취급 혹은 왕의 자문으로 온갖 멸시를 받으면서-요즘 말로 하면 도둑놈 정치가 도척(盜跖)의 제자 3분지 1이라 해도 가난과 아픔이 오히려 윤리의 문을 열었으니 74살의 긴 세월을 지나면서 바른말 옳은 말을 옮기시면서 10여 제자를 거느린 그 흠모가 긴 그림자로 다가들 때 내 평생의 선생노릇이 부끄러웠다. 단 한 제자도 없는 비교의 키가 서럽더라도 '공자 앞에서 문자'를 배우려는 발심은 진심인데 항상 다가드는 공허의 벼랑이 아슬해도 바라만보는 것이 안타까웠다. 이제도 다가드는 수양, 학식, 덕행의 그물에는 평화와 사랑이 담겨있어 질서의 이름 인(仁)으로 돌아가는 넓은 길에서 여전히 서성이는 슬픈 나그네올시다.

'16/5.30.

산 앞에서는

산을 지나니 다시 산이 다가와 높이로 선다. 그나마 말을 거는 일이 위안이 되어 한 발 앞으로 가는 일이 재미로 바라보기엔 아슬한 슬픔이 깊습니다. 미혹도 깊어지는 강에서 미련함을 이끌고 오르는 강을 건너도 아니 산에 울긋불긋 화려한 의상들은 부러운데 나는 여전히 길을 모르는 초라를 입고도 해가 지는 황혼만을 염려하는 초조가 부끄럽습니다. 그러나 오늘도 오르는 길이 어딘가를 숙고하는 발자국에 숨이 차오는 괴로움을 늙어 탓이라 변명하면서 길을 걷는 것보다는 쉬는 일이 더 많고 두리번거리는 일이 날마다 입니다 그러나 내일도 해는 뜰 것이고 다시 걷는 걸음을 위해 산의 높이를 아껴두는 이유가 함께 잠이 듭니다.

'16/5.30.

내일을 위해

저 앞산의 길로는
늦은 봄이 지나느라 바쁘고
꽃들은 순서를 바꾸느라 또 바쁘고
뒤따라 어둠이 불을 켜고
달맞이꽃 노랑 물로 치켜든 환영 이젠
모든 게 정리하는 창고로 모아들면
사람들은 저마다 하루를 끝내고
다가올 아침을 위해
꿈을 부르는 노래가 저녁 길에
무슨 색깔로 장식할까를 고민하는
오늘이 이어지는 내일을 위해
달이 웃고 있습니다

'16/5.30.

내가 꿈을 꾼 아침

불면 설익은 잠으로도
아침에는 무슨 꿈을 꾸었는가
무엇을 보았을까 머릿속
하얀 여백에 구름 몇 흐르고
밤길에 만났던 수군수근 별들
하늘에서 내려다 본 세상은
어지러워 바라볼 수 없는 요지경
눈을 돌리고 가노라 그 숲을 지나
희망 기다림을 물에 띄우며
멀리 가노라 풍경 아름다운 산천
작고 작은 마을 어디쯤에
사람들 소곤거리는 소리도 있어
절망과 희망이 섞바뀜을 지나
지나서 이르른 땅
내가 사는 작은 집에
아내의 꿈 자락이 일어나
아침을 준비하는 모습이
희망 중에도 가벼운 이름이네

'16/5.31.

혼자 걷는 길

새벽 안개길 혼자 걷는다
조으는 불빛 두엇
전신주에 걸려 멀리 서 있고
적막을 깨우는 뻐꾸기 울음
언젠가 내가 가야할 길
혼자 가는 길, 그 길은
붐빌 터인데 지금 새벽길
외로움 이어 이어진
혼자 걷는 길 개울물과
작은 소리 걸음 맞추는
외로운 길 여명이 일어나는
산자락 틈새로 세상을
화장하는 부지런 얼굴따라
삽자루 뒤에 끼고
무논을 돌아보는 농부와
목례로 지나는 이른 새벽
혼자 걷는 길

'16/5.31

사람 되기

사람으로 살면서
사람이 되기 위해 항상
길을 가거나 오거나
사람이라는 이름에 벗어나면
스스로를 엄히 달래는
줄 자(尺) 하나를 갖고
흔들리는 때면 묶어두는 고행
세상에는 잘난 사람이 많은데
나는 뒤로 물러나 멍히 바라보는
이 비겁의 장마당에 팔 것이 없는
난전(亂廛)의 주인처럼 돌아가는 길이
빈손의 허무를 슬퍼한다.
주먹을 쥐면 항상 빈주먹으로 남는
아, 빠져 나간 것들은 어디로 갔을까

공부를 했어도 공부를 모르고
머리를 싸매고 들어간 길이
어둠에서 항상 흐린 안개 속
양심을 묻어두고 양심을 꺼내는

모순의 벌판에 찬바람이 불고
헤아리는 노래에는 음정박자가 모조리
어긋난 이미 탈락의 종이 울리고도
한참 지날 때까지 부르는 가락의 슬픔이
흘러내리는 소리로 둔갑한 오늘은
나를 돌아보는 늙은 나이에도
아픔의 강물을 막으려 노력합니다
열심히 사람 되기를 위해 노력합니다

'16/5.31.

역사책은 개미허리 같다

개미허리 같다. 초근목피-날마다 염원을 쌓아 이제 먹는 고비를 넘긴 셈이지만 위태 위태가 피할 수 없는 수학을 풀어가는 오늘, 아니다 어제도 먼 어제도 그렇게 지켜온 노래의 진행 속엔 배고픔도 나라의 운명도 모두 백성의 몫이었다 위기가 오면 잘난 사람들은 도망하기에 바빴던 줄행랑의 뒷자락만을 남길 때, 대문을 지키는 못난 사람들이 눈물도 슬픔도 지켜온 이유도 모르는 가슴들이었다 오로지 조국 섬기기를 일삼았다는 슬픈 누명으로 춘향이 태형(笞刑)처럼 끌고 온 고통과 신음에는 무던히도 질긴 숙명이 당연으로 여기는 마음-누가 위로의 종소리를 울린 적이 있었던가 고개 숙이고 마음 온새미로 바친 역사책에는 비명이 들리고 다시 두꺼워지는 기록에는 검은 물이 흐를지라도 묵묵으로 발걸음을 옮기는 이유를 굳이 설명하지 않아도 허리를 지키는 사람들-이 나라의 역사책은 지금도 개미허리 같다

'16/5.31.

내면으로 가는 길

늘으면 내면으로 가는 길이라기에
도수 높은 안경과 마음 준비를 다하고
길을 떠나기로 작심하고 언제 갈까를
주저하는 무렵에 느닷없이 전화벨이 울려
떠나는 시간을 놓치고 그만 친구와
재미에 빠져 시간을 잊었는데
끝나는 것은 항상 끝나기 마련이라
잠시 망설임 뒤에 발길을 옮기니
나만 혼자 가는 길 같아 두려움이
어둠처럼 감싸길 레 사전을 뒤지고
온갖 수소문이 허사로 돌아가는
이유를 알고는 주저앉을까 망설임에
유혹이 길을 내주길 레 아무런 생각 없이
주억거리는 시늉으로 체념을 맡기고
어쩌나의 심사숙고 끝에
살아온 무게가 아까워 다시 일어나
어둠을 뚫고 가기로 작심하니
좋다 좋아요 라는 내 마음이
비로소 불을 켭니다

'16/6.1.

대통령이나 해볼까

좋다기에 국회의원이나 해볼까 마음먹고
이리저리 말들을 들어보고 줄을 어떻게 만들면
튼튼하고 굵은 연줄로 내 몸을 감싸
단단한 바위라도 오를 듯한 기세로
여의도 의사당에 가려고 장바닥
서민에게 다가가 물으니
시시덕 웃으면서 별놈 다보겠다는
수군거림을 듣고 화들짝 놀라
제정신을 차렸습니다 하면

장관이 좋을 것 같아 어찌하면
그 자리에 도달할 것인가를 생각하고
이 친구 저 친구에게 넌지시 부탁하고
한 다리 건너면 뭔들 못 이룰 것인가를
위안 삼아 체념을 희망으로 바꾸고
국무회의를 TV에서 열심히 바라보노라니
펜을 들고 받아쓰는 모양이 꼭 어디선가
어린놈 방자한 권력자의 풍경 같아
실소를 하노라니 다시 화들짝

내 정신으로 돌아온
반갑다 깨달음이여

이저도 할 수 없어
대통령이나 해야겠다.

'16/6.1.

이유를 모르는데

저녁이 되어 바람 시원하길레
어디서 왔느냐고 물었더니
왜 묻느냐고 휙 가버린다
할 수 없어 멍히 하늘을 보아
아직도 해는 중천에 조금 남아
안깐힘으로 힘을 모으는
땀 흐르는 길은 남아 있나본데
뻐꾹새 울음에는 무슨 사연이 깊어
아침, 저녁길 곡성(哭聲)인지
이율 모르겠는데 서늘 기운이
다가드는 길로 하나 둘
불빛이 살아오는
바람길 뒤로는 한가도 스사로
청명 의상을 나풀거리는데
세상사 아는 것보다 모르는 일이
쌓이고 쌓이는 이 노릇을
어디에도 물을 길 없는 동서남북이
서글픈 노랫가락 바람아
너 그럴래?

'16/6.2.

사람

열 길 물속도 흐리면 모르지만
빤히 보이는 사람 표정 뒤에 숨은
속내 정말 모를 일이다. 웃고 돌아가
딴 말로 변경서를 들고 나오는
자기만 옳다하는 순서를
앞에 놓으라는 주장에서
흔들리는 믿음이 무너지는 소리라

처음과 끝이 다르면 이상(異常)이라
그걸 뒤집어 정상이라 말할 때
이기(利己)의 강물이 곤곤(滾滾)속에
자기를 함몰하고 가는 것을
태연으로 말하는, 눈물 없는 길에
슬픔이 이유를 찾지 못해 방황이다

날마다 어려운 숙제 앞에
꾸중을 못 면하는 내 일기장엔
오늘도 탄식의 물이 흐릅니다

'16/6.2.

매물

나를 팔고 싶습니다. 어지간히 살면서 이제 싫증도 조금은 나는 것 같고 새로운 기분을 내고 싶은 큰 이유는 찐한 사랑을 할 수 있을까라는- 아내가 들으면 주책없는 늙은이라 핀잔이 뻔한 일이래도 어쩐지 신나는 일이 될 것 같아 곰곰 생각끝에 나를 판다고 매물로 내놓으면 어떨까를 고려중입니다.

"저요, 저요" 그리고 무작정 올라가는 고공의 높이에 이르러 탕,탕,탕 세 번의 결정 소리 따라 그럭저럭 낙찰이 되어 어딘가로 실려 가는 중이었습니다

젊은 여인이 마중을 나와 차 한 잔을 주면서 앞으로 해야 할 일을 지시하는 것이었는데 사랑과는 전혀 다른 잡초 뽑기에 이것저것 수선 등등 생소함에 망치를 들고 무언가를 수리하다 그만 헛방을 맞아 피가 흘러내리는 찰나(剎那)에 번쩍 꿈이 깨었습니다

아차! 이 헛된 망상의 주책을 회수하기에 너무 부끄러운 일이 두고두고 아내의 얼굴 보기가

민망하여 숨을 곳을 찾지만 사방이 막힌 꼼짝없는 죄인의 형상입니다. 후회입니다

.

'16/6.2.

어머니
 – 어머니의 길을 위해

아수라도(阿修羅道) 살아가는
가슴 아픈 길이 이어지는 세상에서
포근으로 다가와 자리를 편
그 이름만 불러도 침샘 가득 고이는
넉넉함이 출렁이는 달빛입니다

눈물길이 이어지고 휘어져 살아가는
걸음마다 따라오는 신음조차도
녹아 흐르는 강물처럼 윤나는 손짓
부르는 이유만으로도 깃발이 되는
언제나 가슴 속에서 사는 눈짓입니다

누구든 사랑이라 말합니다 그러나
목마름을 절대로 건네주지 않으려
심산유곡에서도 가장 깨끗한 물길로
흐르고 흘러 따스함이 넘칠 때까지
피와 살 당신의 모든 것, 사랑뿐입니다

마음 놓고 불러도 어딘가 부족하여
다시 부르는 목소리가 잦아들 때까지
환한 미소에 담겨진 사랑 중에서도
가장 고귀한 사랑의 언덕을 오르노라면
그리움이 다가와 등을 두드리는 어머니
그 이름, 오로지 당신의 이름입니다

'16/6.2.

놀기

손자들과 놀면 어린애가 되고
마누라와 놀면 남편이 되고
할머니와 놀면 할아버지가 되는
놀이에 따라 달라지는
중심의 뜻은 어딜 갔고
달라지는 변화 앞에
이리가고 저리가는
종점에서 나는
무엇이 될까

'16/6.4.

치과에서

드르륵 드륵~
영혼을 갈고 뚫는다
꼼짝할 수 없는
맡겨진 내 운명에
처분을 기다리는 불안
의자에 묶인 수인(囚人)으로
공사가 진행될수록 초조가
긴 그림자를 만들고
예리한 송곳으로
내 운명을 때우고 다듬는
어쩔 수 없는 길에서
명령을 따르며
다음 순서를 기다리는
나는 나로 살아가는지
믿음만이 살길 같다

'16/6.4.

잡초밭

잡초처럼 산다길레 장하고 끈질기다는 생각이었는데 시골에 살면서 결코 잡초는 안 되겠다는 마음이다 무한 영토 확장과 침략을 쉴 새 없이 줏대로 일을 삼으니 원성이 그야말로 잡초밭일 때 선한 농부의 낫질은 지난 전설이 되었고, 독한 농약세례를 받아도 잠시 죽은 척 다시 살아나는 무지의 탐욕 앞에 사람과의 대적은 숙명으로 결정된다

하기사 잡초도 필요가 있어 생명을 가졌지만 잘못 자리 잡은 정원이나 들판을 점령하는 무지막지 분별없는 노릇을 탓하려니 미안한 것도 사실이지만 필요와 불필요의 사이에서 간섭하려는 씁쓸한 것도 또한 진실이다 잡초나 인간이나 다를 바 없는 이치 앞에서.....하니

전쟁의 기운은 항상 예고편이 있다

'16/6.5.

가로등

고마울 뿐이다 불안한 세상
어둠을 지켜주는 고독이야
누구나 입는 의상
마음 곧게 자리펴는 뜻을 위해
고달픈 외로움조차 기둥이 되는
비나 눈보라 혹은 태풍
세상의 흔들림을 잡아주는
어둠의 지킴이, 정말로
고맙다

편히 잠들고 싶어도
의무의 줄을 붙들고
떠내려가는 조난자를 위해
두 눈을 떼지 못하는
헌신의 마음 앞세운 길로
깊어지는 밤이 웃음처럼
고요를 앞세워 별과 얼굴 맞댄
밤은 비로소 기억을 풀어
안심도 함께 자리하는

파수꾼, 참으로
고맙다

'16/6.6.

청년이여

가슴을 펴라, 청년이여!
고달픔은 언제나 있었던 파도
다가오면 더욱 의지를 북돋워
앞으로 나아갈 길을 위해
눈을 떠라, 하면 뒤집히고 다시
뒤집히더라도 따라오는 소망이
더 큰 소용돌이만큼 커지는
이름이 되나니 청년이여!
이제 일어나라

꿈을 가져라, 청년이여
부풀어 하늘 끝 어딘가
오르고 오르면 세상이 눈 아래
그대 가슴은 더욱 커지는 줄기로 이어진
산맥조차 아름다움으로 다가드는
용기와 땀은 이제사 문을 열고
다가오는 발자국 소리를 듣는
기어 문은 열리리라 그대
사랑하는 청년이여!

청년이여! 세상의 골짜기마다
낮고 높은 구릉(丘陵)이 펼쳐질 때
아름다운 조국 산하의 풍광은
이름을 달라고 모두 손을 내미는 것처럼
조용을 덮고 일어나 소리쳐라, 하면
물결로 구비치는 용솟음 구비구비
내 나라의 강산을 더욱 푸르게 칠하는
그대는 이미 이름 높은 예술가처럼
낙관(落款)을 준비하는 여유를 가질 지어니
청년이여! 일어나 앞을 보라

청년이여, 시련은 그대의 육신을 넘어
고매한 정신의 희망탑을 이룩할 것이니
떨치고 일어나 한 발짝을 옮길 때마다
불타오르는 열정의 물살이 더욱
세찬 소용돌이를 이끌고 마침내
도달해야할 목표는 이미 그대의
발아래 조용한 모습으로 길을 만들지어니
두려움을 떨치고 일어나 드디어
가슴으로 찾아온 반가운 손님을 맞으라

청년이여! 눈물길을 걷지 못한 사람은
평지의 너른 들판도 잠시 뒤엔 얕은
물살에 끌려가는 운명을 아파할지니
일찍 넘어지면 일찍 일어나는 순서가
그대의 것이 되는 두려움 없는 눈으로
마지막 상자를 열 때까지 곧추세운
정신의 보폭으로 이어진 길을 가노라면
당도한 기쁨이 오히려 부끄러워할
그대는 이미 승리자의 성주가 되었으니

이제 청년이여! 그대
자신을 위해 꿈꾸어라! 그대
조국을 위해 일어나라! 그대
오로지 가슴에 희망을 키워라! 그대
험준한 시련을 넘어라! 그대
세상은 이미 그대의 것이 되었으니, 그대
오로지, 앞으로 가라!

'16/6.6.

노인별곡

노인이여, 지나온 삶의 자죽
자국마다 고인 슬픔과 눈물이
위로와 평안을 누릴 때도 되었건만
고비마다 책임을 떠안아
온몸으로 살아온 평가서 앞에
허무가 춤을 추는 오늘도
그대 안녕하신가?

금쪽으로 키운 자식들은
저마다 시련의 언덕을 오르느라
힘겹다 하소연을 들어야 하는
때로 가진 것 모두 내주어
줄 것이 더 있는가를 고뇌하면서
힘겨운 파도를 감내하는 오늘
그대 정말로 평안하신가?

갈수록 태산은 점점 높아지고
살수록 시름의 강은 깊어지는
고독은 큰 입을 벌리고 무작정

다가오는 속도가 빠르게 엄습하는
피할 길 없는 운명 앞에
오도 가도 못하는 하소는 뉘가
들을 리도 없는데 그 아픔은
그대 누구의 것인가?

무서운 것이 있으니
두껍게 의상을 걸치고
외로움과 괴로움이 되는 차라리
체념의 강이 넓게 펼쳐진
건너야만했던 땀 흘리는 시절이
위로의 항목이 될 수도 있었던
추억만이 가슴을 적시는 위안이건만
건널 수도 없는 자욱한 안개가
걷힐 줄 모르는 운명의 고독
그놈이 계속 발목을 붙잡는
그대 노인이여

죽음의 사자가 소식을 전하는
그 길을 바라 산을 쳐다보지만
흐린 눈이라 감당할 수 없는
망연(茫然)이 외롭다 투정하는
발언록에는 여전히 자식을 위해
감추는 항목이 있건만 아버지로
어머니로서 묻어야하네 묻기로 했네

잘 키워도 후회하고 못 키워도 후회하는
자식들 눈을 피해 부담 없이 떠나는 노래
갈래길 양지바른 곳 마음 깊이에
무덤 하나를 만들기 위해
황혼을 바라보면서 푸념 넘치는 물을
퍼내려 퍼내는 날마다 살아 고민이 깊지만
차라리 고요 속에 목숨을 넘기는 길이
고독의 종점이기를 원한다 해도
운명의 구분이 자꾸만 미루는 일도
서글퍼서 외로운 그대
노인이여

'16/6.6.

외로움은 꼬리가 있다

잡으렬수록 길어지는 외로움은
꼬리가 길다. 그러나 다가서면
외로움은 없다고 시치미를 떼는
능숙한 변명도 길이 들어
골목길로 사라지는 그림자는
누가 주인인지 소속이 불분명해도
어딘가에서 항상 다가오려는
속도가 빠름에는 비교가 없다

외로움과 고독은 사촌 형제처럼
의좋게 찾아와 한 길을 만들면서
저마다 다른 개성을 나타내는 표정이
우수의 골목을 지나면서는
누굴 붙잡을까 선두다툼을 경주하는
가슴에 소용돌이치는 바람 따라
휩쓸리는 사이에 정신을 놓치고
이리저리 슬픔의 이름을 새기는
고독의 꼬리에 휘둘리는
사람입니다

'16/6.6.

허무 변증법

나이 망팔을 바라보니 고개가 없어졌다
모두가 그럭저럭 지나는 일이
하루에서 이틀이나 삼일이래도
그날이 그날로 평평한 차라리
무심으로 밍밍한 물맛 같은 것
나이가 깊어지면 모든 게
있음은 있음이고 없음은 없음으로
얕은 물에 고기들조차 어딘가로 갔다

나이가 들면 기다림이 무한정이다
누가 올 것 같지 않아도
누가 올 것만 같은 마음에는 이미
집나간 종소리가 귓전을 맴돌지만
소식을 묻지 않고 언젠가
따라가는 것으로 위안을 삼는
저물녘이 되면 허무조차 화려해서
잠드는 일이 두렵기만 하다

'16/6.6.

이광수

그를 생각하면 눈물이 난다
조실부모와 가난 그리고 살기위해
고초의 길을 걸어 걸어 온 길
비난의 봇물을 들여다보면
아홉의 위업보다 하나의 잘못이
너무 큰 상처로 남았다 이 나라에선
완벽해야 존재가 되기 때문에
간디*나 하이덱거** 심지어 괴테***까지도
이름을 지워야 할 순백의 땅에 잡초는
오히려 살아남을 수 있다
신조차 신음할 이 땅의 기준은 눈물을
흘리고 칼날에 쓰러질 것이다

허물없는 자 얼굴을 들라 그리고
허물 있는 자를 향해 침을 뱉어라
너 또한 죄인인 것을......

* 간디는 1)인도의 모순인 카스트제도를 옹호.2)1차 대전 영
  국총알받이 징집 찬성. 3)영국의 제국주의자 커즌와일을
  암살하려한 열혈청년 딩그리를 맹목적 애국주의자라 비
  난.4)인도의 토지개혁에 반대.
** 나치에 협력
*** 나폴레옹이 독일을 침공했을 때 세계의 양심이 온다라
    고 칭송

'16/6.7.

정박

머물러야 한다. 멀리 떠나기 위해
모든 것들을 내려놓고 잠시
운명을 만나는 시간 앞에
노래하는 파도의 기억을 세워두고
먼 산을 바라 건너야 할
의초로운 산하 거기 우리가
꿈꾸는 이름이 있네

가야할 길이 멀리 있다해도
돌아가리라 아주 천천히
고백의 바람따라 시원한 사람들
눈자위에 가득 담긴 기쁨, 더불어
먼 고향 따스한 사람들 있는 곳
만나야할 날은 화려한 꽃들이
마음 열어 기다리는 곳

떠나리라 가득 실은 그리움과
무거운 사연조차 춤을 추는
기다림 펄럭이는 깃발을 달고

오늘 여기 정박은 오로지
내일에 당도할 목적지를 위해
그곳에 사는 사람들 기쁨 속에
환희처럼 가득한 노래가 되리라
그곳을 향해 배는 곧 떠나리라

'16/6.7.

세상

깜깜한 벽 앞에 서 있다
어둠은 세상을 삼키고 이내
갈 테면 아무 곳으로나 가라는 듯
길은 전부 뭉개져 있다 미로에서
한 발을 옮긴다 그럴 때마다
얼음장 갈라지는 소리가 들린다.
놀라서 뒤로 한발 물러난다 어디선가
히히덕거리는 소리가 들리고
어둠은 더욱 두꺼운 철판을 깔아
온통 가두어 놓았다 눈물을 흘리면서
살려 달라는 시늉으로 거짓 행동을
만들어 두 손으로 펼쳐 들고 애원하는
음성이 금시 발각이 된다
어쩌면 환히 나를 속속들이
알고 있는지 두려움이 배가되어
가슴이 벌벌 떨린다. 희미하게
여명을 불러오는가 느낄 때 다시
느닷없는 포위망이 둘러쳐지고
나는 이내 절망의 허우적임으로

어찌하든 살아야겠다는 생각이
마음을 재촉하는 표정으로 길 묻는
아우성을 연속으로 생산한다
어디가 어딘지 전혀 모른다 눈은 눈이 아니고
마음은 내 마음이 아닌 허방에서 다만
허우적이는 일이 어둠속에 포장되어 있다

'16/6.8.

제20부
꽃들의 말

어둠 뚫기

작은 구멍을 내려고 송곳을 준비하고
어딘가 얇은 곳을 찾는 일은 지혜이다
그러나 어둠도 이미 알았다는 듯 철벽의
방어막을 치고 유유하게 나를 가둔다
창과 방패라지만 그래도 창을 갖는 일이
안심될 것 같아 친구에게 부탁했다
그러나 친구도 어쩔 수 없는 체념으로
돌아서는 뒷자락이 서글프다. 하여
혼자 길을 가기로 마음먹고 일찍
새벽길을 떠나려는 때 한 여인이
다가와 위로의 말을 건네길래 금시
마음을 허락하고 고개를 파묻고
함께 가자는 하모니를 연주하려니
화음이 자꾸만 틀리는 일도 송곳으로는
안될 것 같은 이 난감한 처지에
누구 도와줄 또 다른 사람 없는가요

'16/6.8.

시골 운동장

시골 초등학교 동문회가 열리는
운동장에는 살다 지친
장년들이 웃고 떠드는 일이야
일상이래도 야, 자, 저 자식이 범벅이 되는
추억은 가볍다 옛일이 떠오르면
둥근 공을 향해 기를 다해 달려보지만 이젠
몸이 무거워 뜻이 따라주지 못한
먼지 뿌연 운동장에는
어울리는 뽕짝이 애섧다
세월은 가는 것 때문에 과거를 불러
질탕한 시절을 초대해도
간 것은 이미 간 것이고 오는 것은
무겁게 발자국을 떼는 할 수 없어
단, 하루만 초대한 시절이
만국기 바람에 펄럭인다
강아지 한 마리가
운동장을 가로지르고

'16/6.9.

스마트 폰

손에서 떨어질 줄 모르는 그림자
어디를 가나 함께 따라오는 만약 지척이나
손에 없으면 허전이 밀물 같아
불안을 키우는 소식 누가 기다릴까만
기다림이 서성이는 마음만 가득하다

어쩌다 하루에 한 두 번의 기별인데
세상으로 열린 통로에 숨을 내쉬는
어이해 이런 감옥에 갇혀 사는지
대답해주는 사람이 없는 고립무원 속에
스마트하게 살기는 다 틀렸다

자유는 이미 구속 상태로 언제 격리의
선고가 다가올지는 몰라도 저승길
통하는 골목에서 전화 올 것을 염려하는
슬픈 통로에는 항상 열려진 소통이지만
오히려 불통의 세상사에서 그나마
누군가를 불러내는 신호음이 있어
먼 수명 길까지 따라오려는 휴대물목이라

신주 모시 듯 언제나 가까이 받드는
이미 노예가 되었음을 고백한다

.

'16/6.9.

하루가 간다

아침에 일어나 낮을 보내고
이어온 밤을 맞아
하루는 그렇게 간다 하루
그 끝자락에서 돌아보면
모든 게 어설픈 생각이 앞장서
반성의 글을 제출하려해도 자꾸만
망각병을 탓하기에 돌아보니
내일을 약속하는 또 다른 공간이
마음 속에 길을 만들면서
내일 내일을 암송한다

그래 내일이 있다고 평생을
살아오면서 노래를 만들었지만
되풀이 노래의 2절을 만들 수 없는
깨달음 앞에서 물어야할 목록을 써보니
침묵을 앞세울까 아니면
유창한 말을 꺼낼까라는 두 길에서
선택조차 말 못하는 주저중이
오늘은 또 다시 넘기는 일기장이다

쌓이는 여백에는 점차 희미한
안개가 자욱한 멀리 그곳
가야할 목적지라 좌표를 정해놓고
한걸음을 옮길 때마다
가슴 속으로 흐르는 강줄기가
반짝거리는 길을 이어가느라
염려 말라 염려 말라의 소곤거림 같아
안심 표어를 붙여 놓고 바라본다

'16/6.9.

생명

보호를 받는다는 건
독한 농약을 뿌리는 일
타들어간 잡초 밭에
콩을 심었다. 혼자 푸름 청청한
표정 위를 바람이 지나간다. 비웃는지
부러움인지는 아무도 모른다 다만
농부의 뜻에 맞추는 비위 때문에
잘 자라는 일이 의무이지만 거역할 수없는
미안함도 사실이다 그러나
며칠 뒤 잡초의 싹은 어김없이
세상의 불공평을 부르짖지만 하소는
항상 유전무죄처럼 슬픈 귀결 앞에
인권도 공평도 없는 법조문 세상
두보의 박계행(縛鷄行)이 생각나 그냥
길을 걸을 뿐이지만
얼마 뒤면 잡초의 뿌리는 다시
일어나는 길을 모색할 것이다

'16/6.10.

질서

봄에 핀 할미꽃이나 복수초가
화려한 의상 쇼를 장식하고 금시 사라진다.
허무한 그 뒷자리에 알 수 없는
꽃이 다시 자리를 잡는다. 교대식도 없이
그러나 엄중하게 나타나는 규율이
무섭다. 내 것과 네 것이 없는
순서를 지키는 그들에겐 어떤
약속의 굳은 맹세일까는 몰라도
바라보는 것으로 기쁨일 뿐이다

질주하는 자동차들을 본다 모두
바쁘게 자리를 비집고 지나는 네거리
서로가 바쁘다고 빵빵거리고
작은 틈새만 보이면 머리부터
밀어 넣고 속력을 높이지만 이내
뒤엉킨 실타래는 꼬이고 꼬인
멈추는 고성이 아프다

인간은 가장 바보 같다

'16/6.10

농부 사교육

빨리 일어나라 해 중천이다
푸른 벌판 안개숲 새벽
잠을 깨우는 골, 골짝에서
물이 부족하니 시낭고낭의 곡식 염려
아니면 물이 넘친다 벼 쓰러질라
이 걱정 저 걱정 골짝마다 소리치는
아우성 강남 엄마들은 산골에도
여전히 극성이다

빨리 일어나라 아침 풀이 기운을 얻어
한낮이면 힘겨울라 새벽일이 하루의 반
긴소리 잔소리가 자명종 큰소리로
아장바장 쉴틈 없는 잔소리 긴소리에
염려 많은 강남엄마 밤 되면 빨리 자라
내일 아침 할 일 많은 여름자락
깊어지는 산천은 고요한데
잠 못 이루는 내일 염려에
재촉소리 촉급한 골골마다
푸른 세상 가득한

이 골짝 저 골짝

바쁜 재촉

뻐꾹새

'16/6.11.

선풍기는

불쌍하다 남을 위해 하루 종일
날개를 돌리는 땀의 대가
멈추라면 멈추고 돌아라 명령이면
무작정 돌아가는 안으로 흘리는 땀
누구도 알아주는 사람이 없는
무한 충성이 참으로 불쌍하다

사는 일은 이런 불공평의
구석도 있어

처량하다 한여름이 지나면
창고구석에 처박혀 토사구팽이라던가
아무 쓸모도 없을 때 그 슬픔 위에
눈 내리는 설음이 두꺼워지는 추위
한 발 추락의 운명을 서러워한들
아픈 가슴에 멍이 든 차별의 강물

기다림은 회전문을
막 지나고 있는

운명이라는 말을 되뇌이는 것은
그 운명이 아픔의 강물에 투신했을 때
그림자처럼 다가오는 이름인 것을
정상에 오르면 가야할 길은 참으로
급전직하 수직으로 떨어지는 그때
정신을 차린들 이미 추위에 오그라드는
육신을 가릴 방한복이 준비되었는가

누구나 선풍기의 운명을
벗어날 수는 없구나

'16/6.11.

책을 읽으며

삼복어름 여름날
원고청탁이 오면
우선 웃통을 벗는다
솟구치는 열을 식히려
냉수 한 모금을 마시고
뚫어져라 원고의
구석을 바라보면 놀라
다가오는 내 물음에 대답하는
책속의 말들이 쏟아져 나온다 역시
무서운 얼굴은 효과가 있으나
가끔이라야 한다. 어르고 달래는
변화 앞에 솔직을 털어놓는 고백을
들으려는 경청의 자세를 보이면
원고 속에 말들은 얌전히 친하고 싶은
보폭마다 갈래 치는 속살 훔쳐보는
아, 무슨 관음증의 중독인가
홀딱 벗은 나신을 조심스레 바라보는
내 눈은 그래도 담담한 척
다음 순서 앞에 나가려는 생각이지만

일이 끝나면 갈증에 맥주 한잔이
사뭇 맛이 좋은데......

'16/6.11.

지금 내 여인은 어디쯤

지금 내 여인은 어디쯤 가고 있을까
뒤돌아보면서 잘 있으라는 손짓이 아직
허공에 흔들리고 있는데 꽃들은
시름겨운 햇살에 힘을 잃은 낮을 지나
황혼을 준비하는 서녘 하늘 끝엔
붉은 물감을 풀어 이제 막 붓질을 시작하는
캔버스에 안갯발이 서성이는데 사랑은 마침내
길을 가겠다고 선언을 하는 것 같아
붙잡으렬수록 안타까운 노래가
기운을 잃어 말을 못하는 막힌 가슴이라
손짓 발짓의 수화를 못해 가슴만 탑니다

지금 내 여인은 뒤돌아 고개 넘는 머리칼
바람은 무심을 재촉하는 언덕에서 그나마
돌아보는 눈빛으로 어둠 찾아들려는
그림자 사라지는 안타까움이 서러운데
이별이야 책속에 들어있는 발자국일지라도
마음 강물에 흔들리는 출렁임이 이젠
늙어가는 나이에도 견디기 어려운 고백

따라갈 수 없는 기력이 아픈 두 다리 재촉하며
마구 치솟는 그리움을 뒤로 보낼 수 없어
앞으로 나와서 소리쳐 달라 부탁을 해도
이해 못해 절룩이는 하소연이 서럽습니다

'16/6.11.

꽃들의 말

알아들을 수 없을 뿐 저들도
저마다 할 말이 있어 온갖 색으로
꽃을 피울게다 황혼에는 오므리고
아침에 활짝 피는 낮달맞이꽃도 노랑 물로
세상을 칠하는 말을 이해할 수만 있다면
깊은 속내를 알아차릴 수 있을 것이지만
묵음으로 시종 웃고만 있는 모양에서
차라리 깊이 있는 전갈이 투명하다

꽃들은 그들만의 사연이 있어 어떨 땐
붉은 물감으로 칠한 캔버스를 들고
시위하듯 종일을 피 토하듯 열변의
색깔로 의사표시를 지속하는 그 속내
깊이를 방문해보고 싶다 하여
시원스레 소원을 들어준다면 혹여
하얀 꽃들이 시위를 하면 어쩌나
이도저도 망설여지는 꽃들 앞에서
차라리 알아듣지 못하는 멍한 표정으로

다가오는 향기나 맡으면 어떨까
체념을 접어 간직한다

'16/6.11.

차 한 잔의 역설

마주 앉은 사람이 없는데
찻잔에는 또 한 사람이 앉아 있다
내가 한 모금을 마시면 그만큼
줄어든 찻잔에는 추억이 채워진다
떠난 사람도 있고, 즐거웠던 시절의
예쁜 여인도 있지만 이내 허공에
바람이 가득해진다. 날마다
잔을 비우고 다시 채우고의 반복이
일상의 의무처럼 되풀이되지만
이 뜻이 무엇인지는 모르겠다

시 한 편을 쓰면 숫자가 늘어나지만
한 숟갈의 밥이나 차 한 잔을 마시면서
누적을 계산하지 않는 이유를 정작
알 길이 없어도 무의식의 행동에
의식의 숫자가 더해질 때는 어떤
의미가 있을 터인데 갈수록 미궁의
깊이에서 날마다 사람을 만나면
한 잔을 말하는 습관이 이상타

이상을 만나 의논해보고 싶은 데 지금
이상은 어디서 웃고만 있을까

'16/6.12.

오늘 나의 역에는

누군가 내리고 타는 이름을 역이라면
나의 역은 없다. 그러나 어딘가를 가는
길을 말하면 이 또한 역이라
내 목적지가 어딘가를 자꾸 묻는다
그러나 누구도 대답이 없는데서 나는
역사(驛舍)에서 무료히 앉아 다시
누군가를 기다리면서 함께
어딘가로 가는 길을 소망한다.

유령은 죽은 자의 혼령만은 아니다.
살아 있어도 자기를 모르고 무작정
앞 사람의 머리통만 바라보고 가는
그 길에 허방을 만나면 모두가
떨어져 죽는다해도 누구에게 변상을
호소할 것인가 나는 똑똑한 머리라
자위해도 이 문제를 해결하지 못하고
아침에 일어나 저녁 잠자리에 들 때까지
묻고 묻는 일만으로 살아가는 내 역에는

내릴 사람도 타는 사람도 없는
쓸쓸한 바람만 타고 내린다.

'16/6.12.

가는 사람의 뒷자락

황진이는 화담이 돌아섬에
쓸쓸해 마음 상헸을 기다
거절이 완강했더라도 좀더
앉아 기다렸다면 분명 기쁨의
시간은 있었을 것을 그러나
정해진 운명이라 갈 사람은
기어 가고 올 사람은 올 것인데
사랑은 아픔이 있어야 기쁨이 커지는
이치는 슬픈 일이다. 오늘 나는
떠나는 사람 뒷모습을 보면서
울까 말까를 주저하면서
참기로 작심하고 잘 가라 배웅하니
어둠이 갑자기 들이닥쳐 심문을 한다
왜, 붙잡지 않았냐는 추궁에
사랑은 보내는 것이라 대답하니
그럴 수도 있다고 끄덕이는 모양을 보고
눈을 감으니 불면의 터널이 열린다

'16/6.12.

둘이서 부르는 노래만 있다면

떠나는 사람은 온다고 한다. 그러나
동그라미에 갇혀 사는 이유로
언젠가는 다시 만나리라, 하면
이어진 줄을 다시 붙잡고
떠나지 말자 한 소절은 내가 부르고
다음 소절은 그대가 부른다면 우리는
기쁨이 앞서는 길을 따라 무작정
가야만 하리 그래도 조심스런
발자국에 돌아오는 소리들의 쟁쟁(錚錚)
마침내 문을 열리리라

가는 사람은 간다고 한다. 언젠가
만날 수 있다는 희망이 불을 켜고
가슴 열어 사노라면 언덕 몇이야
언제나 있는 노래의 중심이거늘
기다리고 다시 기다리면 우리가
소망했던 마지막의 정점에서
무지개 솟아오르는 강변 오두막
작은 불빛이 켜지는 날이면

사랑도 덩달아 솟아오르는 달빛 따라
둘이서 부르는 노래만 있다면
어둠이야 무슨 이윤 말할 것인가

'16/6.12.

떠난 지리에서 그대

떠난 자리에는 여백이 남는다
고요의 길로 돌아오는 그대는 기어
가고 말았어도 그 뒷자락에
말없는 기억들이 앞 다퉈
순서를 기다리는 어디쯤
소리로 돌아오는 골목을 휘돌아
표정 밝은 약속 하나가 자라네

떠난 자리에는 소용돌이가 남아
허무도 덩달아 춤을 추는
춤사위 어긋난 발자취에 가락은
길을 잘못 들었는지 엇박자 기억
물살로 떠나가는 뱃전에는
지나서 아름다울 수 있는
이별이 매듭을 남기는 소란도
참을 수가 있는데

오고가는 일이야 운명이 정한 기록 따라
오늘은 그대를 생각하는 그림자의 여백

거기 가득한 이름을 새기면서 따라가는
걸음마다 고이는 눈물이 흐를지라도
내일의 문이 열릴 것을 믿는 마음 자락에
무지개나라 끝에 이르러 오두막 작은집
웃는 모습의 한사람과 마주 서있는 꽃들이
마구마구 웃고 있는 풍경이 보이네

'16/6.12.

내 인생 하루쯤

톱니바퀴에 물려서 가는 길
하루쯤 바닷가에서 실컷
물에 젖어 가라앉고 싶다
물고기를 만나면 어디서 왔는가
어디로 갈 것인가를 물어
동행의 놀이를 즐기다
마음 가볍게 밖으로 나오면
세상은 더욱 화려할 것을

내 인생 하루쯤 산속으로 들어가
세상 검은 막을 치고 상연되는 영화
로맨스의 정점에 이르면 환호의 박수
문득 꿈이 깨면 새로운 나라
청아한 바람은 먼데 꿈을 데리고 와
함께 놀이에 취하면 좋아 좋아서
시간이 어딘가로 달아나
찾으러 갔다 그만 잊어버린
골짝에서 미아가 되어도 좋을

상심의 언덕이 높을수록 산은 깊어지고
바다가 깊을수록 푸름이 짙어지는
사는 일 점차 가파른 신음이 찾아와도
어딘가 내 마음의 고향을 감춰두고
꼭꼭 숨긴 열쇠를 들고 찾아갈
그 너른 길이 있으면 홀로 가는 길
외로움 하루쯤 방사하듯
푸른 풀밭에 바람을 맞으면 마음도
풀빛 푸름으로 젖어 들 텐데

'16/6.13.

우리는 또다시

일어날 것이다. 넘어지고
설사 쓰러져 아픔이 깊다해도
일어나 해야 할 일을 위해
가슴을 열고 멀리 눈을 들어
걸음을 옮길 것이다. 바람이야
훼방의 자락을 흔들고 언제나
떠버리 자랑을 깃발로 휘젓지만
제풀로 사라지는 뒷모습은 초라하리니
절망을 거두고 희망을 앞세워
일어나야 한다. 무심히 가는 자는 운명을
책임지지 않고 말로만 펴놓은 잡초밭
향기 높은 소용의 땅을 위해 일어나
눈을 들어 멀리 바라보아야 한다

걸음을 옮길 때마다 저벅거리는 소리
고독이 따라오면서 함께 가자 조르더라도
개척자의 외로움은 오히려 심연의
아슬한 고비를 지나는 기운을 얻는
박수는 마지막에 준비되어 있어

믿음이 흩날리는 신념으로
길은 그렇게 환한 여명에
새벽을 준비할 것이니
떠나는 자여! 걷는 자여!
시기와 비난의 화살은 마침내
부메랑의 창끝으로 후회를 포장하여
무덤을 만들지니 돌아보지 말고
앞으로, 그냥 앞으로 걸어야 할
소명이 있을 뿐 우리는
또다시 역사의 중심에 설 것
꼭 그럴 것이다

'16/6.13.

추억 등성이

잊기로 했더니 자꾸만 따라오는
그림자를 발견하고 뒤로 돌아
오지 말라 손짓을 해도 다가오는
어쩔 수 없어 동행의 발길로
노래나 부르며 가자는 청에
'홍도야 울지 마라'를 뽑아내는
늦은 밤 박재삼의 구부러진 목청이
느닷없이 '비극은 없다'*에 끼어든다

돌아갈 수 없는 시절은 이미 지나
멀리 가물거리는 등성이에서
편히들 쉬고 있는데 그리움은
말릴 틈도 없이 찾아온 그 길을
돌아가 만나고 싶어 길을 나서니
까맣게 변해버린 스크린에는
먹물이 깊어 길이 없어졌네

지난 것들은 아픈 것, 지난 것들은
보고 싶은 것들, 이것들을 모아 다시를

되풀이 할 수 있는 기계가 있다면
그 넓은 길을 달려 두고두고 만나는 일
말이 없으면 어떠랴 정종 한 잔, 두 잔에
비틀어진 목구멍을 넘어가는 소리 따라
구성진 노래나 한 번만 부르면 될 것을...

* 소설가 홍성유 한국일보 장편소설 당선작

'16/6.13.

황명 추억

내 선배 황복동은 부잣집 아들
머리를 약간 뒤로 젖히고 웃는
그 흰 이를 다시 볼 수 없는 멋쟁이
원주 가는 길 문막 저수지에서
낚시질이 한창인지 자꾸 생각이 난다
제멋에 취한 분수*는 이미 갈증을
식히기에는 따로 물줄기가 필요한데
작은 물소리라도 들을 수만 있다면
삼복 여름은 위로가 될 것을

어쩌다 감투 때문에 시를 손에 쥐고도
이 길 저 길을 기웃거린 불행은 그의
마음속에 또 다른 갈망이 있었지만
운명은 때로 숨죽이는 심호흡을 하면서
체념의 강물을 띄워 시나 건질 것을
속세 관심이 지나쳐 술, 자리에 빠진
그의 재능이 아까울 때면 생각의 소로에서
만나 술 한 잔에 다시 그의 서대문

대문을 밀고 들어가 거나한 흥에 빠진
웃음이나 보고 싶은데

* 1955년 『동아일보』 당선작

'16/6.13.

아무리 생각해도

답이 없습니다 아무리 생각해도
내가 그대를 찾아가는 밤낮
사랑 하나만을 위한 그리움을
강물에 띄운들 바람이 저 홀로
고집을 부리는 데는 나 또한 길을 몰라
어쩔 수 없이 마음 조바롭습니다

들려주십시오 귀를 열어 바람 오는 곳
마음 바쳐 온새미로 그대를 위해
기도하듯 정숙한 그리움을 그리는
내 서투른 그림 위에 눈을 뜨고
마음 열어 바쳐야할 고백 지금
길을 몰라 서성이는 골목에서
아무리 생각해도 사랑입니다

길을 잘못 들었다해도 다시 가노라면
후회의 목록이 없는 일기장을 들고
이름 고운 추억 위에 내리는
청아한 바람자락 따라

운명도 함께 들판 너른 땅에서
기다림을 세워 놓고 다가오는
그대를 맞아 꿈꾸는 이름,
그 이름을 문패로 달고 작은 집
등불을 켜는 일이 모두입니다
마주 앉아 바라보는 일이
모두랍니다

'16/6.13.

하나가 하나인 일이 더 무겁다

혼자 있노라니 마음이 심란하다
이 일 저 일이 순서없이 다가드는
일상 되풀이 똑같은 표정이지만
둘이 하나보다 하나가 하나인 일이
더 무겁고 힙겹다 이런 수학이
예전엔 전혀 몰랐던 또 다른
수학책을 펴고 공부를 지속하려니
고요가 적막을 데리고 와 놀잔다

아내가 없는 날은 이럴 진데 언젠가
하나가 하나로 남는 수학은
무서운 책이 되어 차마
생각 할 수 없는 두려움의
공포 영화가 전율을 삼키는 정점
그만 정전이 되는 어둠이길 레
영화관을 나서는 발길에
두려움이 쿵! 떨어진다

오늘부터 유명하다는 수학책을 펴고 열심히
한 페이지를 넘기니 내가 생각하는 계산과는
전혀 다른 설명에 당혹하여 그만 잠이 들어
포기할까를 생각하는 심각한 지경에
서울 간 아내의 전화벨소리에
꿈길이 화들짝 깬다

휴,
꿈이길 레 다행이다

'16/6.14.

망신

꽃밭에 서면 마음이 떨린다
어둠의 깊이에 추위와 바람
엄동설한을 뚫고온 여정이
웃음인지 울음의 표정인지
알 길 없는 속내가 불안하여 혹시
감추고 감춘 이유가 있을까
세밀한 뒷조사 촘촘을 다해
찾아봐도 이해 못하는 미소라

나도 저 꽃처럼 감추고 감춘
알 수없는 표정으로 세상 사람들
무조건 웃는 얼굴을 간판 삼아
무슨무슨 홍보용으로 쓰면
돈을 많이 벌 수 있으려니
쾌재의 기쁨으로 실행하려다
끝내 망신을 당하는
일갈(一喝)

"너는 향기가 없잖아,
바보야!"

'16/6.14.

자귀꽃

날아가고 싶어 하늘만 볼 뿐
그리움이 따라오는 나래
먼 꿈을 그리는 소망이야
자욱한 숲속에 숨어 있는데
한 발을 옮기는 날의
푸른 하늘은 무얼 할까 그리고
어디로 갈 것인가
선뜻 다가온 숙고(熟考)라
멀리 산들의 근엄을 바라보며
무엇을 위해 새들은 저마다
갈 길을 서두르는지 천지사방은
물이 찰랑이는 녹색 카펫위에
그림자 비추는 아름다운 세상
먼 비상을 위해 숨겨둔
새들의 군무 지금은
춤을 추는 이유가 오로지
가슴에 들어 있을 뿐이네

'16/6.15.

세상은 넓고 깊은데

살다보니 세상을 다시 본다
예전엔 건너기 자신 있었는데
나이가 무거워지니 세상이 점차
무거워진다 시건방 탓하던
말 많은 사설도 멀리 떠났고
적요(寂寥)가 몸을 휘감는 지금은
나이와 비례해서 생각의 무게에는
헤아림만 무겁게 가라앉아
점차 노래가 부르고 싶어
열리는 무대로 나가려는 뜻은
가는 사람의 몫이라 말해도
체념이 등 두드리며 사는 일
허둥지둥 남아있는
신념의 줄기가 앞으로 다가와
그래 그래를 끄덕이는 고갯짓
오늘은 안심이라 고백하는
하루가 고개를 넘었습니다 세상은
그래도 좋을 뿐이라 일기장에
적고 있습니다.

'16/6.15.

제21부
꿈으로 오는 그대

우리는 만날 것입니다

어딘가 어디쯤에서
우리는 만날 것입니다
화려야 꾸미는 이름이라
접어 가슴에 묻고 다만
보고 싶은 날들의 사연에 담긴
작은 소망을 위해 올리는 기도가
정갈한 물살에 흐르고 있습니다

다가가고 다시 다가가노라면
어딘가 어디쯤에 숨어
기다리는 처녀의 가슴속에
그립게 고여 있는 하늘빛 아니면
분홍꽃잎에 머물고 있는 외로움조차
순수해서 투명한 사랑, 흐르고 있는
물결입니다

어디쯤 가면 솟아나오는
맑아 서러운 샘물입니다
하늘 담아 구름도 흐르고 진정

맑아서 서러운 빛이 되오는
작은 오솔길을 걷노라면
우리는 하나밖에 모르는
그리운 이름표로 새겨진
빛나는 선망, 사랑 말입니다

접어 가슴에 담습니다 이젠
고운 이름으로 변하는 채색의
마술에 빠진 하루를 넘어 새로운
세상의 푸른 날개에 실린
꿈같아 정갈하기 외려
서러움 같은 그런 사랑 말입니다

'16/6.15.

자유, 깃털처럼

영혼의 날개를 흔들면서
먼 나라 마음속에
퍼덕이는 싱싱함을 골라
매듭 하나하나를 풀어
새 길을 만드는 여행, 그 길에
자유로운 숲을 지나 어딘가
걸음을 옮기는 방랑인
나그네이고 싶네

떠나는 날이 왔다 오늘
행운의 목걸이에 감춰 둔 꿈도 있고
따라오는 세상의 모든 소리
땅의 여유로움을 어머니로 삼고
하늘의 빛살로 내 아버지와의
화음 그 품안에 숨 쉬는 일에
두꺼운 책을 펴면 마침내
보고 할 이야기가 서성서성
길을 떠나는 자유인의 깃털이
드디어 움직인다

이별이 아니다. 돌고 돌면 다시
원점으로 나오는 입구와 출구가
하나인 동그라미의 날개를 퍼덕이면
어안렌즈에 들어있는 세상 마침내
길을 내는 그 이름의 전설
자유가 노래를 부릅니다

'16/6.15.

그대 앞에서는

그대 앞에서 나는 무엇을 해야 할까
할 말이 없는 무성한 잡초 밭에서
마음 다듬을 새도 없이 지나가는
세월의 껍질이 너무 단단하여
어찌할 수없이 바라보기만 일삼아
길을 찾을 수가 없습니다

터벅이는 행로에
전해지는 소식은 먼데
흔들림의 멀미가 소용돌이 중심을
멀컨히 바라보는 나는
무엇도 할 줄 몰라 입을 닫고
하루가 저무는 안스럼인데

먼 산들 연이어 겹쳐진 숲은
모든 것들을 안아 따스한 체온
강물이 흐르면 건널 수 있으리 그곳
햇살 밝은 양지에서 해바라기로
생각을 키워 깃대에 꽂아 놓으면
먼 소식이 달려와 상봉하는

찾아야 할 길은 작은 숲을 헤치고
바람 자락에 모습을 보이는 그때
눈이 밝아지는 신기루를 만나 그대 앞에
손을 내밀어 오랫동안 헤맨
눈물이 먼저 기쁘다고 길을 내는
이런 일도 행복 속에 있는
사연입니다

'16/6.16.

시의 강을 건너면

강에서 배를 띄우고 있네 물결
찰랑이는 물살 바쁘게 지나가고
이어 다가오는 길이 붐비지만
청아한 아름다움이 바람을 타는
흐름 따라 뱃머리 잔물결이
마침내 펄럭이는 호소가 되네

흔들거리는 멀미의 추억을 데리고
재촉이 순풍이 되어 어서 가자
우리들 꿈은 점차 나풀거리는
가벼워도 깊은 꿈이 간직된
높은 뜻 이상의 손에 끌려
시원함이 되는 이름이네

그리움을 포장한 귀로에
마음 성급한 보고픔이 앞장 서
물살을 헤쳐 가는 길 다시 길
산하 함께 가는 풍경에 빠져

버드나무 휘청이는 골목 지나니
시의 강에 물결이 흐르고 있네

'16/6.16.

행복

아침에 일어나는 것만으로도
행복이 두 눈에 가득해지네
시원한 바람이 햇살을 데리고
꽃들 앞에 떨어지는 보석
줄줄이 연결고리를 만들어
그대 가슴에 걸어주고 싶은
저 빛나는 이름을 뭐라 부를까

한낮이 오면 세상은 비로소
익어가는 노래를 부르느라
잠시 쉬는 시간처럼 서로의
얼굴을 바라보는 눈자위에
그윽한 빛이 따스한 것도
말이 없어 가득해지는 가슴
굳이 뭐라 이름을 지을 수 있을까

불빛을 가져오는 황혼의 발자국
골목골목으로 응답의 환호 따라
돌아오는 기다림과 마주 앉아

하루의 이야기가 향기로 변하는
사랑은 말없이 스며드는 미소 길
별들이 엿보는 방안 풍경에는
호기심도 잠드는 행복한 날 하루

'16/6.16.

창문을 열면 세상이 온다

문을 열면 세상이 들어온다
바람이야 나그네의 이름이라
어느 때든 나뭇가지 끝에서
멀리 시간의 숲들의 이야기
들을수록 흥미로운 전설의 길
떠난 사람은 아직 오지 않아도
기다림의 마음 열어라 지금은
소식을 들으려 문을 열었네

창문을 열면 어디서든 달려오는
아침 새들의 소식은 지난밤
어디서 누구가 무엇을 했는가
궁금한 전갈에 웃음기 가득해
잘했다 등 두드리는 신나는 호응
온 누리 넘치는 아침햇살 미소는
하루 등줄기로 넘어가는 기쁨
바라보는 것으로도 행운이네

'16/6.16.

겸손

글줄이나 쓴다고 껍죽이기도
시를 쓴다고 머리 굴리기도 했지만
이제 나이 깊은 숲속에서 들리는
허무로다 허무로다를
따라오는 그림자가
죽음이라서가 아니다 아직도
남아있는 햇살 창창한
하늘 끝이 먼데 돌아보아
할 말이 없는 침묵
그놈을 데리고 날마다
놀자 놀자를 부르지만
힘이 부치는 이 노릇도
답이 아니길 레
무얼 해야 하는가를
열심히 찾고 있는 중.

'16/6.18.

바람의 얼굴은

바람의 얼굴을 보기위해
날마다 밖을 쳐다본다
동쪽인가 아니면 서쪽인가
눈을 두리번거리며 찾고
다시 찾아봐도 흔적 없는데
나무 끝에 실낱같은 미동을 보고
얼른 찾아가 물었으나
전혀 들리지 않는 소리에
고개를 돌리고 하늘을 보니
높은 나무 위에서 일렁일렁이는
움직임이 있길레
"서라, 얼굴 좀 보자"소리치니
시시덕거리며 금방 조용하니
어리둥절 하늘을 바라보는
멍한 내 모습을 비웃듯
더 높은 나무 끝에서는
일렁일렁

'16/6.19.

어둠

태양의 작렬(炸裂)이 잦아들면
어둠은 천천히 오리라
기다림이 아니더라도
태내(胎內)의 물이
사위를 감싼 우주 어딘가
조용하고 아늑한 본바탕
꿈꾸는 영원을 맞아 설사
그곳이 아무 것도 없고
아무 것도 보이지 않고
그림자조차 없어
아무 생각도 없는 그런
공간 속에 마침내 걷고 있는
나는 무엇인가?

'16/6.20.

누구는

노래하면서 누구는
어머니 품으로 간다했다 누구는
나그네의 행로를 마치고
고향으로 간다고 했다 누구는
세상 구경 잘 하고 마침내
집으로 돌아간다고 했다 누구는
영생의 문으로 들어간다고 했다
누구누구들이 모두 어딘가로
간다고 했던 말들이 지금은
그렇게 진행되었을까 하면
지금부터 나도 갈 곳의
이름을 정하고
노래를 불러야겠는데...

'16/6.20.

만약에 꽃들의 말을

꽃들의 말을 알아들을 수만 있다면
나 또한 꽃이 될 것을
어찌할 수 없어 바라만 보는 이 일도
한참을 지나니 어느새
꽃이 된 것 같은 착각에
벌들을 불러 모아 내게
얼마의 꿀이 있는가를 물으니
윙윙거리면서 지나만 간다

낯설음은 내 것이 아닌데
남들 모두가 나를 두고
피하는 이방의 설움 내가
꽃이 안 되는 이유를 몰라
허방 깊이에서 고뇌의 물을 길어
시원하게 적시는 물길 따라
어딘가 깊은 산속 꽃숲에서
흉내를 연습하다 잠이 들었더니
통역이 없는 미개척의 언어에
낯선 벙어리가 되었으나

꽃들이 위로하는 소리에 놀라
마음을 다잡아 멀찍이 떨어져
향내만 쿵쿵거리고 있습니다

'16/6.20.

고백록

그럴 것이다. 세상을 넓게 높게 볼 수 있다면
환한 눈을 가지고 바라보아 열리는 세상
얼마나 깊은지를 알 터인데 기껏 내 발 앞에
한 발자국을 염려하는 이 노릇이 아프다
누구도 알려주지 않는 길을 곧게 갈 수만 있다면
흔들림 없이 고운 마음으로 찬사를 받으면서
그렇게 갈 수 있을 것이지만 자욱하기
안개 숲에 어둠은 항상 도사리고 언제
덮칠 것인가를 노리는 눈자위에 절망은
순서도 없이 다가오려는데 내 눈은 항상
게슴츠레 기다림이 헤매는 벌판
베토오벤이 걸어오는 소리가 들린다
귀도 안 들리고 눈도 점차 희미한 골목을
결코 빠져 나올 수 없다는 선언에서 나는
이별을 필연으로 알고
만남을 선택으로 정리한
공책을 들고 서성인다
부처에 천 번 절하면 무얼하고
예수에 백 번 기도하면 무엇하냐

마음 다스림도 없는 어둠을 이고
길을 가는 장님의 하루인 것을

'16/6.21

변명 팔기

믿으려니 불안하고
믿지 않으려니 또 불안하여
믿어야 한다고 작심을 했지만
결국은 모두 똑같다
누구는 이익으로 영혼을 팔고
누구는 장사로 자기를 팔고
누구는 제 믿음으로 신을 팔고 모두
똑같다 변명으로 옷을 입고 떠나는
사람들의 그림자에 따라오는
이유는 단 하나일 뿐
절망은 인간의 것이고
희망 또한 인간의 것이지만
진실을 간판으로 세운
사람을 찾습니다 다시
절망 속에서 희망 찾는
방도를 찾습니다

'16.6.22.

호수와 사랑

한 사람을 사랑하면
세계가 열리고 가득한 그리움이
발자국소리를 내면서 다가오네
문을 열고 맞으려하면
바람이 먼저 알고
꽃잎을 흔드는 장난기에
세상은 흔들리는 가락으로
잊었던 것들이 마구 살아나는
길은 그렇게 넓은 가슴이네

꿈을 꾸기로 한다면
마음 설레는 흔들림이
외로움을 데리고 위로의 말솜씨로
함께 가자는 눈짓이 그윽한데
사랑으로 가는 길에 따라오는 향기
이름을 달라고 재촉해도
웃기로 작정하고 무작정 가는
햇살이 따라오면서 자꾸 간질이는
웃음을 참느라 호숫가에 이르러

그만 바람 따라 물에 빠져
깔깔거리는 소리조차 허우적이는
파문이 가슴을 휘집어
노래가 되오는 사랑이네

'16/6.23.

호수를 만들고 싶다

작아도 좋다. 맑은 물이
하늘을 담고 거기
한사람의 영혼이 담긴 고요
걸어 걸어서 당도한 그런
호수에 이르고 싶다

멀리 있다해도 찾아가 호소하는
조용한 달빛이 숨죽이는
한사람의 얼굴이 다가오는
반가워 숨죽이는 정밀(靜謐)의 의상
그런 호수에 닿고 싶어

훼방꾼이 오지 못하게
울타리 넓게 둘러치고
온몸으로 막아 밤이 되오면
고독이사 자욱한 연무라도
별들의 눈빛에 호기심을 키우는
호수를 만들고 싶다, 하면

서쪽으로 가는 달빛의 은유
부드러운 이유를 말할 수 없어
입을 다물고 고대하듯 기다리면
여명은 웃는 이유를 설명하는
아침이 올 때까지 그대를 지키는
병사가 되고 싶다

'16/6.23.

가뭄

목마른 풀잎들이 불쌍하다
시들어 늘어뜨린 수인(囚人)의 추레
햇살은 무얼 재촉하려는지
고삐를 더욱 죄고 있으니
비틀어지는 아픔이 신음을 넘었다

고마운 것도 지나치면 고통이고
고통을 지나면 다시 감사한 태양이래도
열사(熱沙)의 목줄기에는 비명의 고통인데
서 있는 좌표아래 간섭할 수없는
이유가 있긴한데 목 넘어가는 절규가
시급하기 촌각으로 좌절한다

말로 설명이 가능한 것은 위급이 아니고
설명조차 생략하기 급급한 숨넘이 고개
어찌하라고 큰 나무에는 느긋한 형벌
아, 재벌 공화국은 여기도 있느니
초록 작은 풀들부터 쓰러지는 암담
오후 3시는 그렇게 절망을 낳았다

민주주의는 불행을 먹고 공평을 분배하기엔
너무 멀리 그림자가 드리우고 그렇다고
공산주의 이론에는 현실이 어긋나는 이념
세상은 모순의 줄기에 이끌려가는 그래도
민주의 간판을 들고 한판 형벌도(刑罰圖)에
지글거리는 한낮에 시위의 목마름

'16/6.23.

혼자 앉아 있네

혼자 앉아 있네 멀리
들판이 보이는 의자에
깊이 허리를 기대고
구름 몇이 떠가는 하늘 깊이
누군가 그림자가 어른거리고
추억이 그 뒤를 따르느라
맑아 서러운 시내 소리

혼자 의자에 앉아 있네
나무 그늘아래 소소한 바람
잠시 앉았다 떠나는 길에
보여줄 것이 다한 허무 같은
멀리로 길 가느다랗게 펴진
두 사람이 한 사람처럼
사랑은 그렇게 이어지는데

들리는 소리들이 새삼 싱그러운
나무숲을 지나면서 가져온 향내
따라오는 바람이 저도 끼워달라는

조급증에 머리칼은 날리는데
바쁠 것이 없는 세상사에 그나마
살아 기쁨이 단맛처럼 입안을 헹구는
의자에 앉아 기다림을 셈하고 있네

'16/6.23.

비가 오는 날엔

문을 열어 빗소리를 듣는다
작은 소리에는 마음이 열리고
큰 소리에는 가슴이 열리고
점차 올라가는 열림의 길
문을 더욱 넓게 열면 그때사
세상은 젖어 고요한 자태에
물이 뚝뚝 흐르는 다시 자태에
보아왔던 여인의 나신으로
가슴을 문지르는 추억이 온다

비가 오는 날엔 세상의 소리
더욱 빠르게 다가드는 전달따라
새들은 물이 젖어도 하늘길
가로 지르는 비행이 경쾌한데
곱게 물먹은 풀잎들의 다소곳
신부로 보았던 내 여인의 꽃길
그 길이 지금 푸르게 열리고 있다

'16/6.24.

오라, 그대 내 숲으로

오라 내 숲으로 이제
어둠 내리어 고요한 한낮의
뜨거운 여름날조차 임무를
내려놓아 조용한 이름 한층
정다운 깃털로 내려앉은
새들조차 눈을 껌벅거리는 반가운
하늘에 하나 둘 별이 뜨는
지난 것들의 전별에는
안도가 잠자리를 재촉하는
내 숲은 이제 평안하거늘
오라 내 숲으로 이제
그대와 마주하는 시간

아름다움이야 제 몸이 가진
영혼의 불을 켜는 소리에 실려
잠꼬대 뒤척이는 먼 추억으로
물살이 파랑을 지어 바람 지나는
숲엔 작은 것들이 만드는
천국은 그렇게 다가왔느니

내일에 뜨는 햇살이야 약속인 것을
가슴에 묻고 오로지 꿈꾸는 일이
우리가 펼치는 오늘의 마지막 숙제
오라 내 숲으로 이제 속삭임만
기다림의 숲에 가득하오니

'16/6.24.

꿈으로 오는 그대

내가 꿈을 꿀 때 그대가
어디 있는지 몰라 헤매는
긴 밤이 서럽습니다
별들이사 제 홀로 빛을 내는
그것이 저들 임무로 들떠 있어도
돌아가는 길을 잃어 서성이는
골목은 길게 이어졌는데
어딘선가 들리는 음성으로 자꾸
안개 속에서 길을 터벅이는 발자욱
아침은 멀리 있는데 꿈이 펼쳐진
아득히 먼 별들의 수군거림
달조차 웃음을 머금은 하얀 얼굴
수심 묻어 흔들리는 마음에
약속이 빨리 오라 손짓이어도
기다림의 나무를 정정이 세워
그대에게로 가는 길을 찾는 이제
나그네의 가슴에는 강물이
넘치는 소리가 들립니다

'16/6.24.

뒤에서 가는 사람

아주 늦게 일어나 창문을 열면
모두들 바쁘게 떠난 뒷자리에
허무처럼 흔들리는 바람의 모양이
앞을 따라가느라 바쁘다
늦으면 보이는 것들은 빠를 때
보이는 것과는 전혀 다른 모습이
오히려 편안하다 인생은 경주가 아니라
구경이라 생각하고 구석구석이나
뒷자리에 있던 사물들이 다가든다

앞서기를 소망했던 이유가 지금은
오히려 부끄러워 고개를 숙일 무렵이면
내가 꼴찌를 선택하는 것으로 오해하지만
나는 그냥 가고 가는 일이지
어떤 순위도 바라지 않는 작정 없음을
굳이 말하지 않을 때, 뒤에 서있는 일은
앞을 바라보는 하나하나 풍경에
꾸밈없어서 좋을 뿐이다

'16/6.25.

말

혼자 있으면 말이 필요 없고 둘이
있으면 침묵이래도 말이 있다 그러나
혼자가 되면 말이 하고 싶어진다
사전을 찾아 글을 쓰다가도 말의
뒷자락을 잡아당겨 소곤거리고 싶어
함께 놀자를 반복하지만
꼬리를 감춘 말의 뒷모습이 궁금하다

정작 둘이 있을 때는 말을 참지만
혼자 있을 때는 정말 말이 하고 싶어지는
이상한 말의 향방을 추적하노라면
언제나 둘이 있어야 한다고 주장하는
공식을 알고 싶지만 공식으로
말이 문을 열지는 않는다

혼자 있을 때와 둘이 있을 때
말은 자욱한 연기 속에서
'나 잡아 봐라'를 뇌까리는
이 숨바꼭질을 진행하는 하루는

말놀이에 지쳐 잠이 들려는 때도
말의 꼬리는 내 잠자리로
기어들어온다

'16/6.26.

참외

참외를 심었다. 수박도 함께
줄기를 퍼뜨리는 하루가 다르게
둘은 싸움을 계속한다. 이리 얽히고
저리 얽히면서 죽기를 다해
피터지게 싸우는 모양이 볼만하여
두고 보자는 한참 뒤 내 심사는
이내 얽설킨 줄기를
정리할 엄두가 없는 지경 앞에
결국 망연하게 바라볼 뿐
후회조차 체념으로 바뀐 날이면
그래도 어찌되나 보자는 마음이
풍경이 되었다

무성한 줄기 숲에 보이는 유방 같은
수박 머리가 나타나고 이웃에
개구리참외 덩이가 셋 너덧
어찌되든 만들어 놓은 놀람이
내 것만이었다는 후회
"그냥 두어라 잘 될 것이다"라는
아버지의 말씀이 생각난다.

아버지의 표어를 걸어놓고
자식들을 바라보는 눈에
내 근심은 슬픈 비로 내리지만
간섭의 안도감과 우려의 교훈이
바뀌는 교차로에는 지금도
근심만이 앞머리를 드러내는
이런 일도 참외밭을 바라보면
"걱정 말아요, 잘 될 겁니다"라는
말만 뱅뱅거린다

'16/6.26.

요즘 노래는

요즘 노래를 들으면
넋이 달아난다. 무슨 소린지
너무 빨리 지나는 속도에
이방인이 되는 서글픔이
물살로 지난다 어찌해
알 수 없는 목청, 아니다
몸으로 노래하는 모습이
노래가 된 세상에서
목청으로 부르는 노래가
떠나버린 뱃전에 쓸쓸함도
위로의 항목이 안 되어 멀뚱히
바라보면서 지나가는 눈이 바쁜
이유를 찾느라 아는 척 살아가는
일이 요즘 트랜드같다

'16/6.26.

적막을 만나면

아내가 딸집에 간 뒤엔 적막이 찾아온다
세상의 고요가 자리 잡느라 떨구고 간
말들이 뒹군다. 하여 어디서 숨어있다
이제 왔는가를 물으니 역시 무언이
대답이라 나도 물끄러미 바라보는
이런 일 이외에 무엇이 더 필요한가

침묵은 대화가 아닌가 어차피 숨죽이는
말없음표의 의미를 윤나게 닦아도 결국
말없음표로 다가드는 이제부터 나는
묵언의 깊이에 빠져 헤엄치면서
장난이나 실컷 하고 싶지만 나이가
나이인 만큼 체면을 차려야하는 부담이
말없음보다 더 거북스럽다

세상은 말이 있거나 없거나 똑같이
변함이 없는 산천을 바라보면서
나들 길에서 돌아오는 내 마음이
여러 갈래의 생각을 잠재우느라

속도를 높여 차를 몰아 집에 당도하니
전화로 긴 통화의 너스레가 질겁할 무렵
따라온 아내는 서울 집에 있는 게 아니라
여전히 시골 내 집에 있는 것 같은
말 없음보다 수다도 때로 유용한 것을
이제 비로소 알았다.

'16/6.27,

제22부
망상곡

할아버지

내가 할아버지가 되리라곤
생각이 멀리 있었는데
꼼짝없이 붙잡힌 어느 날
할아버지가 되었다 내 아버지는
수염이 있어 할아버지라 불러도
어김없이 할아버지인데 나는
수염을 기르지 않았고 또 항상
젊어 늙은 날이 언제인가를
참으로 계산 없이 지나온 세월의
등성이를 기어 넘고 말았다

지금도 할아버지라는 말 앞에
서늘한 기운이 다가와 서글픔처럼
머리칼 날리는 낌새 앞에
사랑스런 손자들을 바라보면서
정말로 할아버지가 된 나는
멀리 떠나는 배를 타고 작정 없이
흘러가는 손님 같다

낙타등 굽은 아내를 바라보면서
초라한 슬픔이 그나마 변명을
만드노라 위로의 말을 건넬 때면
강물이 차갑게 밀려오는 속강에는
조연으로 밀려난 무대 구석에서
지팡이를 짚고 둘이 손발을 맞추는 연극을
응원하는 소리가 그나마
내 손자들임을 알고 환히
웃고 사는 일이
하루하루입니다

'16/6.28.

자화상

내가 내 얼굴을 자세히 바라보노라면
싫증이 난다. 이 노릇 슬픔인가하여
하루 종일 거울을 앞에 놓고 얼굴을
뜯어 고치는 연습을 한다
코를 조금 높이고 양 볼을 다듬고
눈을 조금은 키우는 방법이 좋을까
머리 중앙의 휜한 벌판을 어떻게 가릴까
도무지 엄두가 멀어 옆으로 보고 다시
앞으로 계산을 해도 답이 없는 얼굴로
살아온 내 모습이 슬퍼 성형병원 찾아가
상담을 하면 어떤 얼굴을 만들어 줄까
견본 목록을 앞에 놓고 떨리는 선택의 손끝에
아, 슬픔이라 접었습니다 나를 버리고 사는
초라가 더 슬픔일 것 같아 부모가
만들어 준 본바탕 얼굴을 그냥
갖고 살기로 했습니다

'16/6.28.

다시 선풍기 운명

쓸모 있는 것과 없는 것의 차이
삼복염천에 쉴 새 없이 돌아가는
분주가 어느 날 바람 찬 기운에는
돌아보지도 않을 찬밥 신세가
걱정이다. 지금 선풍기는 무엇을
준비해야 하는가

어느 날 창고에 버려질 운명이
먼지로 뒤집어 쓸 나날의 슬픔
하얀 깃발을 내걸고 운명을 부르는
점집에 찾아가 물어보면 뭐라 할까
복채를 많이 주면 예언의 농도는
희망을 후하게 줄 수 있을지 몰라
주머니만 만지작거리면서 눈치를 보니
이를 환히 알고 '걱정 말아라'
돌고 도는 세상 언젠가는 정말로
잘 돌아가는 팔자를 믿고
참으면서 살아라 합니다

다른 방법 있습니까?

'16/6.28.

망상곡

내 젊은 날을 찾아 길을 떠났습니다
이 골목 저 골목 지나 다시 골목을 지나
어둠도 있고 햇살도 밝은 곳을 지나
숨을 만한 곳을 찾아 아무리 뒤져도
흔적도 없는 자취에 실망하여
어둠길로 돌아오니
한 통의 편지가 왔습니다
"아무리 찾아도 없다. 너는 이미
지난 흔적을 찾아 무얼 하려느냐?"

잠이 들어 꿈꾸는 길에서도
생각을 모아 화려했고 즐거운 그리고
때로 싸움도 즐겨했던 그 시절로
돌아가는 방법을 알려달라고
간절히 빌었습니다만 내내 비웃음만 받고
아내 곁으로 돌아오고 말았습니다

어디 갔다 왔느냐는 아내 물음에
거짓말로 꿈속에서 누구와

언쟁을 했노라 말을 하니 늙은 아내는
다시 잠의 깊이에로 들어갔습니다
내 배반을 모르는 아내의 꿈은 아침이면
늘상 차려주는 밥상위에 정성이 가득한데
배반의 상상을 멈추지 못하는
욕망의 초라함이 아내 앞에서
꼬리를 감추는 내 일상은
기도조차 무용지물입니다

늙어 사는 것도 행복이라는 것을
아침 밥상위에서 깨달았습니다

'16/6.28.

정치가

죄를 짓고 검찰에 가는 길엔 으레
'성실히 임하겠습니다'는 말엔
국어사전에 있는 말과는
전혀 다른 뜻인 것 같다

꼼수로 자신을 감추는 성실은
나오는 길엔 어김없이
슬프게도 비를 맞아 초라하지만
바라보는 백성의 눈엔 차가운
눈발이 가슴을 적신다

누굴 믿어야 하는가 선거 때면
온 세상 화려한 궁전을 만들어 줄
요술방망이를 휘두르는 사람들을 믿는
슬픔의 시간을 넘어 살아야 하는 고민의
산맥은 어느 결에 앞에 있는데

믿을 사람이 없어도 항상 믿어야하는
갈래 길에서 민주주의라는 말에

고통이 따르는 험로에는 성실히를
잘못 가르친 내 선생노릇- 손오공의
머리띠 형벌을 누가 벗겨줄까?

'16/6.29.

내가 날개를 가졌다면

내가 날개를 가졌다면
멀리 산을 넘어 꿈이 있는
작은 마을에 당도하여
밭갈이 땀을 흘리면서
아내와 밥상을 마주한
상추쌈 한 입을 전네주며
단맛의 물을 마시고 싶다

세상 고요가 정직이라
맑은 물이 노래처럼
유명하지 않으면 어떠랴
귀를 열어 감동이 다가오는
별빛에 눈을 맞춘 행복
내가 가고 싶은 곳이라

내가 날개를 가졌다면
낮엔 땀을 흘리는 노동
밤이면 흥얼이는 가락에 맞춰
꿈길로 가는 두 손에 어린

감촉 따스함이면 그곳에
작은 집을 꼭 지어야 겠네

'16/6.29.

세월의 등성이에서

잘도 간다 누가 빨리 가라했는가
아침에 일어나 사노라 바쁜 길
어느 새 밤이 오면 하루는 접어
날짜를 셈하는 일이 다음 길
생각할 틈도 없이 다가온 계산
그렇게 한 주일이 지나면
기대의 월요일이 당도하여
빨리 가자는 재촉의 아침은 밝아
되풀이 또 되풀이의 이름으로
한 달은 틈새도 없이 지나는 속도
돌아보면 참 빠르다는 감회가
어느 틈에 내 것이 된 계산 나이
예전엔 미처 몰랐던 지금엔
노인이 된 서글픔이 눈물겹다
허리 구부러진 유월이 신음으로
돌아서는 계절 비 내리는 장마
뜨고 지고 다시 뜨고 지고에서
미구에 만날 진시황의 고백을
듣고 싶다.

'16/6.29.

잘난 학생들 공부가르치기

노자, 장자, 공자, 순자, 열자, 한비자를 모두 불러 함께 공부하기로 했습니다. 한 교실에 모두 모인 건 처음이라 서 먹하고 어색하기는 예상했지만 출석을 불러도 대답이 없 고 모두 얼굴들만 쳐다보는 낯선 이방인처럼 보였습니다

질문으로 공부를 시작했습니다

장주야, 너는 창천구만리 날아봤니? 무대(無待)는 무엇 이고, 제물론은 무엇이고, 호접몽은 무엇이냐? 또 중정 (中正)의 도(道)는 무엇이고, 말이란 소리가 아닌 것을 굳 이 시비를 따지는 소리에 목숨을 거는 인간의 불쌍함은 보이지 않느냐. 높이 나는 새를 타고 육극(六極) 밖에 나 가 無何有之鄕에 노닐고자하는 황당, 진지(眞知)는 무지 (無知)라는 말은 옳은 말이다만 굽을 길로 가서 곧은 길로 나오는 일이 꼬인다. 알 수 있는 소리 좀 쉽게 하면 안 되 니? 추상의 숲이 너무 칙칙하다는 뜻이다.

이이(李耳),노자에게 묻는다. 부정의 정신과 논리를 가 지고 놀아보는 말놀이—그래봤자 긍정의 길이 보일 것이고 논리는 비논리의 껍질인 것을 호도(糊塗)하는 도(道)는 누구 나 갖고 있는 이름인데 너무 장황하다 무(無)와 용(用)이

결국 없음의 자리에서 너는 서있는 것이 아닌가 기자(企者)는 서있지 못하고,과자(跨者)는 걷지 못한다는 말은 모순이다 발돋음을 해야 멀리 보고 걸터 앉아야 피로를 풀고 길을 갈 수 있다. 푸른 소를 타고 길 떠난 신선이라니 우습다

  공구(孔丘), 그대는 가장 어려운 형편을 딛고 많은 고생을 견디고 올라온 모범 학생임을 익히 잘 아는 일인데 제자 3000명- 이미 나는 더 많은 제자를 가르쳤다만 한 명의 제자도 없는 쓸쓸함이 슬프다.朝聞道 夕死可矣나 正名주의 생각에는 인간의 고뇌가 담겨있다만 너를 생각하면 체온의 따스함이 슬프다. 仁의 길을 실현하는 길은 너무 답답하다. 스피드 세상에 그리고 알파고의 로봇이 세상을 장악하는데도 설득이 너무 느린 것이 흠이다.

  세 학생에 질문을 하다 보니 1교시 시간이 종을 친다 이어 다음을 기대하면서 다음 교실로 들어갔다 말이 없고 무겁기는 전 시간보다 더 심하다.

  석가와 예수와 마호메트가 앉아 있는 두 번째 수업이 시작된다.

왕자의 아들로 태어나 동서남북조차 둘러보고 난 후에야 인간의 본질을 알았다니 너무 답답하다. 하지만 왕자의 금지옥엽의 태생에는 경험의 일천(日淺)함이 있다는 것을 더해주면 다소 이해가 된다만 자비(慈悲)의 물살을 어떻게 펼쳐야하는 가에 이르면 방법이 묘연(渺然)하다. 길고 긴 명상의 시간을 단축하여 빨리 대답하라 석가모니

목수의 아들에 목수인 덥수룩한 얼굴의 예수에게 묻는다.지금 깔끔한 얼굴이 네 얼굴 맞느냐?

사람은 이 세계를 숭배해야 할 존재가 아니라 정복(征服)해야 할 대상(對象)에서는 전쟁이 끊임이 없다. 십계명의 첫 번째 때문에 세상이 울고 있다. 서양 역사는 모두 싸움의 길 찾기에서 이웃을 사랑하는 노래는 너무 잔혹하게 왜곡되었고, 과연 사람만이 하느님이 창조했다는 말에 모순은 없을까 돌리지 말고 직선으로 대답하라.

무함마드 이븐 압둘라야, 나이 많은 과부를 아내로 맞은 데는 이해한다. 이슬람의 창시에는 낙타 등을 타고 시작된 가난과 시련을 넘어 결국 전쟁의 역사가 피를 부르는 영역의 확대로 시대를 넘어간다. 천사 가브리엘이 목을 잡고 신의 말씀을 복창하라는 따름이 과연 부(富)는 신이 주신

선물, 혹은 부족들의 조정자를 위해 전쟁의 합리가 포교의 전투방법이었고, 보상을 위한 명분이나 세금만 내면 선량한 백성이 되는 일이 정복의 땅으로 통일이 될까 아니다 그대의 계산은 틀린 대답일 수 있다.

　지금 인간사는 오히려 그대들이 주장하는 종교의 벽이 너무 높아 사랑이 없어지고 싸움만이 주도권을 잡는다는 설득은 모두 엇나가는 결말이다. 싸움 좀 멈추게 기도를 해다오

　두 시간을 지난 후에 나는 선생의 자격이 없는 결산서를 들고 울고 있다 마냥 울고 있습니다.

'16/6.30.

시간 잡기

시간을 알면 시간을 정복할 터인데 시간은
자꾸 달아나는 속도가 빨라 잡을 길이 없다
잠이 들면 멈추었을까 깊은 잠을 청하니
아닙니다를 도리질하는 모양이 아는 것 같아
나에게만 살짝 말해주면 안되느냐는 유혹에도
모른다는 응답이 전부라 어찌할까 궁리 끝에
눈을 뜨고 종일 바라보기로 했더니 다소
천천히 가는 속도인 것 같아 안심하려니
눈에 들어오는 잠이 그만 망각을 재촉하여
꿈길로 가다 놀라 깨어 보니
시간의 숲은 어김없이 멀리 떠나 황혼이라
붙잡기를 포기하고 함께 놀자 흥겨운 춤을 추니
어찌 그리도 잘 가는지 시간은 꼭 나에게
무언가 말을 하는 것 같아 귀를 세우지만
소리가 없는 발자국이 터벅이는 것 처럼
긴장하고 살아가는 모양이 어찌 보면
바보 같다 시간이 어디 있다고 비웃는 것 같은
차가운 기운이 어쩔 수 없다는 뜻이다

'16/6.30.

역사책 읽기

유독 역사책만 읽으면 떨린다. 살아온 가슴에
숨통이 막히고 답답증이 멀미로 이어지는 길도 있고
아슬한 길이 서럽기도 하고 더러는 아찔한 줄타기
숙명이 갈급하게 흔들리는 이유를 바라보는
거미줄에 걸린 나방과도 같은 운명이 보인다
골목으로 이어진 그래도 출구는 항상 안도감을 따라가는
우리들 꿈에 다가오는 어둠조차 비슬거리며 물러나는
기도를 일삼아 믿음을 세워둔 나무아래서
구불거리는 이유를 모른 체 잠이 들어 있었다

책갈피 부피가 많아질수록 모순의 엇갈림이 늘어나고
희망은 그래도 꿈을 부추기는 보폭에 담긴
행운을 불러 줄 복권에는 강물이 슬펐다해도
일어나야하는 이유를 스스로 알고 걸을 줄 아는
지혜가 끝자락에서 터져나왔다. 분분(紛紛)이 주는
낙엽에는 지난날을 돌아보는 무지개가 책장에 숨어
이유를 설명하는 긴 사설이 진정 우리 것이었다고
자신 있게 포효하는 때로 막막함조차 모두 우리 것인
그래도 길을 찾아가는 이유가 명백했기에 여명을

벽에 걸고 해 뜨는 아침을 맞아 떠나기로 했을 때
깃발 날리는 풍경이 책을 읽을 때마다
이유를 몰라도 가슴이 떨린다.

'16/6.30.

푸른 나비

꿈을 꾸고 싶다 멀리 하늘 어딘가
나무향이 속삭이 듯 키를 높이면서
가볍게 밀려오는 언제나
친구처럼 속삭이는 푸른 나비들이
춤으로 날아오는 구름 속에 비는
적시는 가슴을 위해 항상
문을 열어놓은 기다림 위에
소곤거림이 무리지어 다가드네

바람으로 날아오는 소식이야
반가움을 깃발로 달아놓은 그리움
고백보다 높은 사랑의 언덕위로
바람의 깃털 나부낌에 행복은 계단을
타고 오르면서 웃음보다 깊은 뜻이
반갑게 가슴을 두드리네

사랑했으니 사랑만큼 부풀어
이름을 새기는 우리 만남은
푸른 나비의 날개에 실려 끝이 다하는

어딘가 푸른 물이 흐르는
당신의 이름을 기억하는 노래가 되어
맴돌아 소용돌이가 누군가를 묻거든
사랑했기에 넘어가는 이름고운 뜻이
꽃으로 핀다 전해주면 그 길, 웃음
한 다발을 챙기는 여행이라 말하리

'16/7.1

쉼표

쉴 수 있을까 가는 길
어디로 가는 줄 몰라
마음 졸이는 어정정 멀리
바쁘게 어딘가로 모두
방향 몰라 어둠 같은데
한 발 쉬고 싶은 갈증에도
재촉 없는 재촉이 뒤를 밀어
아픈 발 이끌고 가는 길

쉬고 싶은데 재촉은
내 것이 아니래도 내 것 같이
마음을 부추기는 세상 바람
한숨 길로 이어진 길, 그길에
다정한 사람과 나누는 깊은 정
목마른 길에서 만난 사랑에는
발 뻗어 작은 쉼표를 찍고
아침 일찍 떠나면 안 되나요

'16/7. 1.

선글라스

요즘 길거리에는 눈 가릴 일이 그리 많은지
검은 안경이 지천이다. 누군가 혁명공약을
말하면서 그런 모습을 보았던 60년대의
서슬이 생각나는 검은 안경은
그 사람 것인 줄 알았는데
차 안에서나 지하철 심지어 집 안에서도
볼 수 있으니 세상 마구 변했다 특히 착하고 선한
여자들이 더 많은 길거리 풍경은
내 눈엔 한참 낯설다

당연함이 아닌 것처럼 느껴지는 낯설음에서
햇빛을 가리는 일이 심지어 어둠에서조차
자기를 가리고 안도하는 의심은 내가
살아온 의문의 시대를 연상하는
저당 잡힌 기억의 낡음이거나 아니면
절룩거리는 생각의 뭉치가 외롭다

하늘 가릴 일 없는 죄 없음을 당연으로 알아
맨 눈에 보이는 사물에 애정이 깊지만

검은 선글라스에 무섬증이 가시지 않는
내 몫의 추억은 이미 낡은 고물상에서
'변해야 한다, 변해라'를 재촉하는 요즘
길에 서면 햇빛은 치장용으로도
쓸 만하다는 생각부터 든다

'16/7.1.

소낙비

"와! 비들이 싸운다"는 유치원 손녀의
관전평은 시인인 나보다 발랄하다
와글와글 싸움인 것만은 틀림없는
왁자히 떨어지는 빗방울 싸움이
소리로 다가오는 낙하에서
패연(霈然)으로 몰려가는
저들의 분주는 싸움이 분명하다

느닷없는 여름날 소낙비 싸움에
하학길 종종걸음이 급하지만
애먼 싸움에 물에 젖은 손녀의
불평은 우두둑 쏟아지는 빗방울조차
철학을 담아 심각한 웃음이 난다

'16/7.1.

화폭 하늘

어떤 날은 푸른색이다가
금시 검은 색의 화난 표정으로
하루에도 몇 번 바뀌는 화면에
현란한 붓질로 구름 몇 개
가슴 꽉 찬 그림 놀랍다
그 솜씨

햇빛이 놀러온 날은
세상 모든 사물이 손을 들어
뿌리를 아래로 내리고
물을 끌어 올리는 삼투압
등성이 이어진 푸른 줄기 따라
또 다른 화면이 되는 멋

밤잠을 잊고 영원을 그리는
보이지 않는 화가의 손놀림
변화 많은 신선한 화폭에는
날아다니는 것들의 고향
자유로 그림을 그리는 영혼이
깃발처럼 싱싱 노래가 있는

하늘 캔버스에는 날마다
기다림의 흥미에 이어 또다시
호기심 옥션에는
새로운 그림을 컬렉션하는
낙찰꾼의 눈웃음

'16/7.3.

대나무

솔직으로 말하면 대나무에 비기랴
한마디 아침이면 쑤욱 솟아올라
아뢰는 진솔함 "왕이시여!
가납(嘉納)하소서" 진실의 진리를
어리석고 어린 백성들이 굳은 땅에 사는
신음 힘겨운 살음에서 시들어
호소할 길 없는 막힌 가슴을
"뚫어! 뚫어"의 굴뚝 골목길
추억은 멀리 있는데
참마디로 직소하는 신하의 충정으로
대나무의 아침 바라보오면

푸르게 솟아나는 기운에는
금시 볼 수 있어 편안한
명군(名君)의 치적
한 그루의 대나무 같은
곧은 신하를 곁에 두고
지켜보듯 교훈 삼아

만백성의 평안을
웃음으로 바라보소서

싸움

유치원과 초등학교 4학년
자매 둘이 만나면
유치원생이 이긴다 이상한
계산에는 논리가 실종되고
보호막을 친 유치원은
막무가내 폭주에
휴전을 선언하는 쪽이야
승리에 관심이 없지만
무조건 시시덕 덤비는 아우
하룻강아지는 마구 날뛴다
이걸 어쩌나 관습이 버틴
장벽을 넘을 길 없어 지금
초등학고 4학년은
울상 중

세상은 원래 불공평하다

'16/7. 3.

시와 우주의 등가성(等價性)

    우주는 블랙홀이나 중성자별로부터 중력파가 생기어 생명- 이 파동은 많은 별들의 빛이 되고 아름다움의 원천이 전달된다

    바다 역시 파도가 바람의 파동에서 비로소 생명의 물고기들이 유영하면서 논다

    사람은 의식이 곧 중성자별이나 블랙홀이고 맥박이 뛰면서 존재가 된다. 고로 존재는 곧 파동이고 시와 우주와 인간과 바다는 모두 중력파라는 물결에서 시공간의 파문이 연속으로 출렁거리면서 동심원을 그리며 퍼져나가는 아름다움이 된다. 크거나 작거나 모두 우주의 숨소리가 파동으로 파문이 이어질 때 비로소 생명의 바다 속에 있어 결단코 허허 벌판이 아니다 시도 그렇다

'16/7.3.

무당

춤추는 무당이 되고 싶다
무슨 주인 신이야 만나든 말든
신나면 되는 일이라 덩실 덩실
신이 올라올라 정점의
무아지경의 황홀을 만나면 거기
아무런 것도 없는 색채가
마중을 나올 것이라 믿고
바람을 먹고 두둥실 떠올라
어딘가 끝 모를 여정이
당도한 곳에는 무엇도 없는
허방의 깊이가 입을 벌리고 있어
죽노라 눈을 감고 떨어지면
어디선가 누군가
떠안아 줄 것 같은 막춤
끝장의 마지막에 계실
시의 신을 만날 것 같다

'16/7.4.

비가 내리는 날의 상상법

1.
어디로 오시나 생각합니다 비가
조용을 재촉하면서 내리는
오늘 같은 날의 가락은 점차
마음을 파고드느라 고요조차
이름을 잊었다고 투덜이 듯
어디서든 오는 발자국
비가 와도 꽃들이 피는 날
귀를 열어 무작정 서있는 나무들
정지는 곧 기다림입니다 누구인가
문을 두드릴 것 같은 소리가 일어나
서성이는 소리 가슴 가까이
사랑 한 줄기가 목말라 비로
내리는 날 아침입니다

2.
어디로 가는가 생각합니다 어딘가 끝에
당도하면 비는 임무를 다했다고 돌아서는
물기 있는 그곳 집을 지으려 터를 잡아

햇빛과 물길곁에 웃고 있어 향긋한 미소
꿈은 언제나 늦은 걸음으로 오기에
바람이 놀다가면 좋을 것 같아
작은 깃발을 세워 찾아오기 쉽게
뎅그랑 풍경도 달아 놓고
심심한 꽃향기와 춤을 추는 무대에
고독도 따라와 무얼할까 물을 때는
곁에 있으라 명령을 내리고
따스함이 좋은 해 바라기에
내 기다림은 그리움만
다가오는 소리가 들리는
아침입니다

'16/7.4.

절벽

항상 절벽이다. 떨어져야할 마지막 앞에
주저함이 지도를 그리고 다시 망설임
천인단애 아래로는 퍼런 물이 흐르고
온갖 살귀들이 들끓는 아수라가 있어
죽어도 떨어질 수 없는 발바닥의 경련
아침마다 이런 날들이 그냥 지나간다

절망은 희망의 모태라 했던 마음도
절벽 앞에서는 거짓말이다를 연신
주문처럼 외우지만 용기는 사전 속에서
나올 길을 잃은 것처럼 키가 작다

신념은 푯대가 되어 날리지만 저장된 고민은
신념을 저당 잡히고 얻어온 비굴이 오히려
빛나는 이름처럼 가까이 다가올 때
어쩌나, 행운조차 살 수 없는 여백에
그대 지금 서있는 모습을 보라
호기롭게 살아갈 수만 있다면

큰 길로 나서라 골목을 갈수록 좁아지고
절망은 그 뒤를 따라 재촉하는 아우성
죽는 일은 언젠가 약속이거늘 그 약속을
앞으로 당기고 떨어져라 절망의 절벽은
이내 변신의 관음보살이 되어 미소로
디가와 등을 두드릴 것이니 앞으로
가는 자는 승리할 것이고 망설임에
발목을 잡히기 전에 그대의 희망은
이미 그대의 가슴에 담겨 있느니라

'16/7.5.

가슴이 더워지려면

도서관에 가라 하면 바라보는 것으로도
가슴 가득해지는 포만을 느낄 것이다

그대의 책상 앞 풍경은 그대의 자화상
설사 어지럽더라도 수많은 저자들의
표정이 등표지가 되어 널려있을지라도
이미 그대는 넉넉한 저장수를 담았느니
호수는 맑아 온 세상이 다가오리라

책방에 가라 하면 그 걸음만으로도
가슴 따뜻해지는 이유가 문을 열 것이다

이유 많은 세상에 이유가 줄어드는 것만으로도
말 많은 바람개비에 침묵의 뜻이 밝은 눈을 뜨고
의지로 길을 만드는 넓은 길이 열릴 것이니
세상은 이치가 있어 여닫는 창문을 지나
마침내 의미 화려한 의상이 그대의 가슴을
따스함으로 곱게 꾸미는 빛이 되리라

책상 앞에는 그대가 보인다 무슨 분류의
이름표가 많은가 하면 거기 그대의 길이 있다

책을 열면 과거와 미래가 오늘 앞에 서서
웃고 있음을 알 때면 그대의 머리는 이미
시원한 물줄기가 오욕의 때를 씻어내는
삽상(颯爽)의 계곡을 지나 멀리 평원에 당도하는
그렇게 믿는 소리조차 따라오리라

거울이 앞에 있을 때 옷매무새를 바로잡는
그대의 모습엔 삶의 이유가 싱싱할 것을...

'16/7.5.

얼굴

석 삼 년쯤 만나면 누구나
헤어져야한다 속이 환히 보일 때쯤
빨리 떠나려한다 실망은 절망을 낳고
절망은 이내 속내를 감추는 아픔
참고 견디는 일은 슬픔이기 때문이다

처음은 누구나 좋지만 계단을 오를수록
눈이 환해지면 뒷면에 감춘 스멀스멀한
어둠이 기어 나오는 모양에 결국
도망해야 하는 길이 이유가 된다

석 삼 년쯤이면 타산(打算)의 언덕도 높아지고
그럴듯한 사연이 굽이굽이 다가오는
강물은 항상 파란 표정만 지속할 수 없는
인내의 도표가 돌아서는 그림자로 어두워진다

석 삼 년쯤이면 언덕의 정점에서
앞으로 갈 것인가 뒤로 돌아 설 것인가를
헤아리노라면 자욱한 안개

오래 지속하려는 것은 아름다움이지만
새로운 판을 위해 땀 흘리면서
이유 만드는 변명을 하고만 있더라

'16/7.5.

누구나

누구나 죽음 앞에서는
어떻게 죽을까를 생각하리라
좀더 여유가 있다면
언제 죽을까를 생각하리라
어떻게와 언제 사이에 가로 놓인
운명은 하얀 포말을 일으키면서
잠시 사이에 사라지는 바람처럼
아무 것도 없는 무채색의 화판위에
안개는 소식이 없어도
왔다 가는 사람의 체취는
슬픔으로 기억을 심으리라

나 또한 누구나의 한 부류
철학이 없는 빈곤으로 살다가
미쳐서 죽는다 해도 누가 나를
애도하는 쪽지를 건네리 하물며
몇 줄의 시를 남긴다 해서 세상을 향해
노래를 부를 가수조차 없는 삭막은 이미
나를 엄습하는 그림자이거니

멀어지는 자여! 다만 그렇게
멀어지는 자여!

'16/7.5.

할머니

완성을 끝내고 돌아앉아 멀리
산마루를 바라보는 여인
자식들은 장성하여 모두 집을 떠났고
배우자를 만나 잘 살지만 애틋한
근심의 강물은 여인의 가슴으로
흐르노라 이름을 정하지 못했다

해 기울면 손자들의 재롱을 눈에 넣고
가벼운 웃음을 가슴에 담는 밤은
어둠조차 별빛이거늘 이 늙은
여인에게 시간은 비정하게
지나는 길을 잃었거니, 추억만
놀잇감으로 즐기는 나날에도
자식들은 제 잘난 맛으로 살아
소식 가뭇없는 음성에서도
위안의 목록이 "다행이다,
자식 있어 다행이다"가
귓가에 맴돌 때면

어여쁜 여인, 할머니의
표정에 강물이 푸르다

'16/7.5.

제23부

마지막 이력서

책 이야기

책이 이야기를 한다 항상 창문을 열고
말을 하고 있지만 알아듣지 못하는
주인 모양에 안타까운 조바심이
마음을 태운다. 스스로가 말하는 책은
침묵을 모르는 절창(絶唱)도 있지만
누군가 문을 두드리며 찾아오기를
고대하면서 일생을 산다.그렇다
기다리면서 사는 일도 있고 또
찾아가면서 사는 경우도 있지만
작은 집일수록 비좁게 얼굴을 비비는
과밀의 체온 장맛비라도 내리는 날은
쾌쾌 늙은 냄새가 선뜻 다가오지만
어쩌다 누군가의 발소리가 들리면
문을 열어 소통의 바람으로
유쾌한 체온을 맞아들이는
책 냄새의 기억은 마음 밭에서
열리는 과일같아도 누구나 단맛을
보는 것은 아니다. 발품을 팔아

땀을 흘린 뒤에 찾아오는 낭랑(朗朗)
시원한 바람 같은 이름이다

'16/7.6.

아름다움

아침 대나무에 맺힌 이슬방울
해가 찾아와 떨어지기 직전
빛으로 위로하는 모양이나
잎새에 비 젖어 늘어진
너른 얼굴에 윤나는 푸른잎
화장끼없는 처녀의 소리없이
가슴에 담긴 물맑은 사랑
골짝 작은 샘물에 목을 적시는
작은 멧새의 하늘보기
세상 파도를 지나 조용히 앉아있는
할머니의 편한 얼굴
세상만사 책속으로
즐거운 여행을 떠나는 10살
내 손녀의 또랑한 눈동자
아, 살아있음이여!

'16/7.6.

술 한 잔을 마시면

세상이 작아지는 모양에
호기가 발동한다. 작은 호수에
잠기는 큰 소리의 힘
시간은 점차 길을 떠난다
기백이 넘치는 강물이다가는
누구도 접할 수없는 가락이
연거푸 풀리는 하늘로 둥둥
떠가는 소리가 들린다 이때
술은 신의 음료이다가
골목에 도착한 나그네의
가슴을 데우는 뜨거운 밀물
휴머니즘의 변명을 오래 들을 수 없어
애타는 시간을 지나는 길에
맑은 물에 세상은 점차
십자로에서 오로지
하나로 사는 길을 묻기만 한다

'16/7.6.

마지막 이력서

나는 어디로 가야 하는가 마지막
남들은 그들의 고향을 들먹이면서
눈을 감는데 정작 헤아려봐도
갈 곳이 없는 스토리의 암담
정해진 것이 없는 유랑에는
안개가 변명을 허락하지 않는
정해진 지명이 없다

살아 곧은 길만을 찾아
눈을 두리번거리는 방황도
시작이 모호하다는 꼬리에서는
할 말이 없는 고향의 냄세 나는
항상 어디서나 이방인이오니
묻지 마시라 다만 내 표정을 알아
조을고 있는 슬픔을 깨워주소서

마지막 길을 묻는 어느 날엔가
갈 곳이 없어 서먹할 때면
노래 한 곡조 가슴을 적시는

갈증을 삭여줄 위로 어느 깊은 산골
그곳에 눈을 감고 하늘 헤아리는
주소를 삼으면 그때사 물음에
명료히 대답하는 음성을 혹여
잊는다 해도 아무 걱정 없을 터
다만 오늘의 표정이 중요한 목록
내 이력서는 그렇게 쓸 것입니다

'16/7. 6.

역

지금 그대는 종착역에 도착하였습니다 이제
어디로 가는가는 당신의 몫이오니
이별을 삼키고 다음 장소로 떠나는
사는 일이야 물어도 대답 없는 공허
그 벼랑에서 들리는 바람소리처럼
메아리조차 서글픈 이름인 것을 알기에
희망을 부추기는 어딘가로 가는 운명

어차피 떠나고 다시 만나고를 되풀이한들
제자리에 망연하게 기다림을 세워둔
우리들 꿈은 외롭다해도 다가오는 약속
달빛이 감싸는 세상의 역에서 내리는
다음 손님을 위해 자리를 비워야 합니다

허허로운 세상에 그마나 내릴 역이 있음은
만나야 할 사람의 이름이 있다는 것으로 바꾸면
기대로 돌아온 마중이 사념의 문을 열고
발길 옮겨 그리움을 만드십시오 하면
등불을 켜고 다가오는 반가움이 있으리니

내려야할 목적지 발길에 닿는 촉감이
숨 쉬는 들판 곡식을 키우는 햇살처럼
따스함이사 가슴을 열었을 때 느끼는 온기라
이제 안도의 표정으로 가로등이 켜지는
마침내 당도한 우리들 꿈이오니 거기
기다림의 모두가 박수를 칠 것입니다

'16/7.6.

변화

이별은 아프다고 한다 그러나
이별도 변했다 속도를 앞세운
KTX에서는 이별이 없고 오로지
빨리 가는 노래가 있을 뿐이라
추억도 모조리 변명이 되었으니
슬픔이 있을 리 없다 한 두 명이
내리던 비둘기가 사라지고
무궁화호가 도착한 역에도
쓸쓸한 바람이 수다를 떠는 이제
변한다는 것은 슬픈 일이지만
빨리 변하라고 세상은
재촉만 한다

'16/7.7.

우리 살다 돌아가는 날에는

우리 살다 언젠가 돌아가는 날엔
따스했으면 좋겠다. 어깨를 펴고
누구누구의 얼굴이 환히 보이는
햇살은 그렇게 밝은 표정에
천지사방은 정 깊어 아름다울 것을

우리 살다 가는 설사 마지막이라해도
남길 것 없이 모조리 사라지는
허방 깊이에 빠진다해도 아쉬운 정
마음 따스함이야 어찌 버리고 가랴

사랑 고요에 잠겨 마음 풀어
그림을 그리는 색깔이 호수에 번져
드디어 한 편의 시가 되는 우리
그대와 살았던 책 한 권이 되었으면

언젠가 돌아가는 날이 다가 올 때면
노을 길을 배경으로 두 사람이 한 사람처럼

발자욱을 남기는 여울물 소리 따라
사랑했노라 노래를 조용히 부르리

'16/7.7.

고요별곡

물안개 조으는 걷는 길 새벽
누군가 열심히 붓질하는
꿈꾸듯 태초가 이런가
걸음소리만 깨우는
고요가 이끄는 하모니
풀잎들의 투덜이에
이슬들이 웃느니

누군가는 지금 밤길
꿈을 지나 당도할 아침
아쉬운 기분이 흔들리면
숨소리 가득한 아이들 투정, 다시
시작의 하루가 왔다
일어나라 일어나 새들의
비상을 보라

해는 미친 듯 어제처럼
신명 살풀이춤이 시작할 무렵
고요가 심심하다 불평할지라도

아침 신선한 물맛으로
기운을 차리는 또다시
기쁨의 날이 왔느니

고요는 항상 무언가를 낳고
키우는 것을 잊었어도
제 걸음으로 살아가는 길이
앞으로 쭈욱 뻗어있는
아침이 온다

'16/7.8.

하이에나처럼

새벽부터 탐색을 나간다. 사냥길
여명의 길 걷기 작은 이슬에서 길가 돌이나
멀리 가로 등불빛 그리고 풀들의 소리
또 싱그런 들냄새 논에서 자라는 벼들의 소리
멀리 뻐꾸기의 애달픔까지 모조리
사냥을 시작한다. 두리번거리면서
하늘을 보고 땅의 깊이에서 들리는
온갖 씨앗들의 속삭임이 모두
나포의 대상들이다.

한낮의 작열하는 빛살과 잘 익어가는
과수원의 단맛들의 속삭임과 바람이
졸립다고 투정하는 들판의 조용함
모조리 두 눈에 들어오는 탐색의 깃발
멀리 마을에서 누군가와 말싸움인지
큰소리 들리는 메아리 계곡이 분주한데
여울 물길은 질세라 아우성이네

밤이 오는 황혼은 하루를 정리하는
일기장이 분주한 저녁연기의 손짓
돌아온 아이들은 숙제로 두 눈
응석으로 엇갈린 어머니의 하이톤 목청
아버지의 기침소리에 잦아든 밤이면
도란소리에 잠이든 고요에 자리를 편
달과 별이 번갈아 창문을 두드리는
하루가 접어지는 이 모든 것들이
내가 쓰는 시의 자락을 붙잡으려
두리번거리는 사냥꾼의 눈에
들어온 이름들입니다

'16/7.9.

내가 나를 만나는 일로

내 젊은 날의 날개에는
바람이 불어오면 펄렁이는
동서남북이 뒤섞여 갈피없이
어디로 갈까 망설이던 촉수
이젠 접어 생각의 길이 멀리
나를 떠나서 보이지 않네

행여 다시 오려나 눈을 멀리
보이는 끝까지 초점을 맞추지만
자꾸 엇갈리는 소식이
길을 잘못 들었는지 안갯발로
희미해지는 절룩 걸음
사는 일이 돌아보아 답이 없네

이제는 나로 돌아온 허무를 앉히고
조근조근 어찌할까를 물으니
웃고 대답 없는 답답증이 아직도
추억을 되팔려는 욕망의 부스러기
철없는 날개가 기운을 부르려지만

내가 나를 설득하는 방법에
철없다 철없다 소리만
귀를 밀치고 있네

'16/7.9.

그대의 아름다움을 위해

절은 날 그대의 아름다움이
어쩌면 변하지 않을 것 같아
무작정 바라만 보려고 했더니
어느새 물살에 휩쓸려 돌아보니
어딘가 멀리 떠난 안타까움에
내 잘못은 그렇게 후회하고 있네

뒷날에 보려고 깊고 깊은 땅에 묻어
아니면 마음속 깊이에 변하지 않는
그대 모습을 정지화면으로 세워두고
돌고 돌려 다시 돌아오는 아름다움
그런 행복을 갖고 싶었는데

철없는 시절은 순식간에 지났고
그대 싱싱하던 아름다움조차
물결에 실려 어딘가로 목적 없는
길에 방황하는 고작 소식이온데
어쩌면 다시 돌아올 수 있을거라
마음 놓아 철없이 기다렸는데
텅 빈 허공에 소용돌이 다시 소용돌이

마음에 간직된 그리움을 꺼내
똑같이 그려 달라 유명 화가의 화면에
그대와 함께 넣어달라 부탁할까
주저주저의 순간에 놓쳐버린
후회의 물살이 아우성치면서
순식간에 지날 줄을 차마 몰랐네
돌아갈 수 없을 줄 정말 몰랐네

'16/7.9.

변명

추운 곳에 가면 따스한 곳이 그립고
따스한 곳에 가면 다시 서늘히 좋은
이런 일은 왔다갔다 진행형이라
알맞은 곳을 찾지만 얼마쯤이면
다시 무언가 찾아나서는 일로
운명은 계속 변하고 있다

변함이 없다는 것은 변화가 없다는 이유로
뒤떨어지거나 도태의 풀숲에 가리게 될 때
소리친들 무얼 할까 이미 지나간 자국에는
새로운 노래가 들리는 것을 간섭으로는
될 일이 아닌

두어라 그냥 그대로 싹이 나고 다투고
때로는 시들고 상처는 언젠가 새살이 돋아
울음 지나 웃는 날도 있거니 하루를 살아
이어지는 생의 줄기가 오로지 그대의 것을
아는 것만이 필요의 목록인 것을.....

오늘도 열심히 변명으로 일기장을 채우고 있을 뿐
마법의 상자가 없어 늙어 시들고 있는..

'16/7.10.

마법의 상자

마법의 상자를 열고 그대를
담아두고 싶네 젊어 푸른 얼굴
향기로운 날들 따라 아름다움에
취기(醉氣) 오래오래
깊은 잠을 위해 잠시 가두어
영원의 노래가 이어질 때, 그때
당신의 얼굴을 보기위해
마법의 상자를 열고
기억의 지팡이에 의지해
혼자만 행복하게 바라보고 싶네

정말 그러고 싶네 이제 늙어 슬픔이
가슴에 밀물로 출렁이는 바다엔
거친 바람이 숨차게 달려오는 기세를
달랠 길 없는 한숨으로 토하는 길을 지나
꿈꾸는 오솔길 따라 그대 만나는 즐거움
감춰둔 상자를 열라고 주문을 걸면
세상 화려를 독점하는 그리움
나는 꿈꾸는 왕자로 등극하여

하늘길 조차 부드러운 구름 속에 놀다
돌아오는 이유를 그대에게 전하리

기쁨은 슬픔의 줄기에 매달려 아차하여
상상의 여울이 넘치는 폭포에서 그만
돌아가는 길 너무 황홀해서 놓친 실마리
잃어버린 길을 헤매어 아우성치는 물길 속에서
나는 영영 천길벼랑의 폭포를 만나
아, 슬픔은 다시 과거의 길이 없다는 오늘
재현할 수없는 서러운 한계 앞에
망연히 울음을 물길에 떠나보내는 일이
내가 그대를 그리움으로 생각하는
오로지 작은 길이 있을 뿐이오니
추억이여, 내 잊어버린 젊음이여 그대
지금 그 화려의 자취 어디에 있는가
돌아가는 길을 정말로 잃었습니다

'16/7.10.

내 시를 바라보면

슬퍼진다. 어렵다 누군가 말하기에
갈팡질팡이 미로를 만드는
내 머리엔 무슨 함량이길 레
꼬이는 길을 만들어
오라오라의 유객행위에
비가 내린다 가슴으로
흘러내리는 빗줄기 속에
무언가 키우려는 싹을 위해
날마다 반성문을 쓰지만 정작
퇴짜를 맡기 날마다 내 시는
비를 맞아 후줄근하다

그냥 좋아서 호소하는 일
이것이 전부이지만 어긋난
이해의 길이 너무 초라한데도
누가 보거나 누가 듣거나
이런 항목을 제외하고 그냥
날마다 일기 쓰 듯 써내려가는
습관이 그래도 안쓰럽다

누구가 내 소망을 이해하고
귀를 열어 들어 준다면
신나는 열변을 토하런만
굳이 변명의 사연이 무슨
시가 될 것인가를 생각하면
고독의 중심에서 사는 일도
시와 함께 사는 좋은 생각이라
스스로 다독이면서 오늘도
일기장의 쪽 수를 늘인다

'16/7.11

여름, 망중한

책을 들고 앉아 글자를 따라가노라니
섭씨 30도 넘는 더위에 만사 늘어진 마음
친구가 그려준 강바람 부채 흔들어도
멈출 줄 모르고 흐르는 땀에 바람은
근무태만으로 조용하기만한 오후
손이 풀리어 제풀에 책장이 덮이어

할 수 없어 눈을 감아 마음 진정하려니
덥다고 아우성치는 매미들의 소리가
나보다 더 힘겨운 악바리 절정
초복이 머잖은 숨막히는 한고비
사르사르 찾아온 말릴 길 없는 꿈길
단맛이 온몸을 점령하는 망중한

'16/7. 11.

풀 그리고 꽃이 피는 소리

아침 이슬방울에 소리가 들립니다
오죽(烏竹)의 줄기 잎 끝에 맺힌
여름 빛깔 영롱하기 태초를 담고 있는
그리하여 소리치는 소리가 들립니다
귀를 열고 마음을 열어야 들리는
그런 소리가 풀밭에 있습니다
새들만이, 사람만이, 짐승만이
어찌 소리가 있다고 고집할까
바람이 오면 시원하다고
비가 오면 샤워를 하는 기분이라고
저마다 찬탄을 내뱉는 소리
장미는 장미의 소리, 무궁화가 피는 소리
마당에 지천인 꽃들이 저마다
떼로 노래하는 소리의 조화 그러나
질서를 따라 계절의 지휘에
움직이는 순응이 눈에 보입니다
심지어 복숭아 열매 익어가는 소리
배나무에 단맛이 들어오라는
넘치는 소리가 들려옵니다. 마음을 열고

사랑의 가슴이 될 때엔 세상의 모든
소리가 다가와 속삭입니다 심지어
눈을 감아도

'16/7.11.

일상

소고리 내 집에서는
너른 들판이나 멀리 산이
능선을 맞추어 밤낮으로
무슨 옷을 입을까 고민하는 모양이
눈으로 들어와 속삭입니다
우거진 풀숲에서는 수많은 생명이
꿈틀거리고 싸우는 풀들의 키 재기
큰 밤나무와 목백합이 우뚝 서서
바람 따라 웃고 있는 화면 속
하늘로는 새들조차 한몫 끼겠다는
비행이 저마다 다릅니다. 작은새는
낮게 그리고 큰새는 높이 솟아
유유함이 밤이면 어딘가로 숨어
별들만이 다가옵니다 이따금
풍탁이 쟁쟁(錚錚)일 때면 가끔
얼굴을 들어 하늘을 보는
내 일상이 이곳에서는 결코
지루하지 않는 모습입니다

'16/7.11.

비갠 날의 아침

간밤에 무서운 소리들이 사라지고
언제 그랬냐는 듯 조용해서 오히려
불안한 괘종시계 소리조차 겁에 질려
졸고 있는 것 같은 혼자 있어
마음 온갖 부풀어 오르는 시간
갈증 시들한 것들이 생기를 얻은
초록 융단이야 더할 나위 없이
변하는 이름으로 다가드는데
마음 구석에서 들리는
고독의 그늘은 아침을
그림으로 꾸미는 일이 힘들다
두 가지 깨달음의 껍질에는
아내가 서울 간 일이 쓸쓸하고
말을 잊을까 침묵의 벼랑 또하나
시를 쓰는 일도 그만 시들하여
하루를 지나는 길이 구불구불이라
어떻게 운전하면 될까 생각하노라니
면허증 갱신이 찾아와
늙었습니다라는 신호 같다

'16/7.12.

그대, 내 마음의 섬인 것을

내 마음에 섬이 하나 있으면
심심할 때 배를 타고 찾아가
홀로 파도와 놀다 돌아오면
비밀은 더욱 살찐 하루
그런 섬이 하나 있으면
마음 훨씬 가벼울 것을, 하면
바람 따라 사는 사람들도 가끔은
표류의 운명처럼 찾아들 때
잠자리 내주면서 반길 이야기
신기로 귀를 열고 들어주면
고독한 섬이 아니라 반가운
불빛 같은 이름일 것을

내 마음에 섬이 하나 있으면
하루 종일 음악을 틀고
설사 벌거벗은 부끄러움도
꽃들 사이에
파도를 일구는 사연이 될 때면
내 그리움이야 어찌 사치할 것인가

가슴에 있던 한 가지만의 사연을
파도에 실려 멀리 보낼 수 있을 것을

하지만 착각이다. 이미 내 마음속에는
섬이 덩그러니 솟아 해바라기처럼
날마다 꿈길로 끌려가는
오로지 그리움이 전부인 섬이
이미 있었던 이름
그대인 것을

'16/7.12.8.

자유

깃발을 달아라 자유다
마음 따르는 그림자를 데리고
가고 싶은 곳 가야 할 곳이
앞장 서 이름을 호명하리니
마음이 시키는 오솔길이나 벼랑
선택의 임무는 그대의 것
의지를 앞줄에 세우고 오로지
앞으로 가라, 하면
열리리라

내일은 그대의 것 자랑스러운
임무가 눈을 뜨고 앞을 바라
빛나는 소망이 불을 켜면
땀 흘리는 노래를 부르고
창조의 길을 안내하는 자유는
인습의 길로 가는 것이 아니라
마음이 시키는 의지의 푯대로
고난의 벌판에 서라 해야

도전의 주인이 된 깃발이
펄럭일 것이다

'16/7.12.

시의 숲에서

시의 숲에서 하늘을 보네
모든 것들이 화학반응처럼
변하여 새로운 것이 되는
생명에의 숨소리 가파르게
혹은 완만하여 느리게
이름을 달고 나오는 길에는
아름다움이거나 찬사가 줄이어
파도가 되는 길이 보이네, 해도
바라만 봐도 즐겁기는 하지만
창조 깊이에서 일하는 사람은
늘상 괴로운 고민을 안고 세상사
우주를 짊어지고 신음하는
그렇다네, 뜻과 의미가 되는 신비는
아픔과 신음 그리고 통증을 견디는
숲을 지나 비로소 꿈을 향해
미소가 열리는 나무가 된다네

'16/7.13.

밭을 일구며

내 노동은 땀일 뿐이라
씨앗을 뿌리고 기다림을 키우며
어우르는 손길에 온기가
일어나라를 주문으로 외우고
눈길을 줄 때 마침 비가 내리며
당도한 소식이 문을 여는 얼굴
내 손자의 재롱처럼 초록날은
무엇이나 순진하고 예쁜 것을
예전엔 몰랐던 무지였다
내 하얀 손에 흙묻어 까만
햇살이 희롱하는 얼굴, 어느새
노동은 시를 쓰는 것과 닮아
사랑을 불러들이는 애정의 땀
오로지 그것을 깨닫기까지는
허리 굽어 느린 보폭으로 사는
똑 같은 이유를
지금에사 알았다니

'16/7. 13.

혼자 산다면

말이 제일 하고 싶겠다 혼자
산다면 아마도 창문을 열고
하늘을 보거나 들판을 바라보면서
누군가를 기다리는 일이 날마다
숙제처럼 다가오는
무료, 피할 수 없어
산을 넘어야 하고 강을
건너야 하는 하루, 언젠가는
혼자가 될 것이라도
말이 하고 싶은 오늘은
우물우물 독백으로 넘긴다

'16/7.13.

수행비서

어머니 다음으로 일찍 만나
네 발로 기어 다닐 때나
두 발로 걸어 다닐 때
낮은 더욱 또렷하게
밤이면 이불 속까지 따라와
나를 위로하고, 염려하고. 보호하는
한 때는 떼어버리는 방법을
궁리하면서 절벽에서 밀어버릴까
잠든 틈을 타서 도망갈까 등등

그러나 일생을 마치는 날까지
서로의 숙명을 아파하면서
함께 가기로 한 마음은
늙어 세발로 가는 마지막
테에베로 들어가는 관문에
스핑크스의 수수께끼를
끝까지 고수하기로 했으니
이별할 수 없는 약속 앞에

내 수행비서의 충실에 다시
고마움을 갖는다

'16/7.14.

망설임

잡초 무성한 문사원 6월 지나
7월이 오니 길이 없어졌다
어찌할까 망설임이
앞서거니 뒤서거니 바라보는
시선에 한숨이 난다. 저것들을
예초기 악소리를 높여 베어버리면
마음 시원함도 시원할 것이지만
주저주저가 게으름으로 변하는
내 온도계는 덥다는 핑계를
앞세우지만 잡초 속에 숨어
보임 없는 온갖 벌레들의
은신처 그리고 보금자리
한 때 지나면 어차피 사라질
목숨들 염려가 바람에 밀리는
잘난 척 앞세운 휴머니즘이
더위에 땀만 흘리는 무력증
어쩌면 좋을까 연신
계산 중.

'16/7.14.

제24부
고독의 의상

지나 느끼는 것들

지금쯤 어디까지 왔을까
돌아보니 아득하기 멀리
추억이 반짝이면서 강물에서
놀고있는 아이들의 웃음이
내 것이었다고 주장하고 싶은

생각없이 지나온 일들이
웃음과 울음으로 섞여 도무지
알 수 없는 이름들이 여기 저기
출몰하는 생각의 길로 이어지는
어지간히 넘어온 언덕들 돌아보아
아름다웠다고 정리된다

사랑하고 싶었던 것들도 있고
버리고 싶은, 눈을 감아 지나온
아무 것도 아닌 의미의 사전 이제
종결어미를 무엇으로 쓸까하여
의문형과 종결어미 그리고 쉼표가
마구마구 섞여 서성거린다

체념은 좋은 변명이라 여기는 지금
몰랐던 의미가 새삼 일어서는 일도
깊어지는 강물에서 건져올린 것이라
웃을 수 없는 이 깊은 사정을 달리
설명하고 싶은 생각이 없어 그만
바라 보기만 열심히 하기로 했다

'16/7.14.

미래 상상

세상이 어떻게 변할까를 생각하다 잠이 들었다 어딘가 멀리서 싸움소리가 크길레 뒤에 서서 들으려니 요란한 로봇들의 알아 들을 수 없는 말들이 그물에 걸려 퍼덕거리는 모양이 신기하고 재미도 있어 공부겸 오래동안 바라보기로 했다

알 수 없는 이름들이고 알 수 없는 얼굴들이 서로 치열한 변화의 길이 자기 것이 된다고 주장이 한참이다 알파고라는 이름도 있고 앨피고라는 이름도 있어 사람인가 했더니 사람처럼 생긴 모습이 사람사는 세상에 활보하는 로봇공화국도 싸움은 여일했다 인간의 자리를 점차 점령하고 인간을 노예로 만들어 부리자는 주장도 나오는 섬찍한 말들이 부풀어 인간들의 눈물은 이미 초라한 노예에 불과했다

관심 깊이 빠져 구경하노라니 없던 것들이 경쟁하는 사이에 사람들은 점차 왜소해지고 두려움에 어쩔 줄 모르는 눈동자에 비극처럼 물살이 빠르게 흐르고 있었다 그때 누군가 앞에 서서 어찌할 것인가를 물어도 모두 쳐다만 볼 뿐

묘안이 없었다 만든자는 다시 만들어지는 자리로 갈 때
이를 비극이라 부를만했다

　나약(懦弱)해지고 두뇌만 커지는 인간상이 비극에 빠
지는 찰라 누군가 부르짖는 말이 들렸다
　"로봇에 지배당하는 일을 멈추고 인간의 체온을 찾고,
사랑의 길을 위해" 말이 끝나자 한낮의 꿈이었다. 나는
어디를 다녀온 것일까?

'16/7.14.

미래의 철학

인간학이라야 한다 사람의 일에 머무는 체온, 철저한
인간의 체온이 앞설 때 차가운 기계의 순서가 뒤로가고
사랑의 이름은 온기를 가질 것

역사는 교훈이다. 어제를 보고 오늘 그리고 내일을 읽
어내 듯, 삶은 따스함이라야 정과 정이 다리를 이어 존재
가 읽히게 된다면 과학은 인간의 땅에 편리로 한정할 것

누가 있다하는 하늘 어디나 광대무변의 별에 도착한
들, 지구의 푸른 빛과 맑은 공기의 파장이 다가오는 상긋
한 호흡이 거기 있겠는가 스피드를 멈추고 돌아보아 스
스로의 모습을 찾아야 한다 인간을 왜소, 불구로 만드는
책임을 외면하는 비정의 강을 꼭 넘어야 할 것

'16/7.14.

햇빛의 연역
- 보편원리에서 특수원리로 나아감

누구나 맞을 수 있는 것이기에 자기 것이라 여기고 마구 사용한다

골고루 나누어주는 은혜라서 신의 영역으로 치부해도 좋으련만

아무런 요구도 없는, 무조건 주기만을 고집하는 날마다의 일이다. 해도

누구도 멀리서 오는 햇빛에 대한 감사나 심지어 기도

보이지 않는 이름에 날마다 빌고 주문을 외우는 사람들도

햇빛에 대한 감사를 할 줄 모른다

어떤 사람은 햇빛으로 요리를 잘하여 지구의 모든 작물을 키우고

어떤 사람은 누구나 갖는 빛으로 신기를 만들어 모든 사람에게 행복을 주기도 하고

어떤 사람은 햇빛을 이용하여 멀리 미지의 공간으로 호기심을 싣고 떠나기도 하고

어떤 사람은 따스하게 자기 몸을 데우는 기계를 만들어 타인에게 나누어 주기도 하고

8분 20초 걸려 지구까지 여행 온 태양의 전사를 맞아 지구사람은 살고 있는데

햇빛이 없다면 하루도 살 수 없는 사람들은 햇빛의 은혜를 전혀 감사할 줄 모르는

대가 없이 날마다 쏘아주는 빛의 고마움을 모르는 무지를 깨우치는 종교를 창시하고 싶다

무한 사랑을 감사해야 하는 햇빛-신상(神像)을 만들어 세우고 오두막을 세워 기도처를 공개하면 신도들은 온 세상의 생명체들이니 많은 숫자 비교할 수 없는 종교

단, 무슨 무슨 명목의 돈은 절대 받지 않음.

'16/7.15.

공기 귀납
— 특수원리에서 보편원리로 나아감

보이지 않지만 틀림없이 있다
호흡하고 사는 일이 모든
생명의 근원인데도
없으면 죽는 줄 알면서도
어디에도 감사의 상징이 없다
모몰염치의 인간이 아닌가

보이지 않고 어디 있는 줄도 모르고
오로지 염원을 담아 기도만 할 뿐
자기 몫의 타령만 바램하는 인간
확실한 것에 감사를 망각한 사람들에
깨우치는 일을 해야겠다

작은 건물을 지어 신상을 모시고
변함없이 공기를 맑게 보내 주십사
기도하며 살고 싶은데
인간들은 맹목에 돌아볼 줄 모르는
깊고 깊은 함정에 빠졌다

'16/7.15.

일상 귀납
 – 특수사실에서 일반원리로 가는

돌아가야겠다 가야할 곳으로
굳은 성문을 나와 내가
살고 있는 터전 바람이 오면
바람의 친구가 되고
들판 가로질러
풀들의 친구가 되고
눈비와 더불어 나무들 높이 선
뜰에서 하늘을 바라면
웃음이야 절로 따라오느라
다리 아프다 투정이면 잠시
쉬어가겠노라 냇가 흐르는 물소리
사는 일 행복한 파문이 되는
아픈 다리일 때는 친구에게
전화를 걸어 놀러오라 부탁하면
흔연스레 다가와 어깨를 툭툭치는 순간
반가움에 놀라 일어서는 하루
어려운 철학을 덮고 아주 쉬운
줄거리 짧은 책을 펴고 가끔

하늘을 보면서 잠이 드는 길
그렇게 살려하네

'16/7.15.

자화상 귀납
 − 특수사실에서 일반원리로 가는

내가 읽는 책은 너무 어렵다고 한다
내가 쓰는 글은 너무 어렵다고 한다
지금까지 살아온 서글픈 이력이다
이제 버리려 한다 초등학교 손녀
책을 앞에 놓고 찬찬히 아주 천천히
쪽수를 넘기면서 반성하려 한다 그러나
너무 멀리 지나온 강이 앞을 가로막는다
과거 방식이 아니고 거의 전부
달라졌다. 보태기 빼기가 아니고 수학이다
영이와 순이는 이미 어딘가로 갔고
낯선 방식이 눈을 멀뚱인다
내가 살아가기엔 이것도 저것도
어렵다 정말 어렵습니다

'16/7.15.

우울

젊은 노래꾼들의 짧은 의상
넘치는 걸까 부족한 걸까 그들의
현란한 춤사위는 넘치는 걸까
부족한 걸까 적당에서 보면
부족이고 선을 넘으면
넘치는 것 둘 다
문제는 내재한다

붉은 머리띠를 두르고 악머구리
아우성을 보면 확실히 부족이고
점잖은 기준에서는 지나침일 것
그러나 법이라는 잣대에서는
부족이 오히려 억지 떼쓰며
기준을 짓밟는 지금 사회가
그렇다

기준을 믿지 않는 것은
믿음보다 한참 부족하지만
믿음을 밀어내고 억지를 앞세우는

사드, 강정마을, 사패산 터널, 쇠고기 등
왔다갔다 기준이 내 편이라면
미래를 짓밟고 오늘을 거덜내는
자욱한 안갯발이다 하면

세워라 기준을
법을 세워라
적당 선(線)을 세워라 그리고
지켜라

'16/7.16.

지나간다네

억수장마로 오는 비도 지나간다네
진탕만탕의 아픔도 언젠가는 지나
흘러가는 것이 본질인데 이를 넘어서는
이치는 없느니 두려움은 잠시
다가올 또다른 순서가 있어 눈을 뜨고
한참 바라보노라면 길이 있다네.
솔로몬의 "이것 또한 지나가리라"도
지나가리라네 모두 지나가는 길에
그대 길을 가는 나그네이기에
멀없음표를 이끌고 지나야 하네

'16/7.16.

비가 오는 날이면

비가 오는 날이면
아내가 부쳐준 지짐 한 접시에
한 잔의 목넘이 부드러운 촉기
더불어 빗소리 다정할 것을
지금 내 여인은 서울 집
손녀들을 바라보는 놀이에
이곳 소식을 잊었을라 지금
이렇게 마음 애달픈데
빗소리 적시는 천지사방은
물젖어 고개 숙이는 나무들
비가 오는 날은 마음도 젖어
공연히 떠나는 먼 안개들이
산마루 걸려 장막으로 가렸는데
그 속으로 보이는 흐린 내 눈엔
망연히 무얼할까 허우적임만
소란스러운 속내 재우느라
좁은 방안 오가며 다시 오가는
이 노릇도 늙어 지치는 짧은
안타까움이 눕고마네

'16/7.16.

시간의 숙제

지나가는 시간을 붙잡느라 지금
시간이 없다는 나의 변명 앞에
쌓이는 운명의 이름을 짓기 위해
오로지 바쁠 뿐이다. 그렇다 넘치는
시간의 파도가 밀려오는데
그 많은 포말들 앞에 즐길 것이지
물길과 맞서 허우적이는 일이
바라보는 것보다 더 귀중한지
물으면 대답할 것이다. 나는
여전히 시간이 없다 숟가락
놓자마자 시간의 등덜미에서
누가 알거나 말거나 내 일의 가치를
싣고 다만 앞으로 가는 즐거움
내가 바라는 것은 칭찬이 아니라
내가 얼마나 만족의 파도위에 있는가
오로지 그것이 나의 몫일 뿐
시간을 따라가는 운명을 읽어
과제를 다하는 중임

'16/7.16.

믿으라 한다, 사람을

믿어야 한다고 말한다 그러나 이내
얼마쯤이면 돌아서는 모습에서
아픔이 쌓인다. 바보처럼
언젠가는 모두 돌아서는 길에
믿어야지를 수없이 반복했지만
'믿는 도끼에 발등을 찍히면서'도
그 발등을 바라보는 일이
내 망각의 깊이에서 건져 올린
레테의 의자처럼 편리한
되풀이 도돌이표 노릇 앞에
울고싶은 날은 점차 허무의
깊은 강물을 건너느라 절룩인다
망각이 없다면 나는 쇠처럼
냉정함이 오히려 편안할 것을
어쩔 줄 몰라 주저주저로 지나
키워주면 배반으로 앙갚음하는
오늘도 먼 곳의 소식이 아주
작은 일에도 강물이 흐리다

'16/7.16.

유리창 너머

별이 쏟아지는 하늘을 바라보는 것으로도
행복이 반짝이네 커다란 유리창으로 멀리
산들이 제 임무를 다하고 누워있는
푸른 등성이에 계절을 알리고 지나는
날마다의 풍경을 가슴에 넣고 살면서
시를 쓰느라 상상을 굴리는 일로도
하루는 금시 저물녘이 되어 내 곁
황혼을 바라보는 여인의 눈엔
무슨 사연의 그리움이 있는지
고요를 껴안고 사색의 깊이에서
가냐른 노래를 읊조리는 파장
그녀의 눈엔 처녀적 시절로
돌아갈 수 없는 오솔길을
서성이고 있는 것 같네

'16/7.17.

조국이여

부끄럽고나 흔들리는 뱃멀미
이리하자 저리가자 서로
아우성이 길을 찾지 못하는
그리하여 자꾸만 흔들리는 뱃멀미
멈추어 잠기는 날은 깊이 아득한
저 심해의 어둠을 어떻게 헤어 나오려고
말의 꼬리를 이어가는 비탄의 고집인가?

붉은 색의 머리띠, 절규의 아우성
용감하지도 않는 만용의 파업
정작 배고픈 북녘의 사람들이
수렁에 빠져 원망의 눈빛이 검거늘
보이지 않아 들불처럼 남을 따라가는
어설픈 자들의 떼거리 파당 파도
반만년의 언덕을 넘어온 발바닥에
멈추라는 좌초의 명령은 없는데
폭풍과 비바람의 길은 가야할 의무
깃발이 찢어지는 숙명도 이끌고
누구나 반만년의 짐을 지고 있는

도달해야 할 멀리 있는 희망
피 묻어 세운 깃발을 놓치지 말라

부끄럽고 초라하도다 흔들리는 여객선
우리는 사라졌고 이기의 나에 먹히는 잔치
오로지 날탕의 목소리들이 심해의 깊이에서
혼자는 결코 살아올 수 없는 몸체를
버려서는 안 되는 오직 하나뿐인 이유
무겁더라도 함께 들고 일어나
가던 길을 가야할 이유가 모두의 명제

부끄럽고나 이리가자 저리하자
모두 잘났다고 아우성
떼무리의 큰소리 깊이에는
말없어도 순박하기 깨끗한 사람들
조용한 염원의 소리가 들리는 것은
배의 바닥 균형을 지탱하는 저장수라
아직도 희망의 명칭을 세울 수 있는

하늘 푸른 산하가 우리 것이라는
애정과 사랑이 있기 때문이러니

'16/7.17.

섬이 되어서

섬이 되어서 육지를 바라네
그리움이 흔들리는 멀리
다가오는 물살에 실린 그대
안부는 어떤지 몰라
자꾸만 서성이는 발길에
파도는 다시 다가오는 번뇌로
내 그리움은 멈출 줄 모르네

다가갈수록 애절한 호소가
길 몰라 하냥 아픈 날은
바람의 손이 잡아주는
잎새에 멈춘 빛나는 햇살
빠르게 전하는 소식이고 싶은데

한 발짝이면 가까워질 내 그리움은
살아 숨 쉬는 크낙한 애설픔 때문에
마음 조바로움이 흔들리는 손짓에
따라가는 마음에 그리고 가슴에

생전을 살아 다가가려는 빛나는 이유
사랑 하나가 모두일 뿐이네

'16/7.17.

바람에 떨어지는 잎새는 이유가 없다

바람에 떨어지는 잎새는 이유를 모른다
무엇이 잘못되었는지 그리고 왜 선택된
날개가 돌아와 낙점되었는지조차 알 길이
전혀 없다 어쩌다 잘못된 길에서 만난
모진 바람의 탓으로 돌리면 해거름의 종소리
가슴을 적시고 이내 마음 깊숙한 곳에 들어가
돌아 나올 줄을 모르는 공명의 아쉬움
젊은 날조차 사라진 골목에서 마주친 나그네
짐승에게 쫓긴 발길처럼 무섭다

이유를 알고 사라지는 뒷자락이 있던가
모든 것은 저마다 변명이 주어지지 않는 법정은
끝내 기회를 허락하지 않을 때 혁명, 마침내
혁명의 때는 도래했지만 저당 잡힌 운명이
바람을 탈 줄 모르는 허사의 물거품이 되는
아쉬움을 간직하고 조건 없이 떨어져야 한다
물을수록 초라한 의상이 너풀거리는 모습에
누구도 동조하지 않기 때문에 혁명은 실패로

뿔뿔이 흩어지는 일이 고작이라서 잎들은
떨어지는 길로 내몰린다

'16/7.17.

고독의 의상

무슨 옷을 입었는가 가볍기 바람에도 날아가는
무어라 말할 수 없는 자욱하다가는 어느 때는
환히 보이는 투명의 의상 "임금님은 벌거벗었다"처럼
나를 모르는 안개가 온몸을 휩싸는 사연일지라도
아킬레스의 발뒤꿈치를 이끌고 전쟁에 나간 승리는
비극으로 치달은 귀국길의 아가멤논과 손을 잡고 거니는
마침내 고독은 치렁한 의상이 되는 길로 가고 있다

벗을 수가 없다는 이유를 알려주면 그때부터는
오래도록 즐겁게 입을 수 있지만 불을 훔쳐온 친구
프로메테우스의 신음만이 강물로 흐르다 멈추면서
잠시 생각할 틈을 주는 호의가 때로 고맙지만
내가 입은 옷의 무게를 모르는 우둔이 부끄러워
잠옷으로 갈아입고 일어나는 아침에는 다시
어제처럼 살아가는 하루가 무겁기 너무 무겁다

'16/7.17.

시간의 등성이에서

나를 싣고 가는 시간아 그만 내려다오
찬찬히 구경하면서 푸른 경치 물소리
가슴 시원한 골짜기에 나를 내려다오

무슨 줄이길 레 질긴 결박으로 끌고가는
이유조차 모르는 어둠이 눈을 가리고
무조건 따라오라 '네 죄를 네가 아느냐' 인가

'모릅니다'를 말하고 싶지만 '매우 쳐라'의 엄명에서
내 죄는 부풀어 오르는 고백이 마냥 서러울 것 같아
눈치를 보아 탈출하고 싶은 기회의 순간을 위해

아직 한 사람도 탈출하지 못한 무슨 감옥의 전설에서
새로운 전설을 위해 타협이거나 비겁을 줄 테니 눈감아
내려다오 푸른 산천이 소리치는 들판에서 아주 살란다

'16/7.17

나리꽃 피는 아침

나리꽃 핀 아침에는 웃을 일이다
껑충 키만 높아 아래로 숙이는
어쩌다 고개 처박는 실수야
바람이 저지르는 장난이지만
세상 높이 무얼 볼 게 많다고
호기심 많음도 그렇거니
고개 너무 쳐든 잘못
하지만 누구나 그런 것
분주한 아침 길 향기에
잘 다녀오라는 흔들림
마음 따스함도 아름다움이라

'16/7.18.

조금만 일찍 떠났더라면

내 조금만 일찍 떠났더라면
지척에서 그대를 향한 손길
부족하지는 않았을 것을
아쉬움이 절절한 소망으로
지금은 돌아보는 시간

내 조금만 일찍 시작했더라면
그대의 품안에서 넘치는 사랑
따스함에 취한 꿈길이 열릴 것을
다만 바라보는 지척 거리(距離)에서
우리는 그리워했었네

내 정말로 조금만 일찍 떠났더라면
후회의 성문을 열고 불어오는 바람
온 백성에 골고루 나누어줄 희망
가슴 열라하여 넘치도록, 웃도록
기쁨의 선물을 가득 전해줄 것을

그러나 기다리시라
나는 기어 가오리니

내 안타까움은 절룩거리면서도
밤길 어둠이 가로막아도 만나야 할
우리 하나로의 환희를 위해 마침내
손을 뻗어 그대와 나의 온기 맞닿아
사랑 이어지는 마지막을 위해

'16/7.18.

구불거리는 방황

만약 방황이 없이 곧은길로 갈 수만 있다면
그대는 그 길을 접어라. 그건 길이 아니라
직선이 가리키는 다만 암호에 불과 하느니
구불거리면서 가는 신기는 곧 그대의
상상의 키를 높게 할 것이어니 때로
아픔이 가슴을 힘들게 하는 날에는 잠시
가던 길을 접고 하늘과 들판과 시냇물과
눈을 맞추다 보면 어느새 구불거리는 길은
아름다운 추억입니다라고 말할 것이다

행복을 위해 길을 갈 때면 곧게
하루아침에 눈이 번쩍 뜨이게 다가온 그런
행복은 오히려 독이 되는 고통이어니
구불거리는 풀숲에서 찾아낸 기쁨일 때
세상 가장 경결(硬結)한 보석의 이름
빛나는 것을 찾아낸 땀과 노력이 얼마나
가볍고 따스한 것인 가를 알게 될 것이거니
고통스런 방황은 이내 아름다운 추억 앞에

웃고 서있는 그대, 행복은
구불거리면서 온다네

'16/7.18.

시를 쓰면

시를 쓰면 가슴이 아픕니다
오래 책상에 앉아 꿈을 꾸기에
구비 넘어 고개 또 넘어 자꾸
앞으로 가는 길에 아무 것도
보이지 않아 푸념 쌓이는 더미 앞에
소득 없는 심마니처럼 헤매는 하루
발길에 따라오는 신음이 허망으로
황혼이 어둠을 데리고 오는
마쳐야하는 산행 아쉬움 길에
재촉을 데리고 돌아갑니다

시를 쓰는 날이면 마음이 아픕니다
건질 것 없는 얕은 물길을 선택한
눈 흐리고 마음 조급한 낚시꾼이라
기다림은 자꾸만 재촉하는데 해는
정오를 넘어 기어 제 길만을 가는
잠시 쉬어가라고 부탁할 수나 있으면
시간의 촉박은 급급하다 소리하는
귀에 쟁쟁 떨어지는 것들이 마구

앞길을 막아 뒹구는
슬픔에 비가 내려준다면
뜨거운 서럼을 식힐 수나 있으련만

'16/7.18.

어머니를 그림

날마다 나는 어머니를 부릅니다
어린날을 지나 지금은
어머니의 나이만큼 키가
같아졌어도 가슴에서
떠나지 않는 내 나이는 젖 먹던 때를
한 치도 벗어나지 않는 응석
지금 실컷 울고 싶은 마음에
멀리 구름장이 지나갑니다

돌아가 만나는 순간에
알아볼 수 없는 머뭇거림이
지나치면 어떨까 이름표를
가슴에 달고 앞으로 나란히
줄서기 연습부터 다시 시작하려니
시름겨운 세월 강이 가로막아
건널목 붉은 신호는 조금 더
기다리라 말합니다

철들 줄 몰라 예나 이제나
주저주저와 망설임이 때를 놓치고
곧장 가는 길을 잃어 헤매는
아, 피난길 아득했던 비극에도
품안으로 찾아들어 잠이 들던
1.4후퇴의 매서운 추위도 그땐
따뜻한 체온으로 감싼 누더기에
사랑임을 알지 못한 보챔이었습니다

어머니의 모습을 삐뚤빼뚤
그림으로 그리는 꿈길에서
예쁘게 잘 그리려는 마음이
고통과 신음의 이유입니다

'16/7.18.

몸이 늙어서

늙어지면 기대고 의지하고 싶어진다
허리 굽어지고 마음 약해지는
가슴은 점차 오그라드느라
어디든 기대고 싶다. 자식에게
전화도 하고 싶고 늙어 힘없다
응석도 하고 싶은 약함이 그늘로
찾아와 자꾸 허리 굽어지는 이유
천하를 주름잡던 호령도 이내
작은 고양이 얼굴만큼도 안 되는
나약한 소리에는 자식들도
못들은 척 지나가는 아쉬움
이내 토라져 씩씩거리는 외로움
너희들도 늙어봐라
느네들도 늙어봐!

'16/7.18.

청솔나무 아래 4차 산업

청솔나무 아래 앉아
어린날을 생각하네 골목길
떼소리로 뭉쳐 아우성치던
그 이름들은 모두 어딘가로 갔고
잠자는 구름을 불러 묻고 있지만
못 들었다 지나가는 푸른 이유가
배경으로 서 있네

지나지나 등성이에는 길 모르는
멀리서 다가오는 구름이 모여
다시 구름이 되는 이유를 몰라
책속에 얼굴을 묻고 묻다 그만
나를 잊었네

돌아오는 길은
"열려라 참깨"를 말 안 해도
어느새 자동문이 된 제4차 산업의
시작이 우리 집 청솔나무 아래서는
일찍이 시작되고 있다네

'16/7.18.

제25부
달빛 콘서트

음식을 만들면서

아내가 없는 틈을 타
연습하기로 했다 까짓
망치면 그냥 입을 닫아두면
물 지나간 뱃전의 일을
아내는 결단코 모를 것

이것저것 뒤져 시작이 먼저
앞치마에 칼과 도마와 간장과 고추장
기름을 섞어 고추볶음도 만들고
물컹한 것이 싫은 가지도 새롭게
고추와 양념과 마늘이 어우러진
반찬을 만들었다 조화로다
세상만사 조화로다
주저하는 것이 아니라 우선
해보는 일이 창조하는 길 설사
실패한다 하더라도 아내는
배 지나간 흔적을 결단코
모를 테니까
히히히.....

'16/7.18.

비밀을 간직하는 법

감추는 비밀이 있으면
마음이 따스하다 꼭꼭 감싸
누구에게도 보이지 않는 세상에
하나만 가지고 있는 보석
이름을 발설하면 바람 빠진 풍선
노년은 비밀이 없어 늙은 것이라면
가슴에 한 가지 비밀이 숨 쉴 때
일어서는 노래가 기운을 얻는다

큰 길보다는 좁은 골목을 갈 때
작은 몸 감추는 안온처럼
감추고 바라보는 맛을 알 때면
세상 사람들은 큰 것을 찾아 만족하지만
이내 절망이 채우는 너른 벌판이라
고독을 불러 소리쳐도 아무도
듣지 못하는 일로 쌓이는 아픔이니

내 비밀은 오래오래
따스함을 간직하는

이유를 묻느라 여전히
조용히를 주문하는 그런
조용한 비밀일 뿐이다

'16/7.18.

광인(狂人)

몰두의 강에 빠지면 어찌될까
이것도 저것도 안 보일 때
미친 사람이라 말한다 그러나
이것과 저것을 자세히 구분하노라면
이성은 일어나 느린 걸음을 걸을 것이고
한 곳이 없는 소득에는 재미가 없을 것
"임이여, 이 강을 건너지 말랬더니"*
그러나 사랑에 눈이 멀어 강을 건너다
빠져 죽었으니 서러워 마라, 늙은 아내여
한 생 살아가다 할 일에
미쳐 죽었다 전하면
사람들은 웃고 말지라도
앞 뒤 보이지 않는 사랑
그 사랑에 빠져 죽었다면
아름다움이야 어찌 그림으로
그릴 수 있겠는가
*공무도하가

'16/7.18.

떨어지는 것에 대한 명상

나뭇잎을 보면 떨린다 바람이
간질이는 웃음인가 가슴이
나뭇잎 끝에서 흔들리는
위태 위태의 절망이
숨을 곳이 없는 안간힘
떨어지면 실패라는 이름이
따라오면 세상은 비난이
강물로 흐려진다는 이유

떨어지지 말아야 한다
중력의 법칙은 책속에서
눈을 뜨고 알려 준 적이 없는
미로만을 서성이면서 잘난
사람에게서만 문을 연다 세상은
가난과 아픔과 시련에 얽혀
울고 있는 사람에 위로의
손길이 필요하건만 매정은
법칙이라 시비할 엄두가 안 난다

결코 떨어지지 말아라 우레와
태풍과 눈보라가 습격할 때면
매정을 그려놓고 뒷사람에게
헤아려 잘 오라는 메시지
그것만이 해야 할 목록의
마지막 의미일 것이리니

'16/7.18.

끝자락에서

끝자락에 이르니 눈물이 난다 누가
문을 열어 줄 것인가 길 떠나는 길은
아득하고 멀리 구름이나 안갯발 심지어
서릿발 눈보라에 멀기만 했었던 참으로 멀리
한 발자국이 시련의 늪이었고
고독의 함정이 입을 벌리고 차마
떨어져 목숨을 다하는 결기 앞에 추억이 된
지나는 것은 결국 지나는 것
다가오는 것은 마침내 다가오는 것
성문은 열리고 조용한 평화
깃발을 바라보는 마음에 이슬이 맺힌다

누가 믿을 것인가 누가 믿어줄 것인가는
무시하기로 했다 아차피 세상사 혼자
살고, 가고, 느끼고, 모두어 쌓고, 그리고
바라보는 일이 내 몫인 것을 알았거니
종점이 시작이 되는 윤회의 바퀴살 아래
돌아보거나 앞을 보거나 하나로 이어진
동그라미를 굴리는 사연 내일도

아침을 물들이는 태양아래
내 그리움은 길을 헤아리는 일이
전부이자 모두가 되는 이유
그리움의 종점일 뿐이네

'16/7.18.

무당의 춤사위가 끝나면

고조된 춤사위 신명의 신 마중
그대와 나는 마침내 한 몸이 되어
소원의 줄기를 잡고
슬픈 자를 위해 오로지
땀을 흘리고
아픔을 위로하고
손을 잡아 마음을 전하고
모두가 돌아간 공허의 벼랑아래
정밀(靜謐)이 다가와 어느새
추위인지 더위인지 모를
암연(黯然)의 숲속에 떨어진 미아(迷兒)는
머리가 제일 아픕니다 홀로
고통뿐입니다

돌아온 땅의 어지럼이라
칼날 위 칼춤도 무섭지 않았지만
어디를 딛을까 길이 없는
아, 내 신은 시의 신입니다
그와 만나는 날은 무아의 땅

모두를 바치어
아무 것도 없는
아무 이름도 없는
오로지 무명의 공간에서
이제 돌아온 어지럼입니다

'16/7.18.

달빛 콘서트

눈동자에 달이 들어 있어
은빛 호수에 빠진 사람들
어딘가 갈 줄 몰라 모여 앉아
서로를 바라보는 시선은
말없어도 가슴이 열리는 마음 뿐

나긋한 목소리들 풀숲에 숨기고
저마다 추억을 찾는 길은
하나이다간 다시 둘이 되는 밤은
보름달이 놀라서 숨으려는
은밀한 발걸음에
사랑 깊은 목소리들이 가볍게
허공을 나르네

어둠이 두꺼워지는
이름 좋은 하늘, 둥근 보름날에
마음 따스한 사람들이 모여
눈으로 찾아온 추억들과 놀면서
종소리 마침내 돌아가는 길에

따라가는 노래가 마지막이 결코
아니라고 하네

'16/7.19.

그대를 바라보면

그대를 바라보면 가슴이 떨리는
마음 오로지 한 방향으로 살아온
외골수의 길에서 벗어날 길없는
운명은 그렇게 천천이 그리고
끊임없이 발자국을 남기면서
외로움에서는 그림자 길게 늘이고
기쁨에서는 아름다움을 찾아나선 우리는
서로가 다가가기를 소망하면서
애타는 일이 모두였네

그 이름을 뭐라 붙일까
염려가 앞서는 것은
행여 훼방의 바람이 앞서
길을 잃을 때도 있을지몰라
서글픔과 쓸쓸함을 따돌리고
바라보는 마음에 고요를 불러들여
한적한 풀밭이나 푸른 그늘아래
말없이 바라보는 서로의 눈동자에

빠져 허우적이는 사랑을 건져올려
따스한 햇살에 말리면 어떨까요

'16/7,19

봄 햇살 (동시)

봄 햇살이 둘러앉아
의논을 합니다
꽁꽁 언 땅 속
오들오들 떨고있는
씨앗에게 일어나라
재촉하면서 따뜻한
이불을 만들어주자고
햇살들이 모여서
의논을 합니다

'15.3.25

꽃을 심어요(동시)

햇살이 웃는 날이면
엄마 아빠 식구들
웃음꽃 동산
꽃이 피어요

동생은 봉숭아에
아빠는 채송화
할머니는 보기좋다
함빡웃음 주름강이
지도를 그립니다

마음 밭에 꽃들이
색색으로 사는
우리집입니다

'15/3.25.

봄 보따리(동시)

겨우내 추운 땅 속에
감춰둔 보따리 하나
열고 싶어 궁금이 많아도
봄이 올 때까지 꽁꽁
싸매 놓았다가
봄 햇살이 문을 열자
와르르 와르르
싹이 올라와요
그림 한 폭이
완성되었어요

'15/3.26.

오월에는(동시)

겨울이 가면
땅 속이 분주하다.
꼬물꼬물
일어나라 모두들
잠자는 친구들 어깨동무로
우르르 우르르
발을 맞추며
군인처럼 질서있게
앞으로 앞으로
즐거운 세상에 손을 흔들며
서로서로 웃고 살지요

너도 나도 얼마나 예쁜가
웃음꽃이 되어
온세상 환한 등불 켜지는
오월은 향기도 따라오면서
투덜이처럼 입술 내밀어 시샘하다가
내 것이 좋아 서로 우기다
아니야 우리 모두

아름다운 세상에
꽃보다 더 향기로운 사람
꿈이 있어요

'15/5.4.

광인狂人의 콘서트

| 초판 1쇄 인쇄일 | | 2017년 2월 6일 |
| 초판 1쇄 발행일 | | 2017년 2월 7일 |

지은이		채수영
펴낸이		정진이
편집장		김효은
편집/디자인		우정민 백지윤 박재원
마케팅		정찬용 정구형
영업관리		한선희 이선건 최인호 최소영
책임편집		우정민
인쇄처		국학인쇄소
펴낸곳		국학자료원 새미(주)

등록일 2005 03 15 제25100−2005−000008호
서울시 강동구 성내동 447−11 현영빌딩 2층
Tel 442−4623 Fax 6499−3082
www.kookhak.co.kr
kookhak2001@hanmail.net

| ISBN | | 979-11-87488-44-6 *03800 |
| 가격 | | 54,000원 |